澳華文壇掠影·第一集

何與懷·著

澳華文壇掠影

2008年11月7日，澳大利亞華人文化團體聯合會向梁羽生博士和趙大鈍老師敬頒「澳華文化界終身成就獎」。可惜梁大師當時已經病重，無法親自出席這一盛典。圖為典禮上合照。

悉尼詩詞協會2010年2月5日在悉尼市中心大都會酒樓舉辦講座。圖為悉尼詩詞協會會長喬尚明（前排左六）與本書作者及各與會者合照。

中國著名作家蘇童應邀參加2010年悉尼作家節，悉尼華文作家協會於5月17日設宴為他接風，並祝賀他和悉尼大學孔子學院院長郜元寶同獲2009年中國傳媒文學大獎。出席晚宴的有：（前排左起）許耀林、江亞平、何與懷、蘇童、郜元寶、蕭虹、王一燕；（後排左起）盧瑞芳、郭曉峰、吳景亮、楊恒均、李衛國、任傳功、譚毅、羅寧、趙立江。

本書作者榮獲趙大鈍老師贈詩（2008年7月10日攝於悉尼南區卡市稻香酒樓）。所贈之詩亦為趙老《聽雨樓詩草》全書最後兩首詩作。全文為：「誦子之文章雅麗，為人更節行清高；筆耕自古生涯淡，笑與先生上此途。文苑栽培已十年，蔥蘢花木燦南天；人間多少悲歡事，──都從筆下傳。」

2006年7月5日，澳大利亞中華文化促進會領導成員拜訪梁羽生大師，商談向北京中國現代文學館「梁羽生文庫」捐贈文物事項。圖為拜訪後合照。左起：澳大利亞中華文化促進會會長何孔周、榮譽會長黃道中、梁羽生大師、榮譽會長周光明、副會長何與懷。

吳中傑教授與文友歡聚。左起：林達、吳教授、高雲（吳夫人）、何與懷、海曙紅（2010年1月7日攝於悉尼南區）。

許耀林、王富榮伉儷設宴歡迎北京著名作家劉心武訪問悉尼。前排左起：黃雍廉（已去世）、許耀林、劉心武、王富榮、劉湛秋、何與懷（攝於2002年12月1日）。

加拿大華文作家張翎在悉尼與2003年一起參加「海外作家訪華團」的老朋友重逢。左起：張奧列、胡仄佳、張翎、何與懷（2009年4月19日攝於悉尼富豪酒樓）。

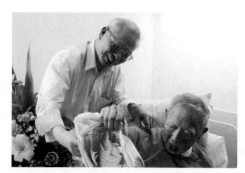

已經垂垂老矣又經中風打擊的梁羽生大師又回到自己的平生至愛——在病榻上還每天背讀詩詞,把一本本詩詞書籍都翻破了(攝於2008年9月20日,本書作者到悉尼頤養院探望梁羽生大師)。

本書作者何與懷博士與郁風(左)、黃苗子攝於悉尼名人楊雪峰(右)組織的1999年悉尼書畫精藏展覽會上。

劉渭平教授生前與本書作者合照(攝於1999年)。

2010年4月10日,澳大利亞悉尼音樂學院和悉尼大學孔子學院聯合舉辦《線條旋律:梁小萍書法藝術大觀》。圖為梁女史與本書作者等與會者合照。

冰夫（中）、彭永滔與本書作者在一次文學聚會上（2005年1月14日攝於悉尼富豪酒家）。

辛憲錫教授（阿錫）生前曾為澳州多元文化藝術協會顧問。這是他（中）和協會副會長舒懷（左一）、理事弘妃、會長魯士，及顧問何與懷合影。

2010年2月17日，武立（武力）在悉尼演講「中華文化與自身修煉」。演講會後與本書作者合照。

1990年8月，劉渭平教授、趙大鈍老師、梁羽生博士、李承基先生等人發起每週茶聚「十圓會」。圖為2008年2月14日十圓會文友在悉尼唐人街富豪酒家一次聚會合照（前坐左五為趙大鈍老師）。

2010年3月27日，澳大利亞華人文化團體聯合會在悉尼ASHFIELD川菜一味餐館舉辦「莊偉傑博士與悉尼作家探討文學話題」研討會。圖為莊博士（前右四）和與會者合照。

歐華作家常愷（坐右四）訪澳時與悉尼文友歡聚（2008年3月8日攝於悉尼唐人街東海酒樓）。

悉尼文化界於2009年7月30日為彭永滔先生新書《疊翠山堂詩集》舉行隆重的發佈會。發佈會由趙立江和張曉燕主持。圖為彭先生與主席臺前嘉賓，右起：劉曉華、劉志成、何與懷、彭永滔、趙大鈍、李建鋼。陳耀南、喬尚明、邵群、冰夫、甄宛瑜。

1995年新加坡作家節期間，在王潤華家中做客。後排中：白樺；前排右起：本書作者、王潤華、陳思和、淡瑩。

本書作者2004年9月到重慶參加「首屆華文詩學名家國際論壇」時，與（右起）蔣登科、呂進、梁上泉合照。

2010年1月20日，梁羽生大師逝世一周年前兩天，在悉尼的澳華文學網核心成員何與懷、唐予奇（後左）、譚毅（後右）和澳洲國家電臺SBS電台記者兼主播李衛國（前右）一起到梁家探望林萃如師母。

《他還活著：澳華文壇掠影》序

王潤華

今天世界文化與文學藝術主要是流亡者、移民、難民所建構。以美國今天的學術、知識與文學界思想的主要潮流為例，因為美國成為早期法西斯與共產主義的難民與其他政權的異議分子巨大「難民營」，這些人的創新的邊緣思考，突破了許多文化概念、文學書寫模式。像後殖民理論、魔幻寫實主義是來自被西方殖民過的地區。整個二十世紀的文學，簡直就是ET（extraterritorial）文學，一向被邊緣化，目前已開始引起中心的注意了。歐洲重要的文化霸權中心決定的諾貝爾文學獎，近十多年多數頒給第三世界作家如馬奎斯（Gabriel Marquez，1982）、索因卡（Wole Soyinka，1986）、高行健（2000）、奈保爾（V. Naipaul，2001）及柯慈（John Maxwell Coetzee，2003）等，這表示邊緣性作家在全球化與本土性的衝擊中，他們邊緣性的、多元文化思考的文學作品，逐漸被世界認識到是一種文學新品種，其邊緣性，實際上是創意動力的泉源。何與懷《他還活著：澳華文壇掠影》抒寫的就是以澳洲為中心的華文文化／文藝界的新的邊緣文化／文學。這些文藝主要由流亡者、移民、難民所創作。

1958年俄國作家巴斯特納克（Boris Pasternak）被政府驅逐出境，他向政府抗議說「走出我的國界，對我來說等於死亡。」其實巴斯特納克所形容的是他的創作環境，不是表現我們這個時

代的精神。這是一個全球作家自我放逐與流亡的大時代，多少作家移民到陌生與遙遠的土地。這些作家與鄉土、自我與真正家園的嚴重割裂，作家企圖擁抱本土文化傳統與域外文化或西方中心文化的衝擊，給今日世界文學製造了巨大的創造力。事實表明，現代世界文化主要是流亡者、移民、難民的思想著作所構成，這些邊緣文學作品的作家與主題都與流亡、難民、移民、放逐、邊緣人有關，這些外來人及其作品正象徵我們正處在一個難民的時代。今日世界各國的華文文學或華人文學也多出自流亡者、自我放逐者、移民、難民之筆。

奉讀何與懷的《他還活著：澳華文壇掠影》，我愛不釋手，就是因為這些樸實的散文，無論是實知性還是感性，報告文學還是抒情小品，還是敘事的散文，除了文學性、可讀性、對一位研究世界華文文學的人來說，這本文集處處證明流亡者、移民、難民建構了今日邊緣思想、文化與文學。當前許多華人只注意世界華人經濟的崛起以及各國華人社群生活的改善，缺少關懷與注意世界各國華人的文化/文學的建構。如果每個國家都有一些像何與懷那樣的學人/作家，我們的世界華人文化／文學將更受到應有的重視與承認。何與懷的文章如〈汪洋灑落的旅程——莊偉傑其人其詩其文解讀〉、〈詩風人格高度一致的許耀林〉、〈曉聲識器，真知灼見——從冰夫先生的詩作談到他的詩評〉、〈海那邊，海這邊……——解讀胡仄佳〉、〈看穿他？還是看穿自己？——一部都市女性的「愛情聖經」〉，及〈新嘗試，新突破——談曾凡小說《麻將島》〉等篇，所論述的作家，從莊偉傑到曾凡，都是ET文學家。在華人世界里，澳洲確也是一個臥虎藏龍之地——梁羽生、畢恭、黃雍廉、趙大鈍、張鳴真……等人創新的邊緣文學思考值得我們注意。其實兩岸四地的作家之外的其他區

域，還有很多流亡者、移民、難民不斷建構新的中華文化與文學藝術，不斷出現優秀的作家與文學作品，決不能忽略。

我所謂知識分子或作家之流亡心靈，其流亡情境往往是隱喻性的。屬於一個國家社會的人，可以成為局外人「outsider」或局內人（insider），前者屬於精神上的流亡，後者屬於地理／精神上的流亡。其實所有一流的前衛的知識分子或作家，永遠都在流亡，不管身在國內或國外，因為知識分子原本就位居社會邊緣，遠離政治權力，置身於所謂「正統」文化之外，這樣知識分子/作家便可以誠實地捍衛與批評社會，擁有令人歎為觀止的觀察力，遠在他人發現之前，他已覺察出潮流與問題。

細讀集子中這些文章，我們可以認識到何與懷自己就是一位置身邊緣、拒絕被同化、在思想上流亡的作家。他生存在中間地帶（median state），永遠處在漂移狀態中。他與他所書寫的作家，既拒絕認同新環境，又沒有完全與舊的切斷開，尷尬地困擾在半參與半遊移狀態中。他們一方面懷舊傷感，另一方面又善於應變或成為被放逐的人。遊移於局內與局外之間，他們焦慮不安、孤獨、四處探索，無所置身。這種流亡與邊緣的作家，就像漂泊不定的旅人或客人，愛感受新奇的事物、現象。作為邊緣作家看世界，他以過去與目前互相參考比較，因此他不但不把問題孤立起來看，他更有雙重的透視力（double perspective）。每種出現在新國家的景物，都會引起故國同樣景物的思考。因此任何思想與經驗都會用另一套來平衡思考，使到新舊的都用另一種全新、難以意料的眼光來審視。

何與懷集子中的文章，尤其附錄的兩篇論述——〈看來不僅僅是辯論世界華文文學的問題——也談陳賢茂教授的「也談」〉與〈關於華文文學的幾個問題〉——非常清晰地顯現他多元的、

開放的思考，所以這本集子是認識被稱為「第三文化空間」的澳華文學的重要書寫。同時這些文章也是一流的散文、抒情小品、報告文學。

　　我近年來完成編輯與出版我的老師周策縱教授生前未完成的《海外新詩鈔》（台北：文史哲出版社，2010），然後對個別詩人作個案研究，但因資料缺乏，研究很難進行。這本詩選包括各種自五四新文學運動以來發展的多種形式的新詩，如自由、抒情、格律、現代主義詩歌。老師這部詩選的編輯意義，是建構五四新詩在1950年後在海外持續的發展，繼承原本五四的精神與傳統。所謂海外，最重要的版圖，以美國紐約的白馬社及其相關詩人群最具有代表性，在五十與六十年代最為活躍。這些詩人都是知識分子，當時都是流亡者、移民、難民，沒有明確的政治思想形態。他們出國前，已經開始寫新詩，到了海外，在完全沒有政治思想意識的壓力下，自由地嘗試與探索新詩的各種表現手法、形式與主題，創造多元化的中文詩歌，延伸了早年五四的精神與傳統的一個重要部分。當時紐約的刊物，就有白馬社自己出版的《生活半月刊》（1956）、《海外論壇》（1960-1962）及1951年林語堂（1895-1976）創辦的《天風月刊》（1951-1952），美國及金山出版的《少年中國晨報》等。像黃伯飛（1914-2008）、艾山（1912-1966），周策縱（1916-2007）、李經（盧飛白，1920-1972）、唐德剛（1920-2009）、心笛（浦麗琳，1932-）是比較活躍的詩人。他們當時既被中心的大陸忽略，也沒有受到台灣的應有的關注，所以一直被文學史忘記。胡適（1891-1962）當時雖然注意到他們的重要性，甚至說「白馬社是中國的第三文藝中心」，可惜胡適自己也是流氓者，既沒有發言的刊物，也正落魄失意美國。我想如果當時胡適像何與懷那

樣及早書寫這些作家，今天我們就更容易地為華文文學史彌補其空缺的一章。

王潤華教授為新加坡學者，
現任台北元智大學國際語文中心主任。

走出大洋洲
——序何與懷《澳華文壇掠影》

吳中傑

　　與懷兄要我為他的新著寫序，其實，我並非合適的人選。因為他寫的是「澳華文壇掠影」，而我初來乍到，對澳華文壇知之甚少，簡直無從置喙。但是盛情難卻，只好勉為其難，就說幾句題外的話吧。

　　上個世紀五、六十年代，我在復旦大學做青年教師的時候，對於中國現當代文學頗感興趣，也寫過一些當代文學評論文章。但那時的所謂當代文學，局限於大陸出版的作品，台港和海外的華文作品根本看不到，也不能列入研究範圍之內。到得「文化革命」期間，則幾乎所有的作家都被打倒或靠邊站，幾乎所有作品都被封殺，只剩下浩然和他的《金光大道》。文革結束之後的所謂「撥亂反正」，只是要回到文革前的十七年中去，思想仍然是封閉的。

　　文學研究的真正變動，是在改革開放之後。也就在那種政治背景下，才有了「台港及海外華文文學」這個學科的建立。但最初，只是南方沿海幾個開放城市的高等學校才有這方面的研究機構，如暨南大學、汕頭大學、廈門大學、深圳大學等。上海開放得遲，所以復旦大學的台港及海外華文文學研究機構也建立得遲，大約已是八十年代中後期了，而且此類書籍也遠沒有南方幾所高校多。

　　我不從事這一學科的研究，所以與這方面的人士接觸得少，有關書籍也看得不多。但由於朋友的邀請，倒是參加過幾次台港及海外華文文學研討會，有時也能看到一些專門雜誌。我的印象是，國內這方面的專業人員，對於台港文學研究得較多，其次是東南亞國家的華文文學，如馬華文學、新華文學、泰華文學，再次，是北美和歐洲國家的華文文學，而澳華文學則接觸得最少。為什麼會出現這種情況呢？資訊曉隔，資料不足之故。聽說，當年陳賢茂教授主編四卷本《海外華文文學史》時，找澳華文學作品就很困難，還是他的朋友在悉尼給他搜羅了一些，當然並不完備，所以也只能寫得簡略些。近年新出的饒芃子教授和楊匡漢教授聯合主編的《海外華文文學教程》，就已將「澳大利亞華文文學」與「東南亞和東北亞華文文學」、「北美華文文學」、「歐洲華文文學」並列，成為四大版塊之一，這是一個很大的進步。

　　在中國國內時，因為接觸到的澳華文學作品甚少，我還以為到澳洲來的華人忙於謀生，無暇寫作之故。這次來悉尼住得長久些，才知道澳華文壇原來是人才濟濟，或如與懷兄所說的，這裡是藏龍臥虎之地，出的作品不在少數，有些品質也不差。如果說，七十年代之前中國大陸不知有澳華文學，是因為大陸方面閉關鎖國之故，那麼，在大陸改革開放多年之後的今天，澳華文學還沒有引起大陸學人的充分注意，那就是我們自己之故了。要擴大澳華文學的影響，走出大洋洲，除不斷提高品質，多出精品之外，評介推廣也是必要的手段。

　　從這一角度看，與懷兄的著作是適時的。雖然他寫的只是澳華文壇的「掠影」，而不是「全貌」，但仍能使讀者感到澳華文學的深度和廣度。何況，在書末，還附有鳥瞰性的文章：〈追尋

「新大陸」崛起軌跡〉，此文為深入研究澳華文學提供了一些線索，也是一種點面結合的做法。

與懷兄勤於積累資料，每寫一人，都能用大量的材料對這個人作出全面介紹，使讀者獲得一個完整的印象。所以，本書雖云「掠影」，卻與一般的印象記有所不同，而很有歷史價值。

本書附錄中還有一篇與人討論海外華文文學文化取向問題的文章，這說明作者的思考範圍已超越了具體的作家作品，而觸及到華文文學的基本性質。這個問題是值得討論的，但它需要大量的實證材料，而不是靠抽象的理論推導所能說得清楚的。本人因閱讀的海外華文文學作品太少，缺乏實感，沒有資料，所以對之無法置評。但有不同意見爭論，總是好的。雖然一時未必能爭論出什麼結果來，卻總可以促進思考。

吳中傑教授為上海復旦大學博士生導師，現居悉尼。

聆聽真的聲音

艾斯

一

在華文成為故國文字的海外，華文文學已成為一種奢侈；而在海外對華文文學進行點評，可以說是一種稀世蜃景；在當今經濟社會，不計報酬心甘情願地執著於這些，更似乎只能發生在遙遠的傳奇之中。

二

我拿著茶杯，坐在桌前，聆聽著一個聲音。這個聲音跨越我對面的塔斯曼海峽，穿過時間，靜靜地傳來。這是一位年近七旬的皓首老者，帶著他標誌性的平和微笑，不動聲色，將平素很乏味的故事娓娓道來。我少有地安靜，享受著這種聲音。

三

他還活著，他說。是的，我微微點頭。他還活著，他，她，而且，超乎想像地精彩……他自顧自地開始講起來，如數家珍：從詩風人格高度一致的許耀林，到行進在汪洋灑落旅程

中的莊偉傑，還有曉聲識器、真知灼見的冰夫，充滿傳奇色彩的弄潮高手武力，越過大海這邊那邊的胡仄佳，寫著都市女性「愛情聖經」的張鳴真，敢於新嘗試新突破的曾凡。他也談起悠然一卷坐花叢的趙大鈍老師和他新編的《聽雨樓詩草》；欣賞著百無禁忌、自詡「老夫百歲尚清吟」的彭永滔；在表達對知難而進的《南瀛新聲》作者們的讚嘆的同時又提出對古典詩詞創作的一些意見；他談梁小萍奧林匹亞回文史詩對聯及其書法藝術；談起他非常尊崇的新派武俠小說開山鼻祖梁羽生大師。接著，他緬懷起澳華文壇那些已經離去的舊雨新知。他慶幸在「生公」謝世前兩個半月及時地發起澳華文化界敬頒了一個「終身成就獎」；他動情地評說丹心一片付詩聲的黃雍廉會長；他沉痛悼念兩位壯志未酬者——他在天津南開大學求學時已執教鞭的辛憲錫教授和英年早逝、始終沒有謀面的墨爾本年輕作家畢恭；他追憶像「一片紫色的煙霧」而仙去的郁風老太太；他紀念「春風長煦萬邦人」的前輩詩人學者劉渭平教授⋯⋯這一幕幕澳華文壇掠影，實在讓人難以忘懷。談鋒一轉，他又談起澳華文學大觀，進而談到世界華文文學甚至大大超出其中的問題，有資料總結，有理論抽象。他就這麼不知疲倦、充滿激情地講著——不是年青人那種衝動的激情，而是一種成熟睿智的自然流露。

四

　　人人仰慕名人。而與名人最好的交流方式，我認為，就是讀他們的作品，像一隻小老虎，躲在暗處，靜靜地觀察學習。移居海外七年，有時也收到本地名人饋贈他們的著作，我

感歎他們傳奇的經歷，難言的苦難，睿智的光芒，但我從來不敢妄言。我這隻小老虎，只是喜歡貪吃，而不談品嚐感覺，因為害怕即使是讚揚也很可能是胡說八道很可能連隔靴搔癢都談不上。但是，當我讀到何與懷博士的《他還活著》文集時，內心一下子充滿感動，而且感動得非要說出幾句話不可，不管對否，就是無法壓抑。

這種感動源於何博士的真和敢。

所謂「真」，是他的真誠，真心。所謂「敢」，是指他的勇氣和當仁不讓。從所有這些對澳華乃至世界華文作家的點評裡，你能感到這位老者對華文文學的熱愛——這是一種把華文文學看成自己事業的熱愛，而華文文學在當今娛樂世界早已成為雞肋。從《他還活著》，你能強烈感受到何博士對華文作家特別是澳華作家們的關愛：他平緩的談吐裡，一個個名字一部部作品脫口而出。泛泛而談的應酬是件容易的事，但就每個作者的風格甚至人品，還有作品的特點，其中人物的性格進行點評卻是一種非常困難的事。美食家品菜，不是信口開河討廚子喜歡就行的。同樣，點評作家們的作品，沒有對其作品細緻的研讀，沒有對其生活經歷、人品風格的深入瞭解，是不可能收放自如、點評到位的。讀者的眼睛雪亮，作者的心裡更明。高手過招，點到為止。武功不高過對手，哪能輕易點評？所以，我很清楚地看到，何博士對每一位作者都進行了細微的瞭解，對他們的作品進行了細緻的研讀。在一個大多數人只關心自己的時代，在一個文人比文多的海外，將大量的時間精力花在研究別人的作品上面，而且敢說敢評，可能我孤陋寡聞，我想說，何博士是澳新兩地的第一人。

五

對我而言，何先生一直是位學者。從讀他的第一篇作品開始，我就感覺到這一點。作為點評，引用是必要的。但他的文章裡非常清楚地注明了作者及其寫作的年份甚至頁碼。這些細節如果沒有舊學的底子和西式的嚴格訓練，是不可能這樣嚴謹的。這種嚴謹還表現在他對資料的引用上。細讀他的每一篇點評，你會發現他的引用非常詳實。比如在〈曉聲識器，真知灼見——從冰夫先生的詩作談到他的詩評〉裡，他就引用了冰夫的七部作品裡的八首詩作。而且，他借冰夫對其他作者也進行了介紹和點評，包括間轉引用了塞禹的〈九月的迷惘〉與〈戰爭的思索〉等四首作品、莊偉傑的〈泅渡〉等三首、趙大鈍詩作一首、陳積民的詩作〈父親〉等二首、雪陽和璿子的詩四首。而在《南瀛新聲》序裡，何先生就隨手列舉並點評了何惠清女士、黃森先生和陳國珠女士等十八位以上作者。在〈看來不僅僅是辯論世界華文文學的問題——也談陳賢茂教授的「也談」〉以及〈關於華文文學的幾個問題〉這兩篇長文裡，何先生引經據典，思路清晰，毫不含糊地談到了世界華文文學研究的一些問題，而這些問題並不僅僅是文學的問題，而更涉及敏感的社會政治文化問題。他像捅馬蜂窩一樣，不單有誠意，也有勇氣，在分析和綜合兩方面，都談出了自己鮮明的觀點。真是洪鐘大呂，發人深思。

更難能可貴的是，何博士文風平和。現在有些故作高深的作者，總喜歡借助所謂飄幻的意像、混亂的辭彙以達到所謂的效果——在我看來，這樣只是更多地顯現其文學功底的貧乏而已。遍讀何博士的作品，他從來沒用過生僻的詞藻，怪異的句子，混亂的佈局。

六

　　文人以文說話，以文定位。人有人格，文有文格。因為會上一個見面，因為一篇小文，我認識了何先生。在隨後的聯繫中，我被何先生的人格魅力所打動。前面我曾提到過他的真和敢。其實，他的真和敢不僅體現在他的為文上，更表現在他的為人上。身處海外，眼見多少所謂文人或名人為了一點場上的榮光，坐享海外民主，卻歌頌專制。但何先生卻有心為正義說法。記得有一次為了我的兩首小詩，何先生很快回郵說，是的，我們不應沉默。在一次大洋洲作協會議上，何先生說，國內尚有不少知識分子敢於直言而且非常到位，海外反倒不多。正是因為這句話，讓這屆會議有了它不同的意義。

　　謙虛與大度是何先生的另一個特性。每有一文，何先生常常群發以徵求意見。有次我對何先生的一篇文章裡的發揮儘量隱諱地表明了自己的觀點，而何先生的這些發揮並非興之所來，而是基於其社會責任和歷史知識對其中的一個旁枝進行了拓展，這是完全可以另成一篇好文的。但即使這樣，何先生仍然及時回郵說：「我顯然是借題發揮。」這種率真讓人感動。正因為這種感動，我不揣簡陋，冒然作此拙文，以賀何先生新書問世。

七

　　文學界像電影，不停地變。而好的作者如何與懷博士，卻是一幅恆久的警示的影像。

八

我依然靜靜地坐在窗前。

三天了，渾然不覺。其實，在這南半球的小島，正值冬季，雖無冰雪，但也淒風冷雨了。

擱下筆，才發現，一縷陽光，正從雲層射下來，就在窗外。

2010年7月7日於新西蘭奧克蘭市。
艾斯任教於新西蘭奧克蘭梅西大學。

輯一

詩風人格高度一致的許耀林

一

　　去年3月某天，許耀林和劉湛秋、麥琪以及我在悉尼唐人街富豪酒家喝酒，突然宣佈他要出一本詩集，湛秋便說，他很樂意寫點印象之類的文字，而序重在評，便建議不才來作。他其實不知道，耀林另已有一個序，是由他最親密的好朋友何首巫寫出，而且早在1989年12月12日！其時不要說我，就是湛秋也尚未認識耀林。

　　何首巫是一位傳奇人物。他就像宇宙間一顆星體，突然極度膨脹，發光發熱，幾乎照亮整個天空，卻一下子又熄滅了──他於2006年10月27日零時40分在北京逝世，在世上只活了短短的五十四個春秋。這個人物生前先後擔任中國新詩講習所所長、中國詩書畫研究院院長，詩、書、畫是他的三絕，用他的話說，書法是他之骨骼，國畫是他之肌肉，詩歌是他之靈魂。但更絕的是他的辦事效率，他的胸懷，他的高見。他是一位大活動家、大謀略家、大慈善家，是「軍人作風，菩薩心腸，無論幹啥，都創輝煌」。

　　這個人物和許耀林一見如故。初遇是在1987年一個冬天。那時，何首巫就讀西北大學中文系，許耀林在西北大學作家班。他們，在北京一家招待所的地下室裡，一談就談了三天三夜！當時情景，何首巫後來這樣回憶：

> 我們的話題從一幕幕愚煞般的鏡頭裡排列著。我們倆摸著
> 同樣位置同樣大小同樣深淺的疤痕；我們的心同時絞痛同
> 時流血；我們不約而同地在同一雙鐵蹄的蹂躪下發出同一
> 的慘叫；繼而，我們又同時怒目；繼而，我們又同時吹著
> 啤酒瓶子，幾十年的往事就在肚兒裡翻滾了再翻滾……

何首巫這篇寫於二十年前題為〈總是喧囂總在咆哮〉的序中
很奇怪地也預告了他倆不同的人生前景。最後一行字是：

> 而我何首巫，註定要騷動！

他說對了。而且簡直是萬倍於「騷動」！
他這行字的前一行又說：

> 但是，耀林兄，時代註定你要孤獨。

對著何首巫的這個「預言」，我好一陣困惑。何首巫也是一
個巫師嗎？什麼時代？何謂孤獨？的確，比之他這顆爆炸之星，
許耀林可能是寂寂無名的。但這好像只是問題的表面。

我突然想起許耀林又有一個好朋友。他就是1979年寫出
肯定要在中國詩史上垂名千古的〈將軍，你不能這樣做！〉的
大詩人葉文福。這首汪洋恣肆、金剛怒目、敢為天下先的政治
詩讓詩人譽滿神州卻又遭到嚴厲的全國性的指令性的批判。後
來，在二十年前那場所謂「政治風波」中，他無視妻子要他注
意自己的「前科」，或者就是因為自己具有這個「前科」，大
義凜然宣稱要做「譚嗣同第二」，成了鋃鐺入獄的欽犯，而且

從此因此潦倒一生——至少至目前還看不出他能有什麼像何首巫那樣即使百分之一的輝煌騰達之日。他在北京離群索居，與朋友見面也不多，用他妻子的話說，「很孤獨」。但他一旦有機會，如應邀講課之類，便手舞足蹈，翻江倒海，依然激情飛揚，充滿棱角，鋒芒畢露。他是「中國狂人」，始終狂傲，始終激憤，始終悲壯。

而與此同時，許耀林始終是他推心置腹的孤獨中的好朋友。

許耀林在他的江湖之中，有各式各樣的朋友，而從何首巫、葉文福兩個身世如此不同的朋友看來，我們似乎也能對許耀林認識一二了。

二

或者我們也從許耀林的詩作來認識這個人。

所謂「文如其人」，在文學史上並非毫無疑問，甚至「文反其人」也累見不鮮，但就許耀林這個個案，我們看到，千真萬確，他詩風和人格高度一致。

首先，很突出的一點，許耀林詩集中處處閃爍著他對友情、愛情、親情、鄉情以及由此深探到的生命意義的執著與讚歎，即使時下世人已經相當冷漠，他卻癡心不改，或更反其道而行之，幾十年如一日。你看他是如此不屈不撓地向「靈山」走去，追尋他的理想，追尋他生命的意義，雖然他知道他也是一個普通的凡人：

> 我靜靜地向靈山走去／也可能沒有靈山／也可能有靈山／總之／靈山不會在我心中消失／我已經過長途跋涉／風雨洗禮／冰雪款待／蚊叮蟲咬／靈魂再造／我知道無數人們

不理解我／更不會替我解憂去愁／更多的是譏諷與不著邊
際的指摘／那鋸斷鐵棍的舌頭／毀滅過無數精英人種／那
毫無根據的攻擊抵毀／那群起而攻之的亂箭／不會讓我和
任何人脫離平庸／不允許我有任何非分之想／就連那山腳
下的迎客松／山頂上的挺立岩／半山腰間怒放的無名小花
／哪個不經風雨吹打／是誰人曾識爾為君／／

我靜靜地向靈山走去／我雖是普通的凡人／上帝造我時並
未對我多惠顧半分／因此我沒有三頭六臂的才氣／更沒有
獨佔鰲頭的玉尊／只有母親給我的凡夫俗體／唯一的笨頭
笨腦的普通人／在祖父的繭手和永遠期盼的臉上／為甚麼
寫著上帝是永遠不公平的象徵／為甚麼上天永遠是閉著眼
睛／唯有老祖母那慈祥的臉孔／和那太陽般溫暖的柔情／
永遠撫慰著我的心／／

這就是走向靈山的這個人／他相信靈山　就在那邊／從而
不停地走下去／他要把靈山運回他的故鄉／他要讓上帝變
得公平　讓上天睜開眼睛／然後再把祖父祖母喚醒／他和
祖父祖母一起乘著紫雲／扶著靈山的額頭／走進幸福／走
進永恆

（〈向靈山走去〉）

〈向靈山走去〉可謂許耀林的人生宣言。這裡面有他對故鄉
的不為時代風雨所磨蝕的癡心與情懷，如他於2002年在悉尼所寫
的〈故鄉〉所抒發：

你的遙遠令我無時不在思念／你的身態總讓我難以忘懷／
哪怕秋風吹落的片片葉子／也是那麼可愛充滿詩意／／那

池塘邊的少女／一臉天真的面孔／總令我難以遺忘／常常
在心頭激起無聲的甜美／／就連村頭的老槐樹／也是那樣
令我無數次追憶／因為在你的身影下／我曾有過無數次的
留連／／呵故鄉／你對你遠方的遊子呢／是否亦有同樣的
情懷和苦衷

　　他對故國故鄉的情懷和苦衷，原來源於一個巨大的期待。他
2001年作於悉尼家中並在次年改定的〈我心中的唐人街〉透露了
他複雜的思緒：

不論你走到何方何處／總是有一個地方必去／那就是唐
人街／她深深地把龍的子孫凝聚／不論你是大人或是
小孩／也不管你是教授還是小學生／總是願意聚集在
CHINATOWN／深深地留戀／久久地流連／永遠的渴望／
不斷的情源／引你追憶讓你忘返／呵　龍的子孫如果都在
自己國家／凝聚　流連　忘返／豈不是萬萬個大好事／那
麼　龍的國度／肯定會令整個世界震撼／如果說龍的國家
／有非常大的吸引力／給所有龍的傳人／一個做充分的自
我的環境／給每個國人一個做人的樂園／給所有人一個創
造與發明的天堂／那麼我想／這個唐人街就在中國／我心
中的唐人街

　　而這一切，都由於他血液裡沸騰著中華文化的古老的基
因。他有一首非常傑出的短詩──〈咸陽古道〉，是寫給長安
古城，也是大漢古文化的一幅濃縮了的色彩斑斕的長卷，一首
深沉的禮贊：

貓頭鷹漫步大漠
潑一路雄種
抖一陣秋風

野馬踱過古道
老僧敲紅晚霞
十三座帝陵鎖住原野
鎖住無數愁容
鎖不住醒來的霍去病

三

　　在〈向靈山走去〉以及其他一些詩章中，「祖父」「祖母」的意象反覆出現，許耀林既是實指他的祖父祖母，但更昇華為自己的老祖宗，昇華為中華民族的祖宗。

　　不過，許耀林偏好「祖父」「祖母」的意象，的確和自己的身世有關。

　　1951年，許耀林出生在河北唐山一個煤礦工人家庭，不幸剛滿二歲時，母親離家出走，父親一時束手無策，只能抱著兒子連夜送到爺爺奶奶的手上。北方農村貧窮落後，但正是在爺爺奶奶這裡，許耀林從蹣跚學步的歲月開始，就陶冶於豪爽的天性，樂善好施的品德和刻苦耐勞的精神，就接受了人生中真善美的洗禮；另一方面，失去母愛的呵護，也許也造就了他的堅強不屈的性格。他的童年印象直接影響了他的一生。

許耀林人生另一個大關頭發生在1976年7月28日凌晨3點42分。多少年之後，詩人回憶起來還是如此驚心動魄：

這一瞬間啊，這一瞬間／玉皇大帝突然發了瘋／　八大仙人哭聲如雷／海王星金星火星掃帚星扯下大片大片的／眼光　撕碎團團雲塊／閃電呼啦啦落下／　落下砸碎晨霞曦暉／難道這是傳說的十萬光年後／地球發狂的時刻嗎／該來的終於來了　該得的終於得了／該失的終於失了　該走的終於走了／此時地核神與地幔鬼打架／　地殼魔假充好人／此時的世界再不是亞當夏娃的溫存世界／此時宇宙間的萬物在大餛飩的／槍口下掙扎　顫抖／撕心裂肺　鬼哭神嚎　雞犬狂吠／生命毀滅　靈魂飛升　各尋歸宿／白色閃電　瞬間狂風　傾天暴雨⋯⋯

這是許耀林的〈黑鳳凰狂想曲〉的片斷。詩人這首唯一的長詩是為死了二十七萬人的唐山大地震而奉獻的祭祀，共分五個樂章：「黑鳳凰的誕生」、「華髮的黑鳳凰」、「春情騷動的黑鳳凰」、「毀滅的黑鳳凰」和「黑鳳凰再生」，像希臘古悲劇般表現這場人類大災難，表現其中崇高壯烈的英雄主義。

許耀林可以說比任何詩人都有資格寫出這首〈黑鳳凰狂想曲〉，因為他就是這場大災難中湧現出來的一位英雄。

那晚，兩個月前剛當上唐山市一名電工的許耀林躺在床上卻無法成眠，他在創作激情推動下，跳下床開燈奮筆疾書，可寫出的詩行又無法讓自己滿意。於是他拿起二胡，希望能在美妙的樂曲中找到靈感。他拉了好幾個小時。就在此時，凌晨3點42分，突然天崩地裂，唐山大地震發生了⋯⋯許耀林從窗戶爬到外面時，

周圍所見已是一片廢墟。他無暇慶倖自己死裡逃生，而是單槍匹馬，既沒有工具，也沒有什麼安全帽，迎著淒慘的呼叫聲，硬是用自己那雙渴望詩歌創作的手，從斷瓦碎磚中救出了28個危在旦夕的生命。他在生死考驗關頭寫出人生壯麗的詩篇，在道德、人性上生發了一次非同小可的昇華。

此後，又過了十幾年，許耀林在期間讀過不同的學校，更幹過各種非常不同的工作。1991年7月，他在西北大學作家班畢業。如他所說，他們作家班的同學們就像一群躁動不安的西北狼。他自己更是。這時的他，不但在詩歌創作上更加成熟，竟然也在圖書發行的生意上收穫了第一桶金。人們都說，在這個世界上，文與商本來互不搭接，彼此迥異，可許耀林商業成功的秘訣卻正是來自他詩人的激情，他正是以這種浪漫奔放衝動在圖書市場上不斷創造奇蹟。

此時，許耀林又不安分了。詩人的浪漫激情讓他沉浸於出國夢。1996年12月26日，他一家移居澳大利亞的悉尼。而且，雖然他在這裡人地兩生，舉目無親，語言又不通，但他就像那首歌所唱的，「該出手時就出手，風風火火闖九州！」這個天生闖天下的硬漢，何況身邊還有一位在生意場上馳騁了十多年的愛妻，夫婦倆以極強的適應能力與拓展能力，在異國他鄉又成功了。

許耀林也走進了澳華文壇。2000年，澳洲《酒井園》詩社成立，他被選為副秘書長。2001年，他和著名詩人劉湛秋合編《世界華人詩萃》，由他的「澳洲榮寶堂出版集團」出版發行，作為在悉尼召開的第21屆世界詩人大會的獻禮。此書分為祖國大陸篇、港澳台篇和海外篇三大部分，共673頁，精裝本，相當豪華，這其中凝聚了許耀林對中華文化事業無私的奉獻和對詩歌創作的執著與熱愛。

在悉尼，許耀林的天真豪爽喚來了真摯的友情。而不論商人或詩人，人間友情也是幫助成功的要素。

四

許耀林的確獨特。朋友們都看到，他以詩人的激情，創作商場的奇蹟，又天馬行空，在自由世界瀟灑人生。近年來，垂釣成了他最大的愛好，也是他做詩的一個重要靈感。他常常拂曉前就扛著魚杆，背著大桶，跑去釣魚，在寧靜的海邊或浩蕩的海中迎接黎明的第一線曙光。

試看〈垂釣南太平洋〉：

> 垂釣澳洲／垂釣人生／垂釣夢幻／垂釣愛情／垂釣生死／垂釣一個天昏地暗的高歌／／一杆子甩出來無限愜意幾多希冀／小舢舨的飛雪／把我愛得太過／總覺得海怪在暗裡興風作浪／給我無限的欣慰和激動／最痛快的是那雙魚同時上釣的時刻／那沉甸甸的感覺／如同釣了兩尊金山／垂釣是夢／垂釣是仙／垂釣是以一勝萬的狂喜／垂釣是超凡脫俗大徹大悟／……

〈垂釣南太平洋〉充分表現詩人的愛好與激情。他的〈釣〉更告訴我們垂釣的真諦：

> 釣著魚與釣不著魚不重要／享受的是／面向藍天與白雲／茫茫天海無窮無盡／人生於此時此刻／恰如一隻雄鷹傲視群山／那飛速急如閃電驚雷／再造一次靈魂／再造

一座泰山／此時心如明鏡／雙目如犀／請問　此時你想釣到什麼／這分明是大戰後的休整／生活中的驚嘆號／你的靈魂你的軀體／仿佛經過煉獄般地／一瞬間變得頂天立地／／

而此詩的結尾，揭示的是高度的哲理了：

釣就是我／我就是釣／釣／我／我／釣

有人說，許耀林像一頭獅子，有一種猛烈；像一頭老虎，有一種雄風；像一頭良馬，永不停蹄。這幾句話形象而真實地展現出行動中的許耀林。那靜中的許耀林又是怎樣的呢？詩人在〈登峰造極〉的結尾處，也簡單幾筆為自己作了一幅自畫像：

看
那海天雲深處
那天際閃閃的岸邊
那孤獨的釣者
分明是我

這個具有鮮明個性的詩人，也許在追尋生命真諦的路途上，有時的確不免感到孤獨。他在〈孤獨〉一詩中強硬地宣佈：

我相信／沒有伴侶和同情者／我會是個人／我也相信／即使如斷線的風箏／我永遠是個人／／我會按照自己的方式／計算自己的路／也許得不出任何答案／／不管寫爛多少張稿紙／也不管它永遠沒有答案／我不管

他崇拜強者。知他者如何首巫都說,他的詩如他的人一樣,沒有消極厭世的情緒,更不是無病呻吟,而是用血與淚的進取和拼搏,發奮去創造美,詩情似奔湧的的長江水永不休止地咆哮。的確,總體看來,他的詩多是粗曠激越莊嚴正大的黃鐘大呂。甚至,他示「愛」,也可以發出「愛的嚎叫」(見〈愛的嚎叫〉)。也許,如他的好朋友趙宇尖刻地指出,他不像詩人,因為他的心長在體外,不管四季如何變化,始終只顧跳自己的舞蹈。他就是一個念頭:既然人在根本上是獨特和不可重複的,這輩子來的不容易,該笑就他媽的痛痛快快地笑吧!該哭,就跑到野地裡無拘無束地嚎吧!也如另一位朋友王今朝指出,許耀林情感直露,他的愛憎感常常益於言表,總是掩飾不住,有如赤身裸體。但是,這也說明了,許耀林崇尚真情實感,這正是他的詩作的最大價值,因為真誠是一切文學當然更是詩的第一要義。

許耀林不喜歡柔弱傷感的小調小令,但他一些短詩另有動人之處。例如他讚揚朦朧詩的〈朦朧詩〉就寫得別出心裁,精巧趣致。

又如,他這樣寫〈山〉:

> 你是大地少女的美的曲線／是雷電暴風雨的得意代表作／是海浪與波濤奏出的固體交響樂／長壽老的鬍鬚／父親的蘭花／母親的魚尾紋／賦予你金色的花邊／宇宙老人撫摸著你的額頭／笑落了老門牙

這一連串的比喻是多麼獨到!
還有,你看他寫給愛妻的〈懷念〉是多麼的「婉約」:

　　我本想做個搖櫓的水手／與你同驅彼岸於一葉小舟／你說
不　說是你願為水／把我漂浮　把我漂浮／／我讓你做金
色的花朵／我是綠葉一簇／你說　你偏不／偏要做一團露
珠／／我生氣了　氣壯如牛／你呢　你卻笑了／把頭載進
我的胸脯

　　這個氣壯如牛的人，曾經像一隻躁動不安的西北狼的人，在
南太平洋的島國上找到自己平靜的港灣。
　　這個曾經在凜冽寒風中揀煤渣的中國孩子，在垂釣南太平洋
的礁石上為自己鑄造一尊成功的雕像。
　　在當今世界上，許耀林如人們所說，真像一枚錯版的郵票，
越不能用越值錢。他始終相信惡有惡報善有善報。他在〈上天雜
句〉總結了一個人生感悟，讓我也借這個機會回送給他吧：

　　善為人者創天下
　　善幫人者得親朋
　　善修人者得名望
　　善做人者得千秋
　　大凡萬物萬群
　　皆以我字為中心
　　那麼跳出一個我字
　　我就是佛

　　　　　　2009年8月16日成稿於悉尼，發表於《澳華新文
　　　　　　苑》第394期。

汪洋灑落的旅程
——莊偉傑其人其詩其文解讀

一

　　莊偉傑，這位閩南青年，生肖屬虎，工詩文，善書畫，從他筆名「莊燁」、「詩燁」、「怪聖」，從他素有「南方抒情詩人」、「閩南書怪」之稱，等等，人們對他似乎就可知一二。

　　他於福建師範大學中文系畢業後，曾任教於泉州黎明大學中文系。1989年底，那年他27歲，作為一個留學生，從海上絲綢之路的中國泉州古城走到南十字星下的西方世界現代都會悉尼。他不甘寂寞，出任國際華文出版社社長兼總編輯和澳洲華文詩人筆會會長，在異國他鄉創辦雜誌《滿江紅》和《唐人商報》，熱情地為澳華文壇開闢一塊園地，也為自己打造一片新的天地。他好做大事，雖然不無煩憂困苦，雖然有時也讓人擔心。到了世紀之交，在澳洲度過十年之久的莊偉傑，又作了人生一個重大決定。他回到中國，在北京大學作訪問學者，在母校福建師範大學攻讀文學博士學位2003年夏天，他拿了博士頭銜又拿了教授職位。適逢當時我和他應中國國務院僑辦邀請，一起在中國大陸東南西北各地參觀訪問，一路上我常笑言他碰上「莊偉傑年」，可謂「春風得意馬蹄疾，一朝看遍長安花。」

現在，幾年又過去了。莊偉傑每年回悉尼一兩次，每次見到都是精神抖擻，碩果累累。屈指一算，他已出版了好些著作，數量極其驚人，重要的有——

新詩集：

《神聖的悲歌》（中國國際廣播出版社，1997）；

《從家園來到家園去》（國際華文出版社，2001）；

《精神放逐》（中國廣播電視出版社，2004）；

《東方之光》（國際華文出版社，2004）；

《莊偉傑短詩選》（中英對照）。

評論集：

《繆斯的別墅》（國際華文出版社，2002）；

《尋夢與鏡像——多元語境中澳洲華文文學當代性解說》（博士論文）；

《智性的舞蹈——華文文學、當代詩歌、文化現象探究》（百花洲文藝出版社，2005）；

《澳洲華文詩人12家論》（即將出版）；

《邊緣文化與生態視野——華文文學・華文教育・華文傳媒》（即將出版）。

散文詩集：

《別致的世界》（成都時代出版社，2004）。

散文集：

《夢裡夢外》（文化藝術出版社，1999）；

《邊緣人類》（即將出版）。

書法集：

《莊偉傑書法欣賞與書藝文集》（澳洲滿江紅出版公司，1998）。

主編著作：

《澳洲華文文學叢書》五部；

《澳華文學方陣》多部；

《國際華文詩星書系》多部；

《世紀獻禮》、《新生代詩人100家》……等等。

他有大量文學作品、評論文章和書法對聯發表於海內外一百多家報刊雜誌，作品入選《華人畫家書法家詩人作品聯展大獎典藏集》、《2001中國最佳詩歌》、2002、2003、2004、2005年《中國年度最佳散文詩》、《21世紀書法：天津論壇優秀論文集》等數十種版本。曾獲中國第13屆「冰心獎」、2004－2005年5度全國文藝理論與批評徵文一等獎、第3屆「龍文化金獎」優秀論著獎等多種文學藝術獎、2006年「首屆中國高校詩歌大獎賽」教師組優秀獎等多種文學藝術獎項。

現在莊偉傑受聘為國立華僑大學華文學院教授、華文文學與華文教育學科帶頭人，系目前中國文壇獎金最高文學獎「華語文學傳媒大獎」30名推薦評委之一。2006年10月，他被選為「中外散文詩學會「副主席。在這之前，8月，莊偉傑又將開始「博士後」生涯，入駐復旦。在諸多競爭「對手」中，只他一人獲得錄取，成為享有國際聲譽的陳思和教授的門生。「學問之道的確遙遠而漫長……」他感嘆，他歡呼，滿懷信心，迎接新的挑戰。

莊偉傑曾在一首詩中說：「我是一隻飛鳥，俯仰於海天之間」；「以一隻鳥的姿態／抖落滿身塵埃」。冰夫先生因而在前兩年為莊的詩集《精神放逐》寫序時問道：「振翅高翔，抑或是落地喧嘩，啄洗自己美麗光鮮的羽毛，享受榮耀？」（冰夫，〈振翅高翔抑或落地喧嘩——讀詩集《精神放逐》致莊偉傑〉）現在看來，莊偉傑並不屑於落地喧嘩，他繼續振翅高翔當不容置

疑。或者在他題為〈虎〉（《精神放逐》）的詩中，莊偉傑多少也為自己作了一幅自畫像：

> 不願長久地　呆在／狹窄而生態鱗傷的／荒山野林　卻喜歡／在懸崖絕壁上／彫鑿夢想／／孤傲地懷抱春雲／冷眼蔑視　世界／／洶湧冒險的衝撞力／在植物吐芽的季節／躍動一串火花　獨放　異彩　縱然週遭一片漆黑／決不後悔　獨斷獨行／／往可縱橫千里萬里／返能折騰萬里千里／／……

或者，也可這樣比喻，就好像不經意出現一場造山運動，在我們澳華文壇舊友面前，莊偉傑驀然崛起，令人十分驚喜！

二

還記得，他調侃自己志大才疏。甚至「志大」也有「疑問」，當人們驚訝他的名字叫「偉傑」時，他總是風趣地說：「是裝出來的。」

所謂「裝」是「莊」的同音，而「莊」是他的本姓，那是千真萬確的，那麼，他志在「偉傑」，便絕對不是「裝」出來的了。至於「才疏」，於他更是一個謙辭。事實上，說到莊偉傑，人們自然想到這兩句成語：「多才多藝」、「年輕有為」。雖然這些讚詞有點用爛了，但用在莊偉傑身上，卻是恰如其分的，上文簡略所述的成就就是根據。

在大多的場合下，莊偉傑並不是一副謙卑恭謹的樣子——不，他絕對不想做那種謙謙君子。正如他自己說，他「喜歡我行

我素、喜歡刪繁就簡、喜歡標新立異，又是一個地道的邊緣人
類……」下面他自己的兩段話多少點出了他寫作特點，也點出了
他性格特點：

> 我主張在寫作上要敢於張牙舞爪，性情使然，本人的寫作
> 空間維度說雅些呈放射狀，其實是既多且雜，這恐怕與自
> 己不喜歡單一或單向維度有關。因此，忽而寫詩吟對，忽
> 而作文評論，忽而揮毫書畫，至於散文詩，只當作個人漫
> 不經心的一種思維散步，飄忽不定如雲彩，撒落的雨點如
> 音符……也許，我的生命空間是由多種元素組成的，並由
> 此生發形成了多維度的寫作空間。（〈後記〉，《別致的
> 世界》）

按照我的觀察、理解、分析，莊偉傑生命空間當然有多種元
素，但激發他生命各種元素因而決定他就是「這一個」是他的詩
性。他整體是個詩人氣質。就說他的書法吧。如論者所說，字如
其人，書為心畫。莊偉傑宗師自然萬物，主張悟性靈性，追求線
條的靈動與張力、佈局的動靜錯落和諧有序，以及個性鮮明獨標
風彩的神韻。他隨情而發，揮灑自如。多變靈活的用筆，不斷創
新的意念，如八面來風，酣暢淋漓，回腸蕩氣，恣肆汪洋，其中
的審美體驗是「書韻、詩情、畫意」。他這樣總結自己的心得體
會，書家詩家簡直渾然一體：

> 空氣被墨香渲染得醉熏熏的／流瀉出涮涮點點的柔情萬千
> ／一撇一捺一勾一挑一折一豎／構築著一方搖曳多姿的空
> 間／書聖王羲之父子露面了／唐宋四大家亮相了／懷素顛

顛狂狂地跑來了／褚遂良則小心翼翼地走來／難得糊塗的
鄭板橋並不糊塗／／……其實，在這個天地中／角度不外
是三尾魚／一尾在墨海遊動／一尾遨翔於歷史的長河中／
一尾嬉戲在書家的夢裡（〈角度是三尾魚〉）

　　莊偉傑多維度的寫作空間中有散文更有散文詩。他陸陸續續
寫散文或隨筆或雜文等，大多是在走出國門到了澳洲之後。1999
年8月，他把這段時期的散文作品結集出版，最初定名為《遠行的
跫音》，意即在異國漂泊浪跡的漫漫旅程上下求索而留下的跫然
之音，出版前更名為《夢裡夢外》，倒也似乎更能表明作者這段
期間的狀況與心態（「世界　除了歲月永恆歷史永恆／還有夢裡
夢外浪跡的跫音」）。此後，在回中國大陸之後，莊偉傑寫的散
文，將在《邊緣人類》收集出版，我閱讀過一些，很覺得文字瀟
灑，詩意洋溢。例如，2002年初春寫於泉石堂的近六千七百字的
「母愛如燈」，簡直就像一首感人至深的長篇散文詩。而當我打
開他於2004年12月出版的散文詩集《別致的世界》，便禁不住為
他「個人漫不經心的一種思維散步」所深深讚嘆了。也像別的散
文詩集子，《別致的世界》中有許多關於「感悟」、「懷念」、
「情思」的篇什，但莊偉傑以散文詩的式樣來解剖自己，洞察世
事，感悟人生，特別真誠，特別睿智，其哲理深度，不是一般淺
薄為文者所能相比的。散文詩是莊偉傑鍾愛的一種文體。作為文
學家族中的另類，作為一種特殊的邊緣文體，散文詩這種性格特
別感動他。在某種意義上，他的散文詩創作給他帶來的掌聲和收
穫，可能是其他文體所難以達到的。「其實，我不也是一首散文
詩嗎？」（〈後記〉，《別致的世界》）莊偉傑發自內心的欣喜
的認知，已經說明一切了。

　　莊偉傑從事最多最為投入的當然是他的新詩創作。關於他的詩寫，我自然要從他當年素有「南方抒情詩人」之稱說起。如果說莊偉傑擔當得起這個詩名，那麼，他第一部詩集《神聖的悲歌》中那首長達11節160行抒情長詩〈南方之沉吟〉，可視為一個標誌。

　　……南方，我溫暖而廣袤的故鄉／低垂羞紅的頭，舉行隆重的典禮／在沉思，沉思……

　　這是長詩開頭第一節。這樣一開頭，生發開去，便不得了。如論者所說，上下幾千年，縱橫幾萬里，尋古探幽，訪賢拜師，呼喚吶喊，一路行吟一路歌，一路沉思一路詩……所謂「惜誦以致潛兮，發憤以抒情」（〈楚辭・惜頌〉）；所謂「詩緣情而綺靡，賦體物而瀏亮」（陸機，《文賦》），〈南方之沉吟〉是充分緣情抒情的。這首詩寫於1984年夏天，當時莊偉傑是多麼年青啊；即使以此詩定稿於1993年夏計，詩人也不過31歲。這裡有一點值得注意，他寫完這首長詩後第5年到澳大利亞留學，而修改定稿時已居澳近4年，這個跨度經歷了他人生一個重大變化。「發憤以抒情」，信然。

　　〈南方之沉吟〉這首詩以「南方」作為背景，寫得相當大氣，結尾終於能夠這樣豪邁地宣告：

　　……哦！那時／我將和南方一起／和新興的太陽城一起／和所有綠色的生命一起／驕傲地走向哲學的長廊／走向成熟的季節

「詩者，志之所之也。在心為志，發言為詩」（〈毛詩‧序〉）。「詩言志」（〈尚書‧堯典〉），顯然，莊偉傑在這裡預告了他的理想，他的抱負。

對於詩的本源，古來有兩大理論，其一是原於「心」，其二是原於「道」。對於我，「心」「道」並非絕對衝突的。周作人說過一句非常精闢的話：「言他人之志即是載道，載自己的道亦是言志。」（周作人，〈中國新文學大系‧散文集導言〉）最緊要的是看是否出於自己的本心，自己的真心。清人袁枚曰：「芳夫詩者，心之聲也，性情所流露者也。從性情而得者，如水出芙蓉，天然可愛；從學問而來者，如元黃錯采，絢染始成。」（袁枚，〈答何水部〉）詩必須為「心聲」，為性情的自然流露。莊偉傑是一個性情中人，他言志抒情，均是出於真心，豪放如〈南方之沉吟〉這類詩如此，婉約如他的〈合浦珍珠〉、〈睡蓮醒來〉這些詩章更是如此。請看：

> 以夢的方式長久地蠕動／由此感知自然的呼吸／詩意了所有大海的歲月／表達南國的魅力／／珠還合浦的美麗傳說／仿佛淡藍淡藍的記憶／無意間搖曳一首歌謠／演繹成一種高貴和尊嚴／／……（〈合浦珍珠〉）

請看：

> 滿身素潔　依然沉浸／於水的酣夢中／雙眼如月鉤雲鉤情懷萬種／開始細雨般呢喃／消失的夢　綴含淋淋的珠光／透徹　一夜橫生的故事／／……（〈睡蓮醒來〉）

這些優美意象，既傳統，又現代，跳蕩多變，色彩紛呈，讓人心醉神迷，琢磨不定，這別有一番情趣恰好顯露了莊偉傑的本性。

的確，莊偉傑的詩章帶給人們的藝術美感是多元的。於莊偉傑，詩是一種特殊的生活方式，詩為人們展現一段悠遠而神秘的夢幻，也把莊偉傑真實地呈現在世人面前——一個閩南才子，既狂放，又多情。

三

在二十世紀八十年代末九十年代初中國大陸移民大潮洶湧澎湃之下，這位閩南才子「仰天大笑」跨出國門，到了澳洲悉尼。可是，不久以後，他感受到一個世紀末浪跡天涯的遊子所能感受到的全部的孤獨困惑彷徨焦灼騷動不安了。他像他們那一代新移民文化人一樣，面臨著生存制約、文化衝突、語言焦慮、自我挑戰等等困境。從大學講壇轉化而「流放」到一個陌生的、一切都必須從零開始、都必須靠自己去創設和尋找自己位置的空間，其中經歷的痛楚是難以言喻的。而且，遠行的路沒有盡頭，流浪異國故土已漸行漸遠……

這是「一年四季都在流浪」的內心感受：

> 我聽到了什麼　應該說些什麼？／關於冬季、寒冷抑或喟嘆／關於命運、孤獨加上懺悔錄／或者道出那珍貴的語句／其實統統沒有必要　反正／一年四季都在流浪……
> （〈精神的夢囈〉）

他失落精神家園的孤獨和痛苦竟達到這樣的程度：

> 既然千年前的心事／在瑟縮之時發了脈／可海依舊是海／
> 天依然還是天／／慢思狼煙般滾滾而來／指頭燃著一枝
> 孤獨／我將所有的傷痛所有的回味／統統地擲進　靈魂傷口
> ／　洞開的深淵（〈我是一個弄潮兒〉之二）

面對著這樣的命運歷程，他禁不住發出一個「天問」：我們
為什麼流浪？！他發現，我們放蕩的符號，都深藏著無數歲月的
童話：

> 孤獨的時候／無舟橫渡　情感／至今依然　漂泊／在一個
> 陌生的城市／流浪多年的夢，尚未醒悟／／那些記憶中的
> 初衷／雲一樣流放於天空／注滿著　我們放蕩的符號／怨
> 恨或者渴望／困惑或者思念／在每一個角落裡／在每一
> 條繩結中／都深藏著無數　歲月的童話……（〈依然飄
> 泊〉）

他對孤獨感驗至深，獨特地獲得「獨坐、獨思、獨看」的
感覺：

> 在難耐寂寞的河道／久久地　泅渡／／……獨坐　獨思
> 獨看／任憑感覺的根須四處蔓延／／整個世界好像都在變
> 形濃縮／一個又一個的怪圈接踵而至／時間似乎失卻了依
> 託／生命被擱置在定格的旅程（〈泅渡〉）

漂流的日子，蒼茫的季節。莊偉傑感受到無可奈何的、沉重的煎熬。幸而，他聽到在遙遠的天國繆斯的呼喚。他後來回憶道，倘若再沒有詩的陪伴，沒有詩的慰藉，他真不敢想像自己在異國的生活將會是怎麼樣。他曾這樣表白：

> 無詩的時候／有淚竟流不出／燙得眼睛疼痛渺茫／灼得燈光的身段冒出煙霧／以全部的慢思　瘋狂／生長一株憂鬱草／整個背景　色彩黯然（〈無詩的時候〉）

在歷史哲學的深層次追問下，詩人面臨一個有關文化、民族之類的難以擺脫的迷茫。在那異國他鄉：

> 沒有誰能讀懂我／沒有誰讀不懂我／不設防的人生／有形或無形／透明或朦朧／／最悲哀的是／讀不懂自己（〈流向遠方的遠方〉之二）

多麼震撼心靈的詩句！特別對於那些曾經或正在生活在類似境況的人。

莊偉傑這些「自我流放」體驗和感悟在他迄今出版的幾部詩集中鮮明而深刻地呈現著。1997年他第一本詩集出版，他就把它命名為《神聖的悲歌》，他說這不僅是自身生命體驗的真實寫照，更是他們流浪海外的同代人生命的真實寫照。一位論者形容得好，「這是尋找感覺的真實體驗與精神夢囈的無題詠嘆，這是纏綿思緒的一杯誘惑與靈魂渴望的一種禪宗，這是無法抗拒的神聖悲歌與懷古對話的世紀憂思，這是黃昏細語的別離心畔與穿越靈界的梅花心緣，這是悉尼之夜的海濱斷想與鼓浪之嶼的海潮印

象，這是體驗人生的南方沉吟與記憶角度的三尾遊弋……」（謝幕，〈翻閱命運的奧秘與浪跡天涯的孤寂——旅澳詩人莊偉傑詩集《神聖的悲歌》試評〉）

《從家園來到家園去》是莊偉傑2001年11月出版的另一本詩集。這本詩集從〈作品01號〉到〈作品21號〉，總數近二千行，是作者的「孤旅遊思」（詩集原定的書名）——以詩的形式系統地展示海外學子心靈的苦難歷程。莊偉傑企冀很為宏大。他企圖把他們這群在異域奔波闖蕩多年的同輩者，在實際的存在狀態中陷入無家可歸或有家難歸的困惑，用史詩式的壯闊加以表達；他企圖透過某些特殊的語境，對自身生命進行觀照，對二十世紀末「世界大串聯」乃至對生命作全方位多角度的審視，並多少體現帶有美學的趣味與宗教的情懷。

2004年8月出版的《精神放逐》，莊偉傑起初取名為「感悟的光華」，過些時候覺得不太滿意，又命名為「孤獨的另一面」，儘管這兩者皆從精神層面上闡釋，但始終還是覺得缺點什麼，反覆思量，逐取現名。他希望因為有這個符號，能泛起這些詩作所散發的自身的氣息，讓人在閱讀過程中感應到一片氛圍，一縷感悟，一份心跡，一種姿態，然後，進入一種特定的文化語境中。詩集整體表達了莊偉傑作為精神放逐的流浪者在浪跡天涯中的心路歷程，有個人獨特烙印的生命體驗，有對人類社會、自然風物、古今歷史的思考與詠嘆。進而論之，詩集對漂泊者內心世界富有哲理深度的揭示，浸潤著東方風韻之美與現代意識的話語魅力。

從這幾部詩集的立意可以看到莊偉傑相當大的「野心」——而且他的「野心」可以預期在不久的將來更會蓬勃地展發開來。

我之所以敢於這樣說有一點是因為我在這幾部詩集中看到莊偉傑的詩藝有所提升。我非常同意莊偉傑的老師孫紹振教授的看

法：莊偉傑「在藝術上最為成功的地方就在於他能夠比較自然地
超越了抒情的浪漫，把他深沉的智性的深思化為詩性的沉思」。
（孫紹振，〈智性話語與詩性沉思——莊偉傑詩集《從家園來到
家園去》序〉）的確，莊偉傑最為精彩的詩章，不是僅僅抒發某
種浪漫情懷的激情，而是來自激情的反面——那種具有深沉力度
的冷峻。這些詩章的語言是感性和智性平衡的語言——不但有感
性的象徵，而且有智性的概括。再讀讀本節前面所引的詩句吧，
如果誰喜歡歸類的話，它們也堪稱為具有無限性、超越性、靈性
等特點的「智性詩歌」。例如〈泅渡〉這首短詩中，那一連串的
三個「獨坐」、「獨思」、「獨看」，如冰夫所指出，看似隨意
寫來，實則匠心獨運，入木三分，充分反映了莊偉傑的行為方式
與內心世界。整首詩平白而堅實、生動，樸素而有張力，仿佛從
肺腑流出，無一字虛設，無一點雜質，可謂擲地有聲，發人深
省，將生命的醒悟與體驗，升華至一種涵蓋人生的哲理。（冰
夫，同上）

　　再舉莊偉傑這兩首在《精神放逐》中的五行詩：

　　　潛伏的憂患來自歷史的悲愴／毀滅歷史遠比創造歷史容易
　　　／讀懂今日遠比讀懂昨天艱難／／穿行在荒原上　時間傷
　　　痕累累／無言的憂患　一方苦澀的良藥（〈憂患〉）

　　　今日的現在從過去走向我們／明日的現在從今日的迷津橫
　　　渡／一切的事物又漸復歸於原形／／過去　現在　將來／
　　　輪迴的終點也是起點（〈現在〉）

可以看出，莊偉傑在表達某種人生哲理的時候，也形成了他一種風格。或者倒過來說，莊偉傑喜歡以一些悖論性或同語反覆之類的句式表達他的哲理思考。《從家園來到家園去》也有許多例子，在不經意間滲透著一種禪理神機，讓人啟發心智、回味無窮：

> 自己是自己的深淵／自己是自己的造就（〈構置自己的風景〉之六）
>
> 世人皆醉我獨醒／世人皆醒我獨醉（〈我是一塊活化石〉之七）
>
> 辦公室是用來辦公的場所／自己是用來孤芳自賞的風景（〈皓首凝望著蔚藍〉之三）
>
> 沒有誰能讀懂我／沒有誰讀不懂我（〈流向遠方的遠方〉之二）
>
> 置身今天又遠離今天／親近家園又遠離家園（〈親近又遠離家園〉之六）
>
> 天堂就是天堂／人間就是人間（〈我是一塊活化石〉之十）
>
> 活著的死者，血已凝固／死去的活者／六弦如瀑（〈構置自己的風景〉之六）
>
> 一切都誕生於零／一切又歸縮於零（〈浪跡天涯的創傷〉之九）

我個人非常欣賞也特別看重詩性的沉思即在詩章中呈現某種哲理的升華，因此我認定這是莊偉傑詩寫的重大收穫。那麼，人們會問：如果莊偉傑沒有澳洲十年的生活，他能大面積地寫出這些詩章嗎？

　　不知是否可以這樣說，莊偉傑在澳洲10年的「自我流放」，對於他的人生感悟也許具有至今尚未完全揭示的重大意義。試縱觀古今中外所有文學史，一個真正的詩人，有誰不曾在人生的征途上流浪，在命運的海洋中漂泊？孤獨、流浪、磨難，對一個真正的詩人來說，是煉獄，也是一種財富，一種天意。正所謂矛盾越深則體會越深，生命的感悟也越為豐富沉實。

　　「從家園來到家園去」；「精神放逐」。誠哉斯言！的確，正如新詩理論家謝冕教授所言，人的生命的基本狀態，或者說，生命的本質，就是流動。這種流動不免引發悲傷，這就是莊偉傑詩中頻頻出現「創傷」、「無奈」、「追尋」這些詞語的原因。另一方面，更重要的是，生命因這種流動而美麗，而獲得意義。（謝冕，〈簡單幾句話——序《從家園來到家園去》〉）因此，我想指出，在抒發這些人類共同面臨的、也是永恆的主題時，莊偉傑可以自信，可以自傲，因為他經歷了大跨度的人生漂流，他既付出了巨大的情感投入，又獲得了大悲歡的人生體驗，因而激發他的哲理思考並讓他的詩寫進入一個新的境界。

四

　　莊偉傑不但是一位詩人，而且是一位學者（他以澳華文學的總體論述取得博士頭銜），一位詩論家。他幾年裡已經主編出版了好幾套叢書、方陣、書系之類，自己的評論集更出版了厚實的幾部。莊偉傑真正涉足文學理論研究與批評，是近幾年讀博士之後的事，但也像他的詩創作一樣，是精神的豐收。

　　在莊偉傑所主編的多種著作中，我要特別提到2002年10月出版的《澳洲華文文學叢書》。這是海內外第一套五卷本澳洲華人作家

作品選集，可視作一百五十多年以來澳華歷史上具有認識價值、美學價值和數據價值的真實檔案，也是近十餘年來澳洲華文文學異軍突起的一個縮影。它不僅是研究澳華文學的第一手資料，而且是人們認識澳洲華人生活、現狀和文化的一面鏡子。當時我就在我主編的《澳華新文苑》上為這套叢書的出版作了兩期的專輯。我滿懷喜悅地稱其為「澳華文學史上的一塊豐碑」！

關於文學評論，喜歡標新立異的莊偉傑自然有自己一套想法寫法。他雖然科班出身又在大學教書，卻最忌諱學究式的、掉書袋的東西。在他看來，理論批評雖說是理性的冒險之旅，但到底還得讓人喜歡讀願意看，所以應是一種智慧的高蹈，一炷思想的香火，一台出色的演說，一席觀點的律動。也許是性情使然，也出於個人境況因素，他喜歡站在邊緣處獨思獨想，多從自己的立場或姿態出發，去闡述屬於個人的自我之感、自我之道、自我之見，而不太理會是否可能會有悖於傳統學術研究的框框。他力圖讓他的評論顯示「鮮活而溢滿理性之光，靈動而不失文彩意蘊，大度而充盈厚實豐贍」（莊偉傑，〈走自己的路——評論文集《智性的舞蹈》後記〉）。莊偉傑這種志趣，深得我心，我也因此更加關注他如何身體力行。如果比較一下2002年5月出版的《繆斯的別墅》和2005年5月出版的《智性的舞蹈》，讀者大概會同意，莊偉傑「走自己的路」是越來越有信心，越來越得心應手了。

不過，這裡不打算全面評論莊偉傑文學評論的成就，倒是想通過他某些評論，繼續前幾節描述，進一步鮮明其人。

其實，所謂文學評論，在很大意義上，甚至可以說在最終意義上，也是自我評論，是自我文學觀念的一種折射。故此，探究一下莊偉傑那篇題為〈靈魂的珍珠項鏈〉的余光中詩歌討論是很有意思的。這是2003年9月他在余光中出席的「海峽詩會」上的發

言。莊偉傑認為，正如古今中外一切大作家大詩人一樣，余光中的生命境界和精神世界是立體多元而又充滿矛盾的，同時也保持其微妙與和諧的統一。他展現的世界具有多重的美學內蘊和多維路向。作為一個真正的詩人，他總是保持恆久的前傾姿態，在人格上確立一種自覺的邊緣意識。

什麼是「邊緣意識」？余光中的個案表明，這是走出中心，在邊緣地帶返觀整體生存背景，同時表明詩人突破自我邊緣而通向人類的內在心象。詩人惟有堅守自己的心性堅守邊緣姿態，堅守個體寫作堅守更新自己的觀念，一方面才能保持創作主體的個體獨立性或真我風彩，另一方面才能打破「自戀」心理，葆有一顆博愛之心、靜觀自得和總體性超越乃至指向人類的終極目標。誠如余光中所言：「從小的一面看，尚有個人生活與自我的所思所感、所夢所欲，從大的一面看，尚有大自然與無限的時空，也就是一切生命所寄的宇宙。個人的一面，近而親切；自然的一面，遠而神秘，其實都是人生的經驗，也都是現實。」（余光中，〈談新詩的三個問題〉，《連環妙計》，上海文藝出版社1999年8月版）

由此看來，余光中以邊緣的姿態切入的詩歌寫作，是他在自我與中心意識形態、個人生活與大千世界的相互對應的切點上，將個體與群體、主體與客體，自我與人類加以鏈接，企冀表現出對人類的終極關懷。莊偉傑發現，當余光中從邊緣立場出發，至少在兩種向度上同時展開：一是既能作為個體生命獨特的心靈圖景與創作主體的生命感受；二是又能作為表現出人與超自然兩個層次的契合上，發出關於人類生命終極意義的追尋和關注以及體現出文化與歷史傳承的真義。

余光中的詩歌對當代華文詩歌寫作有著重要的啟示和意義。作為一個具有強大說服力的例子，余光中的成就為「邊緣文學」

展示美好的願景。事實上，正如余光中所說，「從文學史的發展看，邊緣文學未必不能成為強有力的支流，更進而影響主流。」余先生進一步說：「在我國古典之中，楚辭對於詩經本來也是邊緣文學，但是現在早已成為傳統的基石。……政治短暫而文化悠久，今日的邊緣文學將成異日的一股主流。」（余光中，〈邊緣文學〉，《憑一張地圖》，台灣九歌出版社1988年12月版）

不難發現，莊偉傑在評論余光中的同時，也為自己吸取了信心和力量，透露了自己的企望。

作為一個澳大利亞華人，作為一個享受澳大利亞多元文化主義的華文詩人和學者，莊偉傑似乎意識到自己文學創作與研究的道路和可能的前景。

何謂澳大利亞多元文化主義？澳大利亞政府多元文化事務部制定的《澳大利亞多元文化全國議程指南》這樣闡明：一、所有的澳大利亞人均有權表達和分享他們自己的文化傳統，信仰他們自己的宗教及為自己的母語而自豪；二、不論種族、宗教、語言和出生地，所有澳大利亞人均有權享受同等待遇和機會；三、澳大利亞在現在比以往更需要發展和依賴它所有的人民（不論他們是屬於哪種人種）的技能與才幹。從澳洲多元文化存在的事實，可見澳洲社會豐富的文化構成，在澳洲的華文文化作為其重要的一元，已經爭得一角天空。置身於中西文化衝擊中並在雙重意義上作為邊緣族群的澳華作家，不僅積累了豐富的人生感受，同時在人文精神方面享有高度的心靈自由，他們不斷尋求人的個體生命價值觀念，在邊緣地帶中創生了另類文化或第三文化，為「大中華文化圈」搖旗吶喊，添磚加瓦。

在這樣的背景下，作為一個澳華詩人，不難理解莊偉傑推崇余光中那樣的堅守寂寞永遠立於風中的邊緣詩人。他說，詩

人惟有堅守自己的心性，堅守邊緣姿態，堅守個體寫作，堅守更新自己的觀念，在浮躁的時代和令人目不暇給的世界中保有一顆博愛之心、靜觀自得和總體性超越，才能真正堅守現在並獲得某種程度上的超越。莊偉傑也自稱是「邊緣人」，或者如楊匡漢所指出，準確地說該是「於邊緣處站立的人」。（楊匡漢，〈追尋沉默之美──序《繆斯的別墅》〉）他清楚無論是地理空間上或精神空間上自己都身處邊緣。他說，「邊緣」，在某種意義上，其實像是兩個圓的交叉地帶。如果說中國文化是主情的、西方文化是主知的，那麼，站在中西文化的交匯點上就註定了他的邊緣角色。莊偉傑顯然也想像余光中一樣做一個「總是保持恒久的前傾姿態，在人格上確立一種自覺的邊緣意識」的「真正」的詩人。成為這一類詩人不容易。他們既不投其懷抱於主流，也不願將自己畫地為牢而歸於某個派系或類型。他們從邊緣出發，永遠立於風中，走在永遠的路上。他們行走於意識權力話語與商品權力話語交織的領地，在政治和商品的雙重擠壓中依然堅守寂寞、寧靜致遠，對當下的生存憂思或困惑加以揭示，因此堅持詩歌的邊緣化成為這些詩人的目標。無論是展示自己精神歷險的新的表述空間，還是進入到當下現實生存狀態的日常生活中，他們總是在不斷的肯定和不斷的否定中前進，並對漢語思想漢語寫作和自我創造力加以呼喚，既有詩意的潛質也有傾訴的衝動。他們的詩不是做出來的，而是內心流出來的，「那是詩人人格的投影，心靈歷史的樸素表達。」（莊偉傑，〈當代詩歌流變與詩壇六種類型詩人透視〉，《國際華文詩人》，2002年秋創刊號）

　　行文至此，談了那麼多「邊緣」、「邊緣意識」，也許我們應該進一步探究一下「家園」的意義了。

讓我們又回到莊偉傑關於「家」的一首詩。這個新時代的遊子，面對茫茫天地，對於「家在哪裡」的問題，不但只是感慨系之，而且已深加思考。他發現他到處為「家」：

> 南來北往／天地間／一隻沙鷗／以鳥的方式／存在或者生長／我向時空／拋出無數弧線／世界回應我／許多感嘆號／生我養我的村莊／母親的家稱老家／成家立業的那片天／支撐為安樂窩／遠方袋鼠的誘惑／流浪成一個家／歸來的那個邊緣／屁股兒也算家／晃來晃去的地方／找一個臨時的巢穴／包裹著自己的身段／不算家的家／／……／／我的筆 其實就是我的居所／我是主人 棲息在筆管裡／筆尖像小狗一樣搖頭擺尾／有這種特殊關系／我自然方便了許多／／我的居所是晃來晃去的世界／筆自動在體內踱來踱去……（〈我的筆就像我的居所〉，《精神放逐》）

莊偉傑真切地知道，他還有另一個家，那是用來滋養自己，喚醒靈魂的家，它不在別處，而是構築在他的心裡。這是一個神聖而不可褻瀆的家。他的心裡始終裝著這個美麗的家。這樣，「家」或「家園」的概念，便獲得了神聖的升華；這個「精神家園」，在他心裡始終戴著崇高的光環。儘管在困境面前，他曾經說過「去國離鄉，忽經十載，夢醒還鄉，來去家園，令人頓生無盡感慨」（〈後記〉，《別致的世界》），但他知道，「土地家園」並不等同「精神家園」，他的精神永遠在放逐中，他始終要尋找「那屬於燦亮的渾圓，能感應芸芸眾生的企望／能昭示萬物的精靈」（莊偉傑，〈孤獨地向前衝去〉之一，《從家園來到家園去》）。

　　我曾經在一篇文章中說過，作為一個澳華作家、詩人，或者學者，我們似乎不必在「原鄉」「異鄉」的觀念中糾纏，不必為「在家」「不在家」或「有家」「沒有家」的感覺所困擾而不能自拔，不必因為「土地家園」不是「終極家園」而極度懷疑而灰心喪氣。作為一個「世俗」的人，我們應該有平常心也應該擁有積極的人生觀和廣闊的歷史哲學視野（何與懷，〈精神難民的掙扎與進取──試談澳華小說的認同關切〉，《精神難民的掙扎與進取》，香港當代作家，2004年5月）。人們檢視一個世紀以來某些重要的哲學家、神學家、詩人、小說家、藝術家、音樂家的精神意向，已經獲得一個很有意思的發現──他們的精神意向都是流亡性的！卡爾‧巴特和海德格爾均頗為入迷的「途中」概念以及昆德拉小說中的性漂泊主題是很好的例證。值得進一步考慮的是：也許人本來就沒有家，家園只是一個古老的臆想觀念，人永遠走在回家的途中──《舊約‧創世紀》早告訴過這一點，而人過去總以為自己在家，二十世紀的思想不過重新揭開一個事實而已。

　　「人始終都在路上」，不管你當下身處何處，是棲身於生你育你的故國家園，還是浪跡於世界某一個角落。而一個「始終都在路上」追求的華文作家或詩人，應該相信「中華文化就在我的身上」，甚至認為「我就是中國」，就以這種態度去擁抱世界，去寫作。我傾向認為，澳華作家、詩人、學者，應該就像一百多年前梁啟超所說的那樣，歡迎「世界大風潮之勢力所顛簸、所衝擊、所驅遣」，做一個「世界人」（見梁啟超，〈《汗漫錄》序言〉），特別在今天全球化已是大勢所趨、「大中華文化圈」也像大海浪潮一般湧現的時候。

　　這是否就是「總是保持恒久的前傾姿態，在人格上確立一種自覺的邊緣意識」的深層意義？

是否可以說，只有獲得這種靈悟的澳華作家、詩人，他們的寫作才會「更進而影響主流」，才具有或者接近永恆的價值。

據說，從泉州走出來的文人，大都有濃濃的流浪漢的品性，而世上最徹底的流浪漢，閱盡人生，也深入人心，大智，大勇，大仁，大德。所謂流浪漢，現實的也好，精神上的也好，也就是邊緣人。希望泉州人莊偉傑永遠做一個「精神放逐」的、「始終都在路上」追求的「邊緣人」，總是保持他所推崇的「恒久的前傾姿態」，永遠堅守他所推崇的「自覺的邊緣意識」；希望他的文學研究和文學創作因此將會更上一層樓。

且讓我們試目以待。

發表於中國《世界華文文學研究》叢刊，2006年專輯。

曉聲識器，真知灼見
——從冰夫先生的詩作談到他的詩評

一

　　我從新西蘭來到悉尼較晚。記得初識冰夫先生時，獲贈大作《海，陽光與夢》一書，便為在悉尼這個講英語的西方城市中有此才人而驚歎。如果散文可粗分為偏重抒情或偏重敘事議論，那麼冰夫先生的散文可謂左右逢源，或者說，即使他偏重知識鋪陳、敘事議論的散文也寫得詩意快然。這其實並不奇怪，因為他本身就是一位詩人，曾為上海作家協會理事、詩歌委員會主任，幾十年前就已出版詩集多部。

　　我對擁有冰夫先生等老中青幾十位詩寫者的悉尼詩壇的評價相當高。不管在洛杉磯，在溫哥華，在香港、北京、重慶、廣州、上海、深圳，不管在大會發言或在私下交談，我都可能是不自量力地表達一個看法，即是悉尼詩壇拿到哪裡相比都是毫不遜色的。若講到悉尼詩壇的形成並初成氣候，就不得不講西彤先生、冰夫先生這些人的努力與貢獻。正是在他們的宣導與組織下，澳洲「酒井園詩社」（Barwell Garden Poets' Union）於2000年11月26日在悉尼隆重成立。這是澳大利亞第一個有一定規模的華裔詩人團體。在成立大會上，冰夫先生被創社同仁推選為詩社副社長。

　　「酒井園詩社」的宗旨為繁榮澳洲華文詩歌的創作，推動華文詩歌的國際交流和豐富澳洲華裔詩友們的創作生活。這個非政治性、非宗教性、非贏利性的文化團體，以「創造力、相容性、時代感」為旗幟。「酒井園」與酒沒有直接的聯繫，但正如詩社另一位副社長雪陽所言，南方的澳洲大地，有比酒更能醉人的天空，陽光和大海！自由的詩人們，以天空為井，陽光當酒，滄海為杯，越醉反而越清醒。生長萬物的陽光，代表創造力；容納萬物的天空，表示相容性；而橫流無畏的滄海本來就具有時代感。五年來，在冰夫先生等人的帶領下，酒井園詩社的成績有目共睹。

二

　　冰夫先生在澳華詩壇的地位以及號召力是不容置疑的。首先是他幾十年的詩寫成就為眾詩友所欽佩。詩友們特別注意到，冰夫先生雖然年歲漸高，然而詩才未減，而且老當益壯，勤奮嘗試各種風格，不斷超越自我。

　　冰夫先生一般而言可視作婉約派抒情詩人。中國大陸九葉派著名詩人辛笛先生1987年3月為他的《鳳凰樹情歌》寫序時說，冰夫的詩可以說既是「緣情」（陸機，《文賦》），又是「言志」（〈尚書・堯典〉），「詩風偏於婉約一路，豪放自非所長」。辛笛先生當時所說也對，例如先於《鳳凰樹情歌》出版的《浪花》和《螢火》以及以後出版的《夢與非夢》等詩集亦可證明冰夫先生婉約的詩風。到了2001年，他在悉尼出版《看海的人》，在他這部詩集以及其他詩作中，可以看出他的婉約詩風更加成熟了。

　　試看〈一行大雁飛過〉：

……空靈的瞬間／雲朵幻化成夢景／雁陣在藍天演繹故鄉的山水／煙雨江南已是紅葉斑斕／隔著浩瀚的大洋遠眺／濤聲中依稀有親人呼喚／／相思化作白晝流光／跨越心靈距離的堤岸／／啊……／大海潮汐　高山雲霧／生命自有沉甸甸的厚度／邊緣人什麼都應該品賞／孤獨也算一種財富／視線中／模糊了遙遠的雁陣／心中湧動／近乎荒誕的思緒

另一首〈短歌〉：

生活於南半球／並非自我放逐／／蹣跚於曠野／常感到思緒／似山花／燦爛依舊／聽教堂鐘聲／敲落寂寞的黃昏／／天下事／了猶未了／不了了之／抬起頭，仰望／澳洲天空／閃爍滿天星斗

詩人自忖並非自我放逐；而且獲得一種開闊胸懷：天下事，人世情，了猶未了，不了了之；邊緣人什麼都應該品賞，甚至孤獨也算一種財富。人到晚年，並不氣餒，因為有生命沉甸甸的厚度。他仰望澳洲天空，發現滿天星斗閃爍……這些小詩，情真意切，婉約動人。

冰夫先生重感情，詩亦如斯。請看他悼念詩友徐永年的詩，何等深沉；讀罷，深沉的餘音嫋嫋，久久不散：

幾許灑脫／幾許風流／幾多人生的詠歎／幾多命運的彈奏／／你匆匆行走，／你緩緩回眸／一世的飄泊流浪／淚灑旋律／血凝春秋／／遠天之下／我看見你飄浮的靈魂／怎能想：尋覓知音／也就是笑迎死亡？／／用詩篇挽留一個

人／是詩人的癡心／用哀歌送別一個詩人／是茫然的愛和
悲傷／隨風鳴響（〈一首沒有音樂伴奏的哀歌——痛悼詩
人音樂家徐永年〉）

也許還要提到冰夫先生在筆者主編的《澳華新文苑》上發表
的四首十四行組詩〈未曾泯滅的戀歌〉（〈春歌〉、〈夏歌〉、
〈秋歌〉、〈冬歌〉）。在嚴謹的莎士比亞詩體的格式裡，他寫
出極其優美婉約的詩行。例如〈冬歌〉最後的兩節：

此刻我一次次審視靈魂，無悔無恨／既無魯莽的舉動，也
未隱藏絲毫邪念／我的戀情只是深山裡的一潭秋水／嚴冬
的冰雪已將它結成晶瑩的鏡面／／我知道只要你溫暖的手
輕輕地撫摸／剎那間就會融化為滔滔奔流的江河

就個人性格而論，冰夫先生熱情豪放，一點也不「冰」，
或像人們所言，其實是個「火」夫。我至今尚未確切得知他何以
取「冰夫」這個筆名，也許是對自己的婉約詩風的某種期許？但
我一直相信，以他的詩才、學養，以他的性格、他的經歷，冰夫
先生一定也能夠寫出跌宕豪邁、甚至鴻篇巨制的華章。我從他寫
於1986年的〈記憶之橋〉一詩中看出一些端倪。他寫於2001年12
月、為了紀念70歲生日的〈七十抒懷〉亦相當豪邁跌宕——只是
五十六個字，卻像漫漫歲月紛雜蒼茫：

蒼茫歲月誰操刀？一夢神州鬢蕭蕭。
青春初染漢江血，浩氣漫捲黃海潮。

鐵窗無眠志未改，塗鴉詩文怨已消。

南天海上望明月，酒井園畔永逍遙。

我從他給我在2002年3月《澳華新文苑》開張第一期所發表的〈沉船悼歌〉一詩中，又看出一些端倪：

……／／一次次無情海嘯／吞噬了眾多水手／王業霸業／歷史灰土隨波流／／歲月更迭／潮漲潮落／往昔的夢境／永伴無眠的貝殼／默吟一曲悼歌／焉能驅散心頭的寂寞

不久之後，冰夫先生給我傳來〈消失的海岸〉，轉給《澳洲新報》《文萃》版發表。這首長達兩百二十多行的鴻篇巨制就更完全證實了我的預言。作家振鐸在同版發表的〈讀《消失的海岸》致冰夫〉一文中，說他極其震動地聽到了一位佇立在南太平洋之濱的歷經滄桑的睿智的豪放派詩人的吟唱。文學理論家馬白則說，他閱讀此詩時，腦海中不禁湧出杜甫的詩句：「乾坤萬里眼，時序百年心」。由於架構的宏偉，思想的深邃，氣勢的磅礴，〈消失的海岸〉所顯示的正是一種豪放之美、宏壯之美和陽剛之美！（馬白，〈乾坤萬里眼，時序百年心──讀《消失的海岸》〉）

的確，冰夫先生對各種詩體、各種風格的掌握與運用，已入遊刃有餘、爐火純青之境。他經常揭示和讚美「一潭秋水」的明麗、清新、溫柔與多情，但一旦豪情激發，思緒萬千，「一潭秋水」剎那間就會化作「滔滔奔流的江河」！

三

　　冰夫先生在澳華詩壇的影響力更來自他對澳華詩歌創作的關注、愛護，與指導。本書收進好幾篇詩評，我也想在這方面說幾句話。

　　冰夫先生將此部評論集子稱之為「信筆雌黃」，這當然只是他的謙辭。前面說過，冰夫先生本身詩寫成就斐然，所謂「凡操千曲而後曉聲，觀千劍而後識器」（見劉勰，〈文心雕龍‧知音〉），他正是「曉聲」和「識器」者。而且，他的「曉聲」和「識器」，絕不僅僅地停留在一般技巧層面上，更主要並更重要的，是在靈性深度上。

　　例如，對塞禹的詩評。塞禹寫了一首詩名為〈青草〉，是贈給著名詩人楊煉的。詩中顏色的暗喻，頗費猜測。冰夫先生則獨具隻眼地認為：「藍」、「白」、「黑」是否暗喻楊煉詩歌風格的變化，已由原先的「朦朧」而走向了「後現代」？

　　冰夫先生還很推崇塞禹的〈走向星宿〉：

> 不必追問為什麼？／風總是對火說／等等　讓煙先走／
> ／……／／無法制止的風／感覺誠然踏上海面瘦長的燈影
> ／搖晃著走向星宿／／同時　用多情的目光對她說／我真
> 的願意擁有你／只是今夜難以抵達　路不平

　　冰夫先生說，這是愛情詩，抑或是另有寄託，不得而知，但可以肯定地說，這首詩是塞禹在人生旅途上的一次生命感悟，是詩的哲學思考，是用精巧靈慧的筆，蘸著柔情與理性的彩色抒寫

的小夜曲。塞禹還有〈九月的迷惘〉與〈戰爭的思索〉兩首涉及國際政治的短詩，冰夫先生皆感到構思精巧，深沉渾厚，擲地有聲，而又靈氣十足，委婉感人。

塞禹寫詩不算多，但在澳華詩壇比較特殊。首先是他的職業，他寫詩的環境氛圍。他攻讀易經，研究玄學，探討道家出世思想以至生死問題。他道號「玄陽子」，以看風水命相謀生，系悉尼頗有名氣的職業風水師。同時，他又是畫家，他的畫頗有靈氣，屬於現代派風格。冰夫先生在這個詩人的作品中，看到了「生命感悟的玄機」。

冰夫先生說過，「古今中外，一個真正的詩人，誰個不曾在人生的征途上流浪，在命運的海洋中漂泊？」真是精闢而又簡明之言！作為自感孤獨又把孤獨看作一種財富、承認遠離中心又力辯「並非自我放逐」的「邊緣人」，冰夫先生確切感到「矛盾愈深則體會愈深，生命的境界也愈益豐滿濃郁」。由此，不難理解他欣賞莊偉傑的詩集《精神放逐》。他相信詩集整體表達了莊偉傑作為精神放逐的流浪者在浪跡天涯中的心路歷程，有個人獨特烙印的生命體驗，有對人類社會、自然風物、古今歷史的思考與詠歎。進而論之，詩集對漂泊者內心世界富有哲理深度的揭示，浸潤著東方風韻之美與現代意識的話語魅力。作為一個出色例子，冰夫先生舉出〈泅渡〉這首短詩：

> 在難耐寂寞的河道／久久地　泅渡／／……獨坐　獨思
> 獨看／任憑感覺的根須四處蔓延／／整個世界好像都在變
> 形濃縮／一個又一個的怪圈接踵而至／時間似乎失卻了依
> 託／生命被擱置在定格的旅程

　　冰夫先生不禁歡呼：那一連串的三個「獨坐」、「獨思」、「獨看」，看似隨意寫來，實則匠心獨運，入木三分，充分反映了莊偉傑的行為方式與內心世界。整首詩平白而堅實、生動，樸素而有張力，仿佛從肺腑流出，無一字虛設，無一點雜質，可謂擲地有聲，發人深省，將生命的醒悟與體驗，昇華至一種涵蓋人生的哲理。

　　如果莊偉傑尚屬年輕之輩，冰夫先生的評論帶著熱切而中肯的期望，就如文章標題所顯示的那樣：「振翅高翔抑或落地喧嘩」；那麼，對年近九十的趙大鈍前輩，冰夫先生完全是畢恭畢敬的。他獲贈老人《聽雨樓詩草》一書，深受感染。他把它稱之為「一部解讀人生的大書」，是老人社會生活與心路歷程的寫照，也可以說是老人剖析社會、解讀人生的結晶。冰夫先生說他每當捧讀這本詩集的時候，心頭自有一種說不出的激動與崇敬，默讀著「包蘊自然，涵蓋宇宙，采擷英華」的詩行，仿佛正跟隨前輩的指引目光，閱覽社會，解讀人生。他知道這是「既學做詩，也學做人」。

　　趙老1983退休後移民澳洲，定居雪梨，「聽雨樓」是其書齋名。關於他的一生以及如何看待自己的一生，趙老一首作於七十九歲時的七言絕句〈題聽雨樓圖〉說得好：

　　　風雨山河六十年，盡多危苦卻安然。
　　　垂垂老矣吾樓在，依舊聽風聽雨眠。

　　冰夫先生評論道，趙老雖歷經磨難，但豁達大度，平和怡然，進退有命，遲速有時，真正做到「與人無爭，與世無求」。當然，綜觀《聽雨樓詩草》全集，趙老屢遭離亂，飽經憂患，胸

藏家國興亡之痛，自有悲憤激昂的情懷，釀之為詩，儘是去國之情，懷鄉之思，傷時之淚，揮之難去的記憶，讀來分外感人肺腑。趙老對澳洲寧靜幽美的自然環境、平和多元的社會生活，既適應，也喜愛，但是，「最喜地容尊漢臘，敢忘身是避秦人」的思緒，不能讓他安之若素，也正因此，趙老寫出這樣的名句：「眼底江山心底淚，無風無雨也瀟瀟。」冰夫先生說他每次讀來，都感到一種震撼靈魂的力量。

趙老的詩，久為世重，眾多方家推崇備至，好評如潮，但冰夫先生還是有進一步的見解。他認為，趙老的詩，前期多悲壯雄渾、歌韻高絕之作，雖帶有李賀的「骨重神寒」，但似乎更多了放翁的「激昂感慨、流麗綿密」與對白香山「感傷、諷喻」及「閒適」的元和體的繼承。總體說，趙老的詩瀟灑自由，輕鬆明白，俗語常談，點綴其間，極少用典，看似通俗，實含典雅，這跟他學問廣博、涉獵廣泛有關。到了定居澳洲之後，趙老的詩在沉鬱淡然中又多了幾分閒適細膩、氣醇聲和的風骨韻致，很多地方似乎更趨近於楊萬里的「雄健富麗、質樸清空」的風格。我曾和趙老以及其他文友談起，這些都是冰夫先生不同凡響的真知灼見。

〈一部解讀人生的大書──讀趙大鈍前輩《聽雨樓詩草》的筆記〉這篇文章，是我為在《澳華新文苑》上出趙老專輯而特意請冰夫先生撰寫的。冰夫先生果然不負眾望，認真研究，精心論述，既深刻又全面，不能不令人欽佩而且感動。而首先感動者，自然是趙老本人。他在致冰夫先生的感謝信上說：「您真是我的人生唯一最瞭解我的知己。您花了一個月零二天的時間去研究，把我的心靈一一撫摩出世。我們只見過幾次面，談過很少話，這也可說『佛』家的『緣』啊！我不知用什麼來感謝您啊。我希望

您有空約茶敘，我實在很多積愫要求您指點！」這短短幾十個
字，以後可能被證明為澳華文壇上一份重要的文獻。

冰夫先生對後輩的提挈則可在陳積民等人身上看到。他深
情地說，長期以來，他就持有這種感覺：在「酒井園詩社」的
眾多詩友中，陳積民是一位質樸勤奮而有見解的詩人。他不求
奢華，不好綺語，不圖虛浮，創作態度猶如他的為人：嚴謹而謙
和。他踏踏實實地工作，踏踏實實地讀書，踏踏實實地寫詩。冰
夫先生還說，陳積民的詩歌風格由原來的清新流麗而逐漸趨於
沉鬱厚重，雄深雅健。他不是那種一揮而就斐然成章的詩人，
他寫詩不競一韻之奇，不爭一字之巧，而在謀篇構建上自有一
番功夫。

冰夫先生以「澳洲思緒與故土情懷」來歸納陳積民的詩作，
這是非常有見地的。積民的故土情懷，深蘊在那篇題為〈父親〉
的詩中，那也是最早吸引冰夫先生閱讀目光的佳作：

> 我懷抱著你慈祥的照片遠行／但總不敢放在窗前／生怕
> 他鄉的歲月使它退色呵／／……／多少次夢中向你哭喊
> ／多少次醒後心靈呻吟／萬千顆星都已墜落／我的夜色
> 佈滿無眠／／從家鄉至異鄉到天涯／我的臉刻在顫抖的
> 礁石／我的思念是連綿不盡的海水／不停地撲打靈魂的
> 堤岸／……

作為一個立足於澳洲大地的詩人，積民的視角與思維自然
關注這美麗和平的土地上所發生的一切。他眼中的澳洲是「大海
掌上的明珠」，他心中要撫平澳洲歷史遺留的民族隔閡，如他在
〈AYERS ROCK〉（愛亞斯岩）詩篇中以寬容大量的心態所抒發

的那樣。冰夫先生指出，如果說抒情詩的中心點和特有的內容就是具體的創作主體，那麼，人們從陳積民的詩篇中可以看出他胸中跳動一顆熱愛澳洲的真心，看出他為澳洲人民寫作的熱情以及在這熱情推動下所表現出來的藝術技巧與風格。

冰夫先生指出的這一點非常重要。我曾經在一篇文章中說過，過去一百多年來海外華人傳統的、正宗的、不容置疑的「落葉歸根」的思想意識現在已經發生幾乎可以說是顛覆性的改變，過去常在描寫海外華人的作品中所見到的情慘慘悲切切的「遊子意識」現在已經明顯地與時代與當今天下大勢脫節，事實上也已經在今天有分量的作品中退位，現在不管是海外華人生存之道還是世界華文文學發展之道都應該是——或者已經是——「落地生根，開花結果」。在陳積民以及澳洲不少華裔詩人的詩篇中，多多少少都可以看到一種靈悟——作為肉身已經跳出民族疆界的詩人，他們試圖超越過去那種悲苦卻不無膚淺的「遊子」意識；他們已經真切意識到自己是全心身投入的新家園的主人。其實，年過七十的冰夫先生就是其中一位。在前文提過的他的詩集《看海的人》中就可見一斑。滄桑世事，天地悠悠，詩人對景抒懷，舒暢胸臆，已有一種普世主義的天地境界。

四

澳華詩壇新詩詩寫者寫出不少傑作，而他們的成功無不是因為在處理繼承與創新關係上的成功。冰夫先生本身是一個很好的例子，而他在這方面也給詩友許多熱誠中肯的評論。就我而言，我覺得這是冰夫先生詩評中重要的建樹，很值得好好討論一下。

　　冰夫先生說，莊偉傑是一個性情中人，他寫出〈合浦珍珠〉和〈睡蓮醒來〉這些意象優美、色彩紛呈的詩句，帶給人們的藝術美感是多元的。進一步看，幾乎所聞，所見，所思，無一不引起莊偉傑詩的遐思與構建，而這些詩中的意象又跳蕩多變，既傳統，又現代，有些讓人琢磨不定。至於塞禹，他的詩與畫都與他從事的職業有關。冰夫先生發現，中國古典文化傳統的底蘊與西方現代派的藝術表現形式，在他身上有完滿的結合。冰夫先生偏愛他的詩，是因為讀時能感到一種靈氣漾動中閃爍著理性的光芒。他猜測這可能源於塞禹對易經的探研和對道家學術的吸納，加深了他在人生閱歷中對生命的感悟，使他的詩有著豐厚啟動的契機。在陳積民的詩中，冰夫先生看到，既有西方現代詩歌的影響，但更多的還是中國古典詩歌傳統和五四以來新詩的軀幹和骨骼。陳積民自己也說過，不管是中華文明還是西方文明，都有其輝煌的一面，也都存在著許多不足和缺陷。只有認清相互之間的缺點和長處，以他者之長補己之短，才能促進自身的健康發展。完全否定自我，走向全盤接受他者之路，註定是走不通的；反之，固步自封，孤芳自賞，有意無意地拒絕吸收他者的優秀成分，終將走向衰亡。

　　關於繼承與創新關係，冰夫先生在這方面最重要的評論是〈漫說雪陽和璿子的詩〉一文。

　　雪陽和璿子是一對詩人伉儷，冰夫先生稱他們是「背著十字架背著生命的座標與尊嚴」的詩人。他們多年生活在西方社會，視角寬廣，詩的題材廣泛，舉凡人生慨歎，歷史鉤沈，喻世諷今，社會風情，無所不寫。形式也多種多樣，或高吟，或淺唱，或憤世，或嫉俗，或裸露心靈，或描述夢境，但都閃爍著真誠的光芒，都緊緊圍繞著人和人性。兩人如果說在風格上有些什麼不

同，雪陽比較厚實凝重，璿子的詩則優於空靈鐫永。他們自從露面澳洲文壇，傑作疊出，好評如潮。讀著他們的詩句，冰夫先生思索一種對歲月飄忽悲喜難料的人生憂患的感慨，領悟蘊涵某種徹悟生命底蘊的禪機。

雪陽和璿子的詩創作無疑是成功的。怎麼成功呢？請看冰夫先生分析。

雪陽有一首詩〈另一種生活〉：

> 我的後院裡生活著一群蚯蚓／我猜不透它們隱秘的生活／我們一直無法交談／它們對異鄉人並不好奇／／……它們從不互相指責／對於石頭壓著的生活／很少提及／／……／蚯蚓的頭和腳很相似／因此　上下　方位／也就無關緊要／頭和腳在同一個地平線上／它們可能渾身都是思想／／生命的精華／也許是某些柔軟的成分／傲骨賤骨／最終都叫做骷髏／／蚯蚓沒有骨頭／連軟骨也沒有／蚯蚓的骨氣不是我們能懂的

這首詩字句明白可讀，境界也是具體的。讀過之後，像是懂了，但仔細一想，又像沒有全懂，越往深處想，就覺得含義太多。多指多涉，閱讀參與創作，這不就是現代派的特徵嗎？正是這首詩，深受中外詩友讚賞。

再看〈故鄉人物譜〉組詩中的〈六尺巷〉：

> 容納了三百年的時光
> 六尺巷還像當初一樣
> 　空　　　　　　曠

```
你三尺      我三尺
古巷前      溪水邊
 老人       在垂釣
 新的       答案
 三尺       到底
 多深       到底
  多         廣
```

　　詩的形式絕對是現代派的，而內容卻是古老而通俗的中國大陸鄉俚故事。

　　冰夫先生還舉出雪陽的〈啄木鳥七大罪狀〉。這首詩選用的顯然是現代詩的形式，而內容全然是隱喻，但是並不晦澀，更不難懂。而〈想起寒山〉那首，寫的楓橋，夜泊，漁火，以及詩僧寒山，幾乎都是古典的傳統的，然而詩卻是現代的。

　　於是，冰夫先生指出，雪陽和璿子的詩，很難說哪是現實的，哪是現代的，哪是傳統的。這個斷語說得真好。筆者也有同感。筆者曾經在一篇文章評論過一種可稱之為「回歸」論的觀點，即是認為目前世界各國華文文學（即中國大陸一些人所慣稱的「海外華文文學」）正在悄悄地向中國傳統文化回歸，無論從內容到形式，從藝術構思到表現技巧，都體現了中國傳統文化的特點。而且，據說這種潮流還剛剛在興起，很快就會變成一股熱潮。筆者對此觀點持否定態度。事實上並沒有這樣一股「潮流」更沒有這樣一股「熱潮」。華文文學世界過去沒有出現全局性背叛和脫離中國傳統文化，現在也沒有整體性地向中國傳統文化回歸。這種以所謂回歸傳統與否作為著眼點的論述肯定會歪曲整個華文文學世界豐富多彩的面貌。白先勇有一句話其實已講得很清

楚。在處理中國美學中國文學與西方美學西方文學的關係時，應該是「將傳統溶入現代，以現代檢視傳統」（見袁良駿，《白先勇論》，台北爾雅出版社，1994年，頁352）。許多傑出詩人的詩作，像雪陽和璿子那樣，既古典又現代，傳統與現代融匯而生發新質。優秀的東西一般都有某種超越性。

冰夫先生的真知灼見也表現在他非常讚賞雪陽這段話：「誠然，創新是詩的第一要義。但一首有著生命的活的詩需要創新的天空，更需要守舊的大地。一棵樹在天空中的高度，與它的根紮進大地的深度是成正比的。每一棵大樹都懂得泥土的意義。它拼命紮進泥土深層，正是為深入地接近天空。傳統的泥土，故鄉的泥土，異國的泥土，都是相似的泥土。忽略了泥土，是要付出代價的。」雪陽以他豐富的詩寫經驗形象地而且富有說服力地點明創新和傳統的關係──「拼命紮進泥土深層，正是為深入地接近天空」。而且，請注意，所謂「泥土」，就是營養，有過去傳統的營養，有現代新發的營養，有「故鄉的泥土」，有「異國的泥土」。筆者因此想到周策縱教授於1988年8月在新加坡召開的第二屆華文文學大同世界國際會議上提出過「雙重傳統」的觀念。的確，無數文學史上的案例已經表明，好的作家、詩人會吸收、融鑄多元的文化傳統，必然會對他們當時社會的各文化傳統進行揚棄，作選擇、作整合、作融合。事實上，從宏觀的角度來說，所有的傳統，都不是單純的、單一的傳統。傳統本身並非一塊凝固的板結，而是一條和時間一起推進、不斷壯大的河流。在這個意義上，所有的傳統，都是當代的傳統；傳統也在更新，包括傳統本身的內涵和人們對傳統的認識和利用。這樣對待傳統，就意味著創新了。

那麼，生正逢時爭作為，這是我對澳華詩壇的祝福，也是我對冰夫先生的祝福。冰夫先生現已進入高齡，但卻寶刀未老，依

然才思敏捷，詩歌、散文、評論，華章一篇篇湧出，令人讚不絕口，這實在是我們澳華詩壇的福氣。現在冰夫先生要出版謙稱為《信筆雌黃》的評論集，囑我作序，我自然是誠惶誠恐，不揣冒昧，寫出以上一些文字，也算是表達長久以來對他的敬仰之情。

發表於《澳華新文苑》第207～209期，
為冰夫評論集《信筆雌黃》序言。

他還活著，而且……

一

> ……在中西文化大撞車之中，我們的靈魂和肉體同時顛狂
> 了，我好似看到了一群群的「我們」，光裸著身體，仰跪
> 在那一望無際的大海的對面，在苦苦地尋找那瘋狂背後的
> 合理。
> ……我在扭曲中苦苦掙紮；我受不了對我們歷史文化某種
> 程度的背叛所受到的批判！……我在自己的雜誌《大世
> 界》上開了個欄目──《懺悔錄》，以甄酉的筆名，每月
> 代替一個需要得到懺悔的活靈魂在上帝面前請示寬恕。

上個世紀八十年代末九十年代初即「六四」前後來到澳洲的
中國留學生大概都對這兩段話所表達的意思所發洩的情緒深有體
會，深有感觸。

一切都還記憶猶新，甚至歷歷在目。「六四」發生後，澳國
總理鮑勃‧霍克宣佈「臨居」決定（給予那些在1989年6月20日前
抵澳的中國公民臨時居留權），但直到1997年6月13日，最後一批
構成「中國留學生問題」的人員才被允許通過一種過渡簽證得以申
請成為澳國永久居民。此時，「四十千」（「四萬」的英文說法）

左右的中國大陸留學生及其他滯留者經過長達八年的艱苦掙紮才最終全部獲准在澳居留。這真是世界當代史上一件令人悲哀、令人困惑、令人無法遺忘的事件——對當事人來說尤其如此。在這期間，在這些人中間，發生了多少酸甜苦辣悲歡離合的故事！報紙上曾經多次出現過「人將不人」的呼嘆。當時有兩句經典語言。一句稱為「五苦論」，痛感打工苦但失業更苦：「吃不著苦的苦比吃苦的苦還要苦。」另一句是「三難論」：「出來難，呆下去也難，回去更難。」報紙上也曾經討論過發生在他們中間的所謂「叛離原有文化傳統的行為特徵」，例如，近乎遊戲的家庭重組現象、「白領階層」淪為「底層役工」現象、社會關係和情感淡化現象、假結婚現象、老夫少妻現象、返國娶妻現象、同居現象、買屋供房現象、與父母子女隔閡現象、沉迷賭博現象、自殺現象，等等。這種種現象，自澳洲有史以來，在其他任何社會群體中都不會如此高密度、大面積出現過。這一切，令人瞠目結舌，難以置信！

正如論者所言，那段經歷必然長久地給當事人留下心理後遺癥。那一段動蕩、焦慮、懸隔、錯置、必須隱姓埋名、保密國籍、忘卻自尊、掙扎求存、比「二等公民」還等而下之的「黑民」歲月雖已過去，但終究構成了他們「集體記憶」深處長久不滅的灼痛，構成了他們面對理想與現實恆久疑難的經驗背景，構成了深刻改變他們的世界認知和文化態度並影響其身份意識的重要基礎。

二

那個時期，悉尼的中國留學生中，有一位赫赫有名的人物——他就是武力。就是他，以甄西的筆名，寫下上節開頭那兩段話。

　　武力那兩段話既反映了當時中國留澳學生的總體狀況，也流露出自身的體驗和思索——和絕大多數滯澳的中國留學生一樣，他的留學史也是飽蘸著血淚的。

　　1989年，武力這個1959年8月22日出生的天津漢子，經在澳為中國做外貿工作的姐夫李少甫先生申請擔保，來到澳洲。他出國之前曾為天津市團委城區部負責人、北京《中國青年報》記者和這家報紙海南記者站的第一任站長，到澳洲後，環境突然大變，在四年多裡，他幹過二十多種工作，內中甘苦，一言難盡。一開始是語言不通，也沒有任何在陌生地適用的特長。他在餐館做過雜工、侍應生、廚師，每天十六七個小時超負荷勞動。洗盤子時，手被劃破，淌著鮮血，戴副手套硬是要繼續洗，一週後，整個手幾乎爛掉。這還不算，知識分子做下工，還常被人侮辱，精神一次次險臨崩潰……很有戲劇性的是他曾為一戶英國移民家庭當過「保姆」。這家庭夫妻離異，五個未成年孩子被出走的母親拋下需人照料。武力當時不諳英語，在語言不通的情況下使出了渾身解數：翻跟頭、疊羅漢、捉迷藏、抓特務、出洋相，等等；當然還用花樣繁多的中餐食品吊起孩子們的胃口。那種種功夫，決不比電影《音樂之聲》中那位家庭女教師差——他居然讓這五個頑童五體投地佩服起來。其實，武力在開工第一天的日記中第一句話就正確地作了定位：「這是一個中國男傭的音樂之聲之夢。」

　　自然，他忘不了舞文弄墨的舊愛，和幾個朋友一起合辦《大世界》雜誌並任該雜誌的總編輯，後來又做了悉尼《華聲日報》的總編輯，還做過澳洲綜合電影電視台節目主持人。

　　武力的確不同凡響。1992年，他更做了一件讓親朋好友嘖嘖稱奇一陣驚喜的人生大事。他居然以其特有的人格魅力和幹練才

情獲得一位同樣留學澳洲的韓國女子的愛情並與之結為夫妻，並於第2年就結出不只一個而是兩個豐碩的果實。他顯然包含自身美妙的經歷的《娶個外國女人做太太》一書由天津人民出版社出版了。此書出版後，《華聲日報》和澳洲最大的英文報紙《悉尼晨鋒報》都有長篇介紹並配有大幅照片。照片上，武力西裝革履，微笑著站在華埠的銅獅旁，雙眸和嘴角間流露出堅毅與自信。而3天前，他的韓國太太剛為他生下一個胖兒子，這個愛情的碩果讓武力深感幸福。他對記者說，他將「與孩子共新生」。他誇耀太太是個典型的具有東方女性傳統美德的很深層的女子，集太太、朋友、情人於一身；尤值稱道的是，她對中國歷史文化甚至政治很感興趣，使得夫妻間很有「共同語言」。但那時他太太並不會中文，他們只能用英語交談。真是不可思議的「國際婚姻」，難怪武力把他在中國隆重推出的第一本書定名為《娶個外國女人做太太》。

本文開頭那兩段話，正是出自武力為他的這部書所寫的「前言」。這部書28個紀實性的故事，甜辣兼有，反映了「四十千」中國人在澳洲艱難曲折而頗為離奇的人生道路，打動了中國大陸人的心，難怪該書在中國出版發行後竟然引起轟動，成為中國當年的暢銷書。正如著名記者張建偉在此書的代序中指出：

> 《娶個外國女人做太太》不同於其他「留學文學」如《北京人在紐約》、《曼哈頓的中國女人》等，它是「一個獨一無二的人寫的一本獨一無二的書」。因為多數「留學文學」無非是講述一個動人的個人奮鬥的故事，而武力這部書則是一部具有新聞紀實性和史料價值的澳洲第五代留學生史！

武力照料五個英裔頑童的奇特經歷也同樣成功。孩子的父親在他完成工作將要離開時深表感激地說：「武力是個了不起的人。我的五個孩子一定會因為有一個中國的偉大的父親帶過他們而非常自豪。」而這次成功的經歷也結出成功的碩果。武力以此經歷寫成《我與五個英國小鬼佬》一書並在1999年年底由北京當代世界出版社出版，同樣是洛陽紙貴。還要說的是：這部書是作者應澳洲政府文化部門邀請住進悉尼郊外藍山「作家山莊」五個星期寫出的，澳洲一位女製片人重金買下此書版權奮鬥五年製成百集幽默電視連續劇，並成為澳洲ABC國家電視台同意播放的第一部反映華人與西人生活及其文化交碰的作品。

不過，令人萬分唏噓的是：《我與五個英國小鬼佬》是武力友人幫忙出版的，出版之時，作者竟然已經不知所終！

三

1995年，武力回到中國從事安利生意，成為安利（中國）第一批的鑽石級的直系直銷商、安利（中國）政策諮詢委員會的成員、美國網路21領導力訓練機構中國區首席訓練導師、首屆中國成功學高峰論壇的南北兩場的主講嘉賓。當時有關方面都說，在安利網路21，有個成功人士就是武力先生，他激情的精彩演講總讓人振奮，他的成功故事很讓人深思！

但是，正當事業如日中天之際，武力在1998年突然遭受到一生中一個最嚴重的打擊。開頭看似偶然事故──他在一次跳舞時連續摔倒兩次，可是抬進醫院一檢查，被醫生判定是骨癌，僅一年壽命，或靠截肢可能保命。身患重病，而且是絕症，真是晴天霹靂！這個打擊實在太可怕了。我們現在不好過多讓武力回

憶他那些一下子沉落到生命底谷的日子，但確實知道，在1999年
3月28日，他突然消失了，就像人間蒸發一樣，不留一點蹤跡。他
那麼決然絕然，他的妻子，他的家人、親戚、朋友，沒有一個知
道他到底發生了什麼事，就不見了。此後，在中國特別在天津，
在澳洲特別在悉尼，一次次出現各種各樣的報道，散發在海內
外報章雜誌上。《北京青年報》發文〈呼喚武力〉，但南洲北
國，四海茫茫，沒有一聲哪怕最輕微的回應。是啊，武力離家
出走後，好些時候了，如果沒死怎麼沒有音信？在許多「知情
人」的肆意渲染下，不少離奇曲折的細節，生動動人，且斬釘截
鐵，叫人深信不疑。一本叫《驛動的音畫》的中國大陸暢銷書
嘆惜地寫道：

> 武力的文學夢未能持續下去。一種可怕的疾病奪走了他年輕
> 而富有活力的生命……據說在得知自己患的是不治之症時，
> 他便告別親友，獨自一人走進了大森林。他最後的話語是：
> 如果我不能活著出來，那就說明我已回歸大自然了……

另一個傳說更猶如身臨其境、催人淚下：

> 武力的文學夢未能持續下去。一種可怕的疾病奪走了他年輕
> 而富有活力的生命……據說在得知自己患的是不治之症時，
> 他便告別親友，獨自一人走進了大森林。他最後的話語是：
> 如果我不能活著出來，那就說明我已回歸大自然了……

碰巧就在筆者今天撰寫此文的前一個晚上，在一個聚會上，
悉尼一位女作家也肯定地對筆者說：武力是去世了。

但是，武力沒有死。他還活著。在歷時八年與絕症病魔頑強鬥爭期間，他曾拄著拐杖，背著小背包，留著長鬚，走過四川、西藏等十幾個省市以及峨嵋山、五台山等名山，苦心修煉。他也失望過，曾在內蒙古實施自殺。但到底，他對生命極其執著的愛和堅毅的信念挽救了他。他勇敢地與命運抗爭。他寫著歌（他把三百多首唐詩三百首宋詞和八十一章《老子》都譜了曲）、跳著舞、畫著畫，用樂觀的心態去面對所有的困惑與折磨。他甚至以極大的愛心，在2001年收養了一個六歲的殘疾棄嬰龔剛小朋友，一直撫養至今。在家養病期間，他帶了近兩百個中澳學生，其中有些是「問題少年」，被他教好了。終於，奇蹟出現——他的骨癌百分之九十的症狀兩年前消失了。

武力向筆者透露，當年他不得不向所有人不告而別，是遵照他要追隨的高人（一位老奶奶）的指示。高人認為武力生性狂躁，喜好折騰，易受引誘，因此要嚴格斬斷外界一切牽連以及因此而引起的幹擾，專心修煉。今天，我們可能還無法深入探求和領會這其中的種種奧妙，然而，武力總結了他促進身心健康的七個方法，可以讓人們參考應用，或許會受益無窮：

一、每天和六大能量場做兩個十分鐘的溝通。六大能量場是指：太陽、月亮、山、水、花草樹木和空氣。這雖然看上去有點奇怪，效果卻挺不錯；

二、「月亮日」，也就是說每週一、二、三不吃咀嚼性的食物。這個讓胃休息的習慣武力已經保持多年；

三、每週五天雷打不動的健身活動，如跑樓梯、跳舞、在屋裡屋外跑步。無論發生什麼，健身必不可少。

四、每天堅持九大密碼的修習。九大密碼即：愛、理解、接受、認可、給予、寬容、感激、虛心、道歉。

五、做事永遠堅持五角星原則，即：天、地、人、他、我。在沒有確定這五角星之前，他不會著手去做事；

六、在「五個一」沒有達到的時候，不開始做事。所謂「五個一」就是：自然、和諧、順暢、完美而又充滿戲劇性。

七、堅持為自己的失敗程式化買單，一定避免在同一塊石頭上絆兩次；

八、不讓成功停止在一個點上，總希望讓自己的成功能夠程式化、模式化，不斷升級；

九、在不傷害別人，不違反客觀規律的前提下，每日都要做到：不玩重複性的事；儘量接觸新鮮鮮活、有刺激有特點的典型人物；如果有幾組好事都等待著自己，一定找出一個最刺激最適合自己同時又能留下腳印的一件；在生活工作中，每天都保持全情的投入，全方位盡情的享受，找出玩的規律性模式方法，玩得酷一點，帥一點，神奇一點。

四

對澳華文壇特別是悉尼眾多文友來說，當年的武力和他與幾位留學生朋友編輯出版的《大世界》月刊，一直是一個可以挑動許多回憶許多感慨的話題。當時悉尼有兩家雜誌，也是中國留澳學生的莊偉傑創辦並任總編的《滿江紅》比較偏重於文學性。另一家就是在1989年年底更早出版並有售價的《大世界》。這份月刊則是綜合性的，以刊登有關在澳中國留學生及華人社區的重大社會活動的報導為主，同時包括生活知識，娛樂消遣和文藝方面的內容。它緊密聯繫當年華人與留學生關心的本地時事新聞，給

以深度追蹤發掘，頗受讀者的歡迎。武力那部作品《娶個外國女人做太太》也在這本刊物上連載過，受到大家的讚賞。

許多文友都還記得，武力及其《大世界》甚至曾經引起澳洲英文媒體的注意。

《悉尼晨鋒報》一位名叫愛娃・赫勃的專欄記者看到武力的《娶個外國女人做太太》引起轟動的消息，對此頓感興趣。她於1993年5月3日採訪了武力，兩天之後，就在5月5日該報第二版頭條以近半版的大篇幅刊登了她的報導，題目叫做〈暢銷書：聚焦於中國青年身上〉。該文實際上談的是引人注目的旅澳中國留學生的問題。

愛娃的採訪報導在《悉尼晨鋒報》上刊出後，沒想到這一下讓她忙了起來，各種媒體的新聞記者都給她打來電話，索要武力的聯繫電話。武力就更忙得不可開交了。他一坐進《大世界》編輯部裡，電話就馬上一個一個跟著來。不同媒體不同欄目不同記者的不同問題潮水般地向他湧來。

武力就有這個能耐，他熱情而又沉穩，機敏而又誠懇，應對自如。有個在澳洲ABC國家電視台負責文藝欄目的記者，名叫蓋茨・克拉克，和武力在電話上進行了交談，數分鐘後，蓋茨即在ABC電台上向公眾播出該條新聞。由他編發的這條播音稿中說道，武力的書在中國暢銷的主要原因，是作者真實地描繪了中國留學生在澳洲的生活。

蓋茨的報導，是對愛娃的文章最早的反響。隨之以後的三天時間裡，澳洲國家電視台、英國BBC廣播電台、美國之音、法新社、澳洲九號電視台、澳洲SBS民族電視台、澳洲墨爾本新聞社、倫德屋出版社、《吉隆玻海峽報》及新加坡、香港、日本、泰國等十五家新聞傳媒機構相繼作出反應和報導。

　　上述新聞傳媒機構，大多如蓋茨的報導那樣，僅僅是當作一條新聞一報即過。但澳洲九號電視台卻別出心裁，借著這條新聞做開頭，把最易影響澳洲社會的新聞觸角直指雲遮霧障、謎團一般的中國留學生的最隱蔽的部分。這家澳洲最大的商業電視台的新聞專題節目「今天」的製作主任馬克‧麥克廉姆，覺得武力還可以進一步幫忙——用今天的話說，「炒作」，他請武力幫助物色中國留學生「失意者」給以深度報道。果然，《大世界》1993年6月號的頭條上發了武力他們寫的一篇文章，引人注目的標題為：〈西方大眾傳媒在注意我們什麼？九號台招募「失意者」向政府挑戰〉。後來追尋「失意者」的一連串傳媒上的及其背後的操作弄得澳洲社會特別是華人圈子熱鬧了好一陣。

　　以悉尼華人女作家施國英為主角的那場熙熙攘攘關於中西男人性能力比較的討論，也因《大世界》在1994年1月號發表了施的文章而起。施在她的〈和澳洲西人結婚幸福嗎？〉中寫道：「做愛精彩的西方男人到處都是，十個中起碼有八個精彩，兩個馬馬虎虎；中國男人是十個中兩個馬馬虎虎，八個很糟糕。」施國英的「二八論」不過是調侃，誰知此話一出卻引發了東西文化特別對性文化認識的一場大碰撞，首先是認為受到「污辱」的中國男人群起而攻之，有些華女也奮起保衛自己男人的尊嚴。《大世界》正好來個順水推舟，開了個性文化座談會。澳洲英文九號電視台也來湊熱鬧，想讓澳大利亞人知道中國人是怎麼看他們的。

　　許多澳華作家，則是很感激武力和他的《大世界》發表了他們的作品，激勵他們後來繼續的文學創作活動。例如，《大世界》發表了墨爾本詩人歐陽昱在澳所寫的第一首詩；現為悉尼大學孔子學院經理金杏也在這裡發表了她在澳的第一篇小說

〈悉尼的故事〉；李瑋早期一部表現「人的本性的暴露」的長篇
小說《遺失的人性》首先在這裡發表，後來在1994年再由北京出
版社出版；劉海鷗（筆名淩之）第一篇作品〈手術〉也是先登在
《大世界》上，中國《當代》雜誌編輯看了十分激賞，再度發
表⋯⋯

五

　　但對武力來說，《大世界》的時代早已過去，他也不再叫
武力而是回復到他本來的名字──武立。上世紀九十年代初中國
留澳學生中那些曾經名噪一時的人物，個別沉淪了或去世了，大
多在各自的生活和工作中忙忙碌碌。也有擺脫「四十千心理後遺
症」獲得精神升華並在事業上頗有建樹的。而武立就是其中出類
拔萃的一個。現在，他是真正地無愧地站立於天地間──他創始
了他自名為「人類思維行為模式定位學」。這是他罹患絕症之後
放棄世俗一切權名利歸隱關門十年潛心研究的成果。他深入反思
與研究總結直銷行業在中國乃至世界的缺陷弊端以及當今成功學
對時代留下的諸多問題與後果，開創了人類思維行為規劃設計的
新型思想領域的研究，宣導人們修正思維行為的偏差，在追逐權
名利追求成功的同時，用藝術化、技術化的德修來維持鞏固與擴
大成功。他的核心學說為前文所提到的「九大密碼」，即：愛、
理解、接受、認可、給予、寬容、感激、虛心、道歉。德修九大
密碼成為建設和諧社會建設精神文明的看得著、摸得著、做得到
的有效方法。

　　他的「人類思維行為模式定位學」學科定位的詳細資料可以
在《新浪》武立博客、武立播客查看，網上所刊登的武立2010年

計畫演講課題也是對其學科的闡述。簡單而言，則可歸結為下列
四點：

　　一、為你現有的思維、行為做定量、定性的資料化模式
　　　　定位；

　　二、根據你的渴望，通過一系列思維模式設定的問題測試，
　　　　助你找出你的理想、位置、方向、性格、特點、弱點、
　　　　困惑及潛能；

　　三、根據你的要求為你的理想定位；為你度身定出前進的目
　　　　標及方向；並為你的特點做定量定性的價值認可；幫你
　　　　一步步由淺入深地解惑；告知你的性格特點、弱點；助
　　　　你開掘你的潛能寶藏；

　　四、幫你指出你目前應修習的思維行為訓練科目，從而使你
　　　　的困惑得到解決；工作績效倍增；生活充滿幸福的樂
　　　　趣；面對困難與新問題有應對辦法。

　　武立自2009年8月份以來，足跡遍佈中國六大講區──東北、
華北、華中、西南、長三角、珠三角，舉辦了多場針對不同群體
的主題演講及培訓。

　　其中，2009年8月22日，武立在五十歲生日時，為江蘇著名企
業隆力奇集團四千多名員工做了一次以〈讓中國風民族魂揚起你
夢想的風帆〉為題的大型主題演講。

　　此外，武立的課題也漸漸拓展到「親子」、「青少年心靈諮
詢」等深層次課題……

　　聽過武立演講或看過武立博客的人都說他的演講和文章很精
彩、很感人，喚醒了人的良知，善良，感恩。想法決定思路，思
路決定出路。武立給了聽眾和讀者新的觀念、新的思維模式。

曾經的輝煌，曾經的失意，曾經的崛起，造就了今天堅強、樂觀、敏銳的武立，也成就了永遠走在時間前頭、永遠走在自己前頭的武立！

就像擁有美麗翅膀的蝴蝶，蛻變的過程是那麼的痛苦、甚至有著死亡的威脅，但因為不拋棄不放棄的信念，因為對生命終極的探究，因為對做人藝術的執著，十年潛心的武立老師，終於一朝破繭。充滿爆發力的、絢麗的翅膀，帶著他衝上雲霄！

這些美麗的詞語，是武立在中國的崇拜者對他的由衷的讚賞。

武立五十歲生日的時候，當年擔保他來澳的姐夫李少甫先生不無快慰而且自豪地寫了一首詩，以贈予他這個富有傳奇色彩的親戚：

半世光陰逝如煙，津門初見正華年。
三遷脫穎功實著，百煉修深德品賢。
南北穿梭勤釋道，東西架構廣結緣。
無疆大愛甘霖灑，情動學朋相競傳。

寫於悉尼，2010年2月3日。發表於《澳洲新報・澳華新文苑》第415期，以及《大洋時報》、《澳中週末報》、《澳華文學網》、《新浪網》等媒體。

海那邊，海這邊……
——解讀胡仄佳

一

2004年2月初，胡仄佳離別十年後又從新西蘭返回澳洲定居，給我們悉尼華人文化圈子帶來一陣驚喜。

她走出中國國門最初是到了澳洲，應邀舉辦私人「貴州施洞苗族刺繡收藏展」，本以為一年半載便返回四川老家，誰知個人生活發生重大變化，三年後，卻再度移居新西蘭。

那時我不認識她。我從新西蘭移居澳洲的時候她已經從澳洲移居新西蘭。第一次看到「胡仄佳」三個字是2000年10月在悉尼《東華時報》上看到她從新西蘭發來的一篇題為「靈山」的隨筆。此文不是寫高行健，卻是寫高行健英譯者、時任悉尼大學文學院副院長、對她給予慷慨幫助的陳順妍博士（Dr Mabel Lee）。文章文筆流暢，感情真摯，給我留下深刻的印象。2001年9月，我回到度過十多年難忘歲月的奧克蘭參加大洋洲華文作家協會年會，始見到胡仄佳本人。我感覺是，這是一位沉著堅毅很有自信心的女性，並不愛甚至可以說不願或不屑在大庭廣眾中顯露。再過了兩年，2003年8月，我和仄佳剛好同時應中國國務院僑辦之邀，參加「海外作家訪華團」，在十幾天裡，一起到廣東、山東、青海、北京參觀訪問，也算是一個機會得以對她進行了一次

長時間的、密集的觀察和瞭解。最近，我又一次拜讀了她惠贈的兩部散文集——《風箏飛過倫敦城》（廣州花城出版社，2000年10月）和《暈船人的海》（天津百花文藝出版社，2003年4月），和她作了一些談話，我想我可以嘗試解讀胡仄佳了。

二

我一開始就對「胡仄佳」這個名字納悶：何以狹窄就好呢？現在我豁然醒悟：原來這是一個預期否定答案的反問句！名主且以十五年的生命實現了這個預期！

三

胡仄佳小時候見父親的面不多。那時候她太小太不懂事了，還不懂父親讀劇專時有過一段因「勤工儉學」在國民黨軍隊裡做少校譯電員的經歷，不懂政權更迭後父親雖為省歌舞團所重用、卻同時又是被「內控」使用的「歷史反革命分子」，一旦政治運動來時，便被拉出來作為現成的靶子慢慢打。而那時候各種政治運動層出不窮，父親有過多少次收審關押，寫過多少多少檢查交代，小小的仄佳都不知道，父母不講她更不會問，只知道父親經常不在家。等到文革她才知道，原來不常在家的父親，並不都是隨團演出或到鄉下采風，其中緣故深著呢。直到那時之前，父親於她，都是相當陌生的人。

這一位父親，以大半生的苦難，一再告誡孩子們：「你們長大後拉板板車都要得，千萬碰不得文字，白紙黑字，錯一個字都要命。」

　　於是仄佳被張羅學畫。蜀中著名的工筆大師朱佩君便收了這個徒弟，去她家學畫她最擅長的工筆鯉魚，描長長的不斷氣韻的線，學著在紙底紙面技巧地不著痕跡暈染烘托，朱老師拿出她珍藏的張大千留下的敦煌壁畫線描做藍本，臨的紙張越來越大。胡仄佳是稀裡糊塗地畫，朱老師卻還喜歡她，說她「筆資好」，有靈氣。但仄佳實在很對不起老師，不知為什麼工筆畫的清雅似乎留不住她恍恍惚惚的心，去老師家漸漸少了。父親又找到省文聯的幾位畫西畫的老友，求他們教仄佳畫素描水彩油畫。這樣時間一下子就過去了幾年，1978年，胡仄佳竟意外地考上了四川美術學院繪畫系油畫專業。不過她高興不起來反而有些迷茫。個性頗為反叛的她，在學畫上規矩地順了父親的心意，骨子裡卻以不上心的方式在消極抵抗。大學四年和後來的美術教師、美編攝影等職業，人雖是在畫畫的圈子兜，心卻始終與此有距離。

　　原來，胡仄佳心裡始終裝著一個夢。

　　小時，她愛看書愛得有點無緣無故。她完全自發地找到什麼就自己不求甚解地看，當代的、古典的、蘇聯和其他國家的書一陣亂看，讀著讀著就做起些孩子氣的白日夢來，憧憬著什麼。

　　幾十年來，此夢不散，為時代、社會和父母無可奈何的生存狀態所壓抑的欲望並沒有消失。等到在國外定居下來，一回頭，仄佳終於還是走回當年父親一直阻止的文學道路。

　　此時，胡仄佳老邁的父親再無半個反對的字眼，再過幾年，便驟然離世了。仄佳每念及父親，便悲如地下之泉，常在一個字一陣風間湧現。風清月明時，可做些父親生前喜愛之物燒送與他？這是朋友的建議。但所言令仄佳哽咽：父親物欲極淡，祖屋被無端充公，亦不動索回之念。他愛煙酒如命且樂於與人分享，又能戒之斷然。他文人一生，身不由己言不由衷，以何祭之？淚

酒又何堪？仄佳尤感惘然的是，父親去世之後，她曾在父母狹窄家中的雜物堆裡拼命翻找，想找出父親寫過的大批作品，哪怕它們都是遵命之作，裡面也該有青春的火焰與熱血？更想找到他寫下的無數檢查交待，裡面必然有一介草民面對歷史的悲哀與無奈？但她找不到片紙隻字，父親仿佛在有計劃地退卻了斷，竟在喧嘩的塵世中留出一段無望無求的空曠。

胡仄佳只能告訴自己，生命也許就是這樣充滿遺憾地輪回著，她父親並沒有真正地離開她，在她的言行舉止上，在她的血液細胞中，無處不在地躍動著父親的基因。

當時，也許正是在狹窄的曲折的縫隙中，奧妙的基因，如一棵小芽，以她的頑強，為日後衝出縫隙，為日後的發展，集聚了旺盛的生命力？

四

胡仄佳生長於四川成都。老家四面環山山山相連，城市人擠人，人山人海，連小巷裡都擠滿人家。對此，她有一個真切的記憶：

> 夏天悶熱的夜晚，街面上乘涼的人多如牛毛，胖人恨不得在腋下夾隻大竹筒退涼，瘦子也抱著冷茶不停地喝，熬到皮膚開始清爽時，人都迷糊得站不起來了。孩子們有一搭沒一搭地說鬼，精神得很。星光燦爛，偶爾一顆流星煙花般地劃過，讓人突然間覺得天地近得不可思議。（〈故鄉的聲音〉，《風箏飛過倫敦城》，頁36）

　　少時的記憶，故鄉的記憶，是怎麼也揮之不去的，是無論如何也是溫馨的，寶貴的。例如，胡仄佳還記得：「乘涼乘到深夜，肚子也開始亂響，那時端得出的夜宵常常只是一踠紅油素麵，但蔥蒜味濃濃的，讓人胃口大開。因為靜，這味道和吃的聲音也傳得很遠。」（出處同上）

　　這情，這景，也是無法忘懷的啊。

　　但天外有天，大凡一個人，總渴望追求故鄉記憶以外的新奇。胡仄佳是其中一個，她走出國門。

　　當時是中國人到澳洲留學的高潮期，國內特別加開了班機。那天她獨自到了上海虹橋機場。候機大廳裡擁擠到無法形容的地步，活像森林大火或大地震前的騷動，空氣緊張得充滿著動物本能的驚惶失措。

　　隻身離境的她，無人為她而哭，或沒人與她對哭，而別的老少眾人卻哭成了一鍋粥。在旁邊看人哭，尤其是看男人們痛哭特別慘不忍睹，心碎悲傷的男人哭相特別難看，胡仄佳現在想起來還歷歷在目。安全檢查大廳的玻璃門，終於要把妻子丈夫爺娘和遠行人分隔開了，人群開始莫名奇妙擁擠到暴烈的地步。大玻璃門牆先是發出胸腔肋骨被壓榨出的細細碎啪聲，猛然間轟的一聲破響，玻璃碎片隨大面積的驚叫聲撒落一地，帶有清脆尖利的殘忍。一個年輕的外國女人被擠得披頭散髮滿臉通紅，她從人海中逆流勉強衝出來，嘴裡不停地說：「太可怕！太可怕了！」她是不懂這些號哭拉扯著不願分離的人們，為什麼又同時爭相往海關裡擠？

　　時代變了，這種場面也許永遠都不會重現了。通情達理地說，這種情況也不好過分伸引以用作什麼概括。不過，不知為什麼，胡仄佳十幾年來始終記得這一幕。

　　胡仄佳小時候，做夢都沒有夢到過海，這樣，當她飛越萬里，當她到達澳洲，發現曠達的大陸上，高山湖泊沙漠什麼都有，還四面環海，而海的深沉海的蔚藍，都遠遠超出想像，那種狂喜是旁人難以體會得到的。

　　後來，胡仄佳又再度移居新西蘭，更與海為鄰了。她初到新西蘭那陣，以為呆半年一年就走人，沒想到這麼一住就是十年。十年經歷濃縮於一本《暈船人的海》。書中，她審視的就是新西蘭這塊土地的方方面面。二十九篇文章，說山道海，談新西蘭的城市農村和自然，侃新西蘭的政治體育與文化，也聊新移民的別人及自己。胡仄佳發覺，時間越長越感受到這小國文化的豐富內涵，就像新西蘭出產的紅白葡萄酒，它們並無法國義大利葡萄酒優雅而高貴的世界名氣，更無俄羅斯和中國白酒的烈度霸氣，但新西蘭葡萄酒卻不乏環境賦予的自然清醇，風格口感也許淡泊，其精神品質卻全然獨立，頗有品牌水準，其價值已經得到來自世界各國的高度讚賞。

　　胡仄佳對新西蘭的描寫亦形成了自己的品牌，而為讀者所喜愛。美國著名評論家董鼎山說，他沒有到過新西蘭，由於路途遙遠與自己年事的增長，此生恐無望要去這個他極欲一遊的國度，因此特別細心地閱讀了《暈船人的海》，特別覺得此書的珍貴。董鼎山還指出書中另一動人處是，胡仄佳娓娓敘述了夫婿祖先自英國移民至新西蘭的歷史。（董鼎山，〈從古希臘到紐約雙塔——讀《珍奇之旅》人文隨筆叢書〉，香港《大公報》，僑報副刊，2003年10月10日））

　　我同樣珍惜此書，但原因剛好與董鼎山相反。我在新西蘭住了還不止十年，我熱愛那裡的人那裡的環境，我的學術品格是在奧克蘭大學形成的，我的靈魂永遠不會與這個藍天白雲之鄉分離，不論我此生會涉足到什麼地方。

　　胡仄佳的情感與我完全一致。因此，我真切理解她為何每逢有客人從國外來，一定要帶他們去海灣看看。海像永動機似的不停起伏，沒個靜下來的時候；海灣裡密密的桅杆，遠望去顫動交錯的節奏神秘。胡仄佳神迷了，便有哲學家般的感嘆：

> 此時深呼吸默默望海，海對我而言，便有如同宗教形似天體的意義。私欲自大膨脹起來時，既超不過占整個世界百分之三十的陸地，更無法抵禦海洋的浩瀚深遠無邊，我自問，知否？（〈望海〉，《暈船人的海》，頁6）

　　初次印象，刻骨銘心。胡仄佳第一本散文集《風箏飛過倫敦城》便是描寫初到海外，在異國他鄉領略到的種種感受，格外新鮮、深刻、有趣。例如，中國人老愛說雷鋒精神怎樣怎樣。仄佳在澳洲人新西蘭人身上，便一次次確切地見證了那種寬容精神、助人為樂猶如活雷鋒的習性。生動感人的記錄，可以在〈夢回北澳〉（頁109-119）、〈北上達爾文〉（頁27-34）等等篇章看到。在〈情說舔犢〉（頁155-157）一文中，仄佳更娓娓敘述她所受到的一次強烈的感動，我相信讀者也會感同身受——她第二次婚姻帶來的新西蘭婆婆決定用她的錢一視同仁為三個孫子成立教育基金，盡管她的大兒子與這位婆婆並無任何血緣關系。中國人有很好的古訓，但認真實行的不算太多，而仄佳在新西蘭，在自己的新家裡，切實蒙遇了此等善緣。

　　她那位不太懂中國文化、與她結婚十三年來至今中國口語單詞量沒超過五個、平時卻喜歡妻子做的川菜且支持妻子寫作的丈夫，更是一個範例。胡仄佳的「鬼畫桃符」對他來說無疑是天書，仄佳發現他從未把她當作什麼「才」來供養，但也從來不要

求她做為經濟動物賺大錢與他齊心治家，都想不出丈夫為何寬容到讓她這麼沒頭沒腦地寫下去。生活中同文同種的夫妻最後成冤家的不少，而胡仄佳的異國婚姻卻協調出了這不算短的溫馨歲月，成就出仄佳的上百篇文章問世，也許不能只用「運氣」來解釋。

胡仄佳到達澳州時幾乎一無所有，隨身僅帶了刺繡收藏品和幾件換洗衣物，好奇心卻比什麼都強烈，她的視野漸漸打開，澳州、新西蘭這兩個國度以立體而真實的面貌出現在她的眼前，看自己看這兩個國度的視點變幻中深了些，不由自主的大國國民心態少了些。在好奇審視周圍社會環境的同時，也開始學會自審，學習在正常情況下作正常的人，學會在正常情況下理解非正常的人事。她的書是誠摯追尋精神家園的文化之旅。

在異國他鄉，自然有種種文化撞擊。胡仄佳感到，他們這一代人的經歷有相似之處，每一個移民姓名之後皆有故事，或是精采絕倫或是沉重不堪。就算平平淡淡的什麼波折都沒有，細究起來也是驚心動魄，背井離鄉投身到一個完全陌生的國度，跟到外星探險沒有本質上的差別。事實上英語中就把所有外地人外國人戲稱為「外星人」（alien）一詞。從某種意義上講，由於人種膚色的無法改變，華裔走到世界哪個地方都會是引人注目的群體與個體。生活在一個文化完全不同的國度裡，既要學會接受理解新的文化傳統，又必須保持真實頑強的自我和東方精神，不要夾著尾巴做人還要快樂地生活，是胡仄佳這些第一代「外星人」的選擇，又是他們一輩子都面臨的艱難挑戰。

必須說，這個挑戰的前景是可喜的。時空曾使東西方長期相隔，人以為東西方像兩道平行鐵軌永遠不會相遇。而今天東西方相遇不僅是事實，彼此有許多不同也有許多相似，而且還有相互理解的可能。這是胡仄佳的結論，而她個人的經歷就是一個證

明。因此，幾年前，她在一篇題為〈白駒過隙〉（奧克蘭，《中文一族》，1999年12月5日）的文章中能夠說：

> 回望過去的十年，時光令我們年輕的生命從幼稚走向成熟，日子驚險萬分或平淡地過去，平凡的依舊平凡。生活在新的國度裡，我們的外貌和內心雖然改變了不少，已經開始把這塊土地跟自己的血肉聯系在了一起，我們的孩子習慣這裡的自由空氣，這裡的寧靜安然，也許還意識不到這塊土地撫平了我們身上多少由狹逼擁擠造成的緊張衝突感，意識不到如今我們是站在一塊比以往稍高的岩石上，看世界，看大洋兩頭永遠屬於我們的國家，看別人也在看自身。在那令我們半生受益終身難忘的機遇中，我為這過去的十年讚嘆。

胡仄佳移居新西蘭之後，澳州這塊大陸成了海的那一邊，在她心底，成了精神上的第二故鄉；現在胡仄佳返回澳洲，新西蘭成了海的那一邊，成了她精神上又一個故鄉了。而相對於不論澳洲或是新西蘭，在遠隔萬里的大海那邊，還有一個生養自己的祖國。「希望仍在，也許不僅僅是在海那一邊！」這是《風箏飛過倫敦城》最後一篇文章的最後一句話。當然。相信生活的變化，視野的開闊，會激發胡仄佳更多的情思，會更加深她的思考。

五

本來，胡仄佳就自覺自己是個奇怪的、興趣廣泛的女人。滑雪、開車、釣魚、叢林散步、露營、美術、音樂、戲劇、閱讀似

乎都為她所愛好。好吃也還會做，手巧能幹，性格既直也曲，有時聰明有時糊塗，能鬧也能靜，一個既非「淑女」也非徹底「瘋丫頭」的人種。她發覺，從事寫作，實際上一直是她心中最隱秘而又最強烈的願望。為什麼要寫？寫了之後怎麼辦？從未想好，也許就像自己的生命一樣是盲目的，雖然表達的過程中會出現某種意義，但那不過是自然的走向和流露罷。或者也可以說，兩次婚姻與生活在兩種完全不同的文化裡，本身就是種強震蕩，新的更為寬鬆的世界釋放了很多壓抑已久的感受，從死去的婚姻中解脫，從新世界中找到自我和自我反省的可能，用寫作的方式來表達無疑是最自然不過的事。或者就如她自己這樣表白：「人有許多種存活方式，寫作是我生存的通道之一。當我呼吸的時候並非要證明什麼，只是必須而已。」（〈在海那一邊〉，《風箏飛過倫敦城》，頁246）

是在1997年的一個夏夜，胡仄佳開始在電腦上笨拙地學習打字兼寫作。累乏中她也曾絕望過，不料手指下卻悄然流露出一些深藏於心底的感受來。

就是這些深藏於心底的感受，讓胡仄佳開始在文壇獲得名聲。

四川某雜誌編輯李珊對《風箏飛過倫敦城》的讀後感是：「你的文筆比較機警，幽默，乾淨，流暢，收放自如，女性的機敏使可圈可點的歷史沉而不重。勇敢，真實，使你生活得很投入，自然而然地留下自己的一片風景。」

「樂觀，開放的心態。敏銳，聰穎的悟性。文字富有音樂感。對多元文化的深思。」汕頭大學《華文文學》主編于賢德對《風箏飛過倫敦城》作了這樣的歸納。

「（你的）寫作頗有異域生活氣息，細膩而爽朗，寫得相當不錯。特別是你的〈故鄉的聲音〉喚起了我不少回憶，我的兒童時代有相當長時間是在成都度過的，好些聲音至今縈繞在耳。

〈蒼涼的青瓷器〉寫得也頗有味道。」原《隨筆》雜誌副主編酈雪林（司馬玉常）這樣告訴胡仄佳。

前南開大學中文系教授郝志達為《暈船人的海》作序說：「在她這本散文集中，確實讀者無論從哪個角度去欣賞、去審視，都可以給人帶來對著宇宙之中藍天白雲故鄉的神往，給你一種神奇美的藝術享受！」

也是來自四川的悉尼大學中文系講師王一燕博士對仄佳說：「你的文章可讀性很強，風格清新，敘述平易近人，無矯揉造作之風，尤其是四川方言運用得風趣吸引人。」

「我讀你的文章可謂愛不釋手，你的角度都很特別，所發的議論又不空泛，已經深入到文化內涵的深層次，這不是每個作者都能做到的。」天津百花文藝出版社四編室主任、《暈船人的海》的編輯李華敏得此結論，並向胡仄佳表示感謝。

「你什麼時候操練的文筆？非常通暢流利，而且非常美麗。」《四川法制報》總編賈嶂岷甚至這樣問道。

什麼時候操練的文筆？問題好像很簡單，回答卻很難明確。

胡仄佳回憶小時讀華盛頓・歐文的《阿爾罕伯拉宮》、馬卡連柯的《教育詩篇》、《泰戈爾詩選》、傑克・倫敦的《野性的呼喚》、惠特曼的《草葉集》、莎士比亞的戲劇、莫泊桑的短篇小說……等等全不是一種路數的書籍；父親雖然反對她從文，文革後期不知從什麼地方也開始找回《古文觀止》給她讀，然後是唐詩宋詞……這些都給了她以混合而奇妙的營養。那時她就開始模糊意識到，生命短促有限，卻可以在想像中無止境地展開延伸，可以經由文字而穿越時空。

既然閱讀是件美妙的事情，寫作一定同樣如此；既然閱讀時非常喜歡語言文字傳達出的令人聯想不盡的魅力，寫作時一定

會自覺不自覺地在文字上下功夫。仄佳自嘲她的恍惚仍在，記不住人名地名，記不清時間地點，愛閱讀卻沒有過目不忘的本事，但她發現，在什麼地方有意無意中還是沉澱下來很多東西。她好像並不寫詩，但她的文字簡練自然，時不時流溢著濃濃的詩意，「風箏飛過倫敦城」、「暈船人的海」，書名就很有詩意，又傳達了全書的主旨，而且似乎並不經意。

胡仄佳的經驗證明文藝各領域是相通的。她年輕時學畫，對現在寫作其實大有裨益，可謂是「曲線操練」。她發現自己有雙觀察細膩、看得見暗夜中朵朵開放的異花、看得出蒼茫裡山脊剪影中的渾圓、對色彩形象非常敏銳的眼睛。她還有對靈敏的樂感不錯的耳朵。所以，雖然仄佳過去從不提筆，卻能一寫就寫出富有自己特色的篇章。例如，在〈夢回北澳〉那篇文章快結尾的地方有一段描寫北澳的夜晚，讀來猶如身臨其境，讓你看到，讓你聽到，讓你觸摸到，真真切切：

> 北澳的房子通常有漂亮平滑的木頭地板，熱腳板走在上面涼隱隱的。小動物們從百葉窗的間隔中自由進出，與人共用房屋空間。燈亮時分，透明粉紅，手腳臉嘴精緻如藝術品的小壁虎們從藏身之處爬出來，倒掛在天花板上，准備捕食體積巨大的撲燈蛾，它們輕輕的叫聲，使我相信它們還有小鳥的靈魂。樓梯旁總有綠色的青蛙爬在房子的外牆上，相貌堂堂皮膚綠得發亮，腳指頭上的吸盤使它能夠輕盈地呆在任何地方，用手指輕輕觸摸它一下，它會蹦到人的肩上。深夜，成千上萬的小螃蟹摸上岸來，秘密社團似的聚會在樓梯旁的樹林中，聽到什麼動靜，就唏唏瑣瑣地四竄，聲音像潮水沖刷樹葉又像糖炒板栗的翻動，響動大

得旁若無人。不知名的黑鳥像雞一樣整天在院子裡走來走去，家養似的不怕人。（《風箏飛過倫敦城》，頁119）

最使我喜出望外的是，仄佳能夠以極其優美的文字，或直接或間接傳達她富有哲理的思考，在文章裡（常常在文章的結尾）閃爍出耀眼的光輝。例如，緊跟上面的引文是下面這個結尾：

躺在這樣的屋子裡，趴在地板上靜靜地聽下去，聽熱帶暴雨的突如其來，聽那些只有一面之緣朋友們的話語，從百葉窗間輕輕蕩過，風聲卷起了帶有萬年印記的塵埃。聽土著人在荒原叢林裡吹響「笛嘴維嘟」（didgeridoo），像聽到了他們靈魂發出的呼喊呻吟。我在這些響動聲音中漸漸入睡，夢見達爾文猶如一座巨大的熱帶花園，還夢見自然世界以它靜默的時間沼澤，吞下人類中的狂妄自私，貪婪愚昧。（同上）

又如另一篇文章〈莽莽群山〉，臨近結尾有這麼一段文字，竟然如此密集地呈現著紛繁的思緒，關於歷史，關於未來，關於時事政治、社會人生，關於美好、醜惡，關於眼前的、逝去的，凡此種種，都一起強烈地衝擊著讀者的心靈，真是神來之筆：

「身在青山恨青山，離別青山戀青山。」愛恨也許是人生奮鬥掙紮的最大動因，倒是這山見慣了不知多少人世滄桑，千歲夕陽。當年的淘金者挖空了幾座山頭，帶走的未見得都是財富歡愉，留下的也未必都是遺憾。站在這新西蘭天高地遠的大山上遙想，如果說山腳下的小城代表著人

間的舒適繁華，那麼在這山頂上也嗅到萬里之外紐約的世
貿大廈殘骸廢墟飄來的令人窒息的煙塵。當超常規意識的
戰事出現於世界任何一個國家，無理性地展開之際，腳下
的安寧，這山的沉穩，就值得格外珍惜。（《暈船人的
海》，頁53）

　　閱歷多了人便成熟起來，眼界開闊了，渾身筋脈通泰，思
考也深邃了。所以我其實不能說「喜出望外」，所謂「功夫在詩
外」，這是仄佳多方面修養的必然結果啊。

六

　　2003年8月，我們「海外作家訪華團」在中國大陸參觀訪問
的時候，一路上也對如何為世界華文文學定位等問題交換意見。
我和胡仄佳、張翎（加拿大女作家）等人都一致認為，過去一百
多年來海外華人傳統的、正宗的、不容置疑的「落葉歸根」的
思想意識現在已經發生幾乎可以說是顛覆性的改變，過去常在描
寫海外華人的作品中所見到的情慘慘悲切切的「遊子意識」現在
已經明顯地與時代與當今天下大勢脫節，事實上也已經在今天有
分量的作品中退位，現在不管是海外華人生存之道還是世界華文
文學發展之道都應該是──或者已經是──「落地生根，開花結
果」。這個話題我們在第一站廣州時也與國內的同行討論過，在
最後一站北京時甚至向有關官員反映過，並得到極好的回應。8月
29日，中國國務院僑辦副主任、中新社社長劉澤彭先生在釣魚台
宴請我們時，熱情洋溢地說：中國人移民外國，過去被認為是拋
棄祖國，很不光彩，這個看法完全是錯誤的，中國人到外國發展

正是表現中國人的開拓精神，這是大好的事情，越發展越好，越發展越應該鼓勵讚揚！

我在胡仄佳身上，在她的作品中，正是看到了一種拒絕狹窄守舊、追尋廣闊拓展的情懷與美感。

「人類本質中有像候鳥逐水草隨氣候擇居的本能，過去翅膀被捆住的時候，飛翔只是悄悄的願望，現在能飛就飛吧！」胡仄佳在《風箏飛過倫敦城》一書的結篇「在海那一邊」（頁246）曾經這樣自勉。

那麼，仄佳，就飛吧，繼續飛，不停地飛，越過海那邊，越過海這邊，更加廣闊，更加高遠⋯⋯

2005年3月17日於澳洲悉尼，
發表於《澳華新文苑》第181-3期。

看穿他？還是看穿自己？
——一部都市女性的「愛情聖經」

張鳴真年紀輕輕卻見多識廣而且富有獨到之處。去年四月，她讓江蘇美術出版社出了一本書，這是一本解讀男人的故事書，也是一本品味男人的心理書。書名就很讓男人心跳，甚至害怕，叫做——《把他看穿——別以為女人不知道》。當然此書為女人而作，是寫給普天之下所有有戀愛經驗的女人。她們在戀愛中、戀愛後或失戀時，都會碰到各種各樣的情感問題。現在，鳴真給解答了：為什麼「空床期」就這麼痛苦和難過？為什麼已婚男人沾也不能沾？還為什麼，這個被自己愛得死去活來的男人，就像一個沒長大的小孩，活脫脫一個「亞熟男」？鳴真的答案絕非信口開河。她採訪了二十幾名身在海內外的、有故事的女子。

不同女人的眼裡，有不同樣子的男人。

例如，有一個男人叫王辛，在一家有頭有臉的房地產公司當經理。在前幾年北京房地產剛熱起來的時候，他算是在風口浪尖上狠狠地賺了一筆；這兩年大城市的房地產業有所低迷，他的荷包漸漸瘦了下來。不過這也好，王辛終於能騰出精力，將更多的時間投身於周圍的女人身上。他是一個很有魅力的男人，30歲，1米83的高個，面色白皙，文質彬彬，總之，他是瓊瑤阿姨心中完美男人的樣子。看見他，「我」常常罪惡地幻想：如果他沒有那麼強的經濟實力，那單憑這副皮囊，也夠女大款們豢養幾年，當小白臉掙零花錢了。

書中又寫了一種男人，喜歡把所有本領都拿出來顯擺，以為多才多藝就能讓女性為之瘋狂。遇到弱女子他充分體現君子風度，憐香惜玉；在街上看到美女，瞳孔立即放大。這樣的男人風流不羈，無論是家花還是野花，只要夠香，都想盡收囊中。他很懂得討女人的歡心，浪漫情歌、甜言蜜語，對他而言都是拿手好戲。他最擅長的事就是在家扮演「好好先生」，在外假裝孤獨情人。表面上看，他是藍顏知己的不二人選。但是，鳴真告訴你了，其實這樣的男人最為危險。他隨時有可能把知己關係升級，對你提出得寸進尺的要求。一旦遭到拒絕，那定會惱羞成怒，拂袖而去。想想看，有這麼個危險的男人在身邊，你這紅粉知己能當踏實嗎？

如此等等……。

張鳴真儼然澳大利亞心理學家尤其是性愛婚姻專家，以她所知道的或所想像的女人血與淚的故事，淳淳引導，娓娓動聽，帶給同齡女人不同的感受，但都總歸到一點：把「他」看穿。

至於她自己，她這樣自我介紹：

> Mingzhen Kinnane，澳籍華人，80年代後生，巨蟹座。喜歡金庸，喜歡三毛，喜歡閱讀男人的故事和女人的童話。
> 因為早早結婚、生子，所以對愛情、對童真充滿幻想。長髮時異想天開，短髮時更願意在深夜剖析自己。
> 立志做一個好的家庭主婦，經常閱讀菜譜，卻懶於下廚；最喜歡給女友做紅娘，卻屢遭失敗。
> 悉尼大學傳媒學碩士，雙語背景，痛恨在有中國人的地方說英文，現在某美國出版公司北京分部做記者、編輯。

編者補充介紹：

> 張鳴真，北京人，運動生理學背景。現在冠上夫姓，同時
> 也將娘家姓加在丈夫頭上，給他取中文名：張大力。

熱愛文學，博覽群書，高考獲作文滿分。在大學期間為某雜誌兼職記者、編輯。澳大利亞留學三年，在《澳洲新報》的《澳華新文苑》發表小說、散文，繼而在其他副刊相繼發表文章。鳴真才思敏捷，視角獨特，文字動人，為澳華文壇一顆閃亮的新星。2008年已經在中國出版三本書，還有三本即將問世。

自稱最喜歡研究「男女問題」、說起情感話題總是一套一套的鳳凰衛視前主持人鄭沛芳採訪過張鳴真。她說：認識鳴真時她已有五個月身孕了，穿上長長的大衣，也不怎麼能看出來。當時鳳凰網請她去做節目嘉賓，她和主持人探討男人話題，說得頭頭是道，當時我就想，這個小姑娘談過不少次戀愛吧，把男人分析得挺精到。私下一聊，才知道她都快當媽媽了，老公是澳大利亞人，居然被她成功地從悉尼千里迢迢地「忽悠」到北京工作，可見她調教男人的本領不一般。

鄭沛芳說，一直覺得鳴真是個不一樣的「八十後」，她居然在懷孕九個月完成了三本書的寫作，除此之外，還要應對自己在美國康泰納什出版集團駐北京辦事處作記者的本職工作。翻看《把他看穿》一看，發現裡有不少澳洲的人和事，鳴真曾跟她說，生活在澳洲的三年，受益無窮，學會了另一種文化和人生觀。看來真的如此。

可謂惺惺相惜，或者應該是慧眼識珠，鄭沛芳為《把他看穿》寫序，如題目所宣稱：〈這是一部都市女性的「愛情聖經」〉。

關於此書起源，張鳴真說，每次收到讀者來信，看之前都會
極度緊張，害怕又是一個女子的愛情悲劇，於是便決心要寫一本
書，讓女人看清男人。鄭沛芳說好，她要做第一個讀者，收到這
本書後，知道鳴真終於做了她想做的事。外人看來很戲劇化很好
看，但是書裡的故事都是真實的，她真希望她們都只是故事，因
為裡面是多少女人的辛酸和痛苦所構成的，真是如戲的人生。她
們兩人曾經談過，曾經一起為這些女子的遭遇歎息。更會內心氣
憤：為什麼這些女子不看清楚男人的本性呢？為什麼這些女子要
把男人捧得那麼高，把自己放得那麼低呢？

鄭沛芳說，鳴真這部書，就是一部都市女性的「愛情聖
經」。都市中的女子們，要好好地瞭解男人、好好地琢磨男人，
只有把男人看穿了，才能從容地與他們「見招拆招」。

鄭沛芳這個在中國大陸和香港工作已長達十年的台北女子絕
對也是一個人物。她曾在博客坦露做節目的世態炎涼，膽大不輸
於北京的胡紫薇。看過她文字的人說，歲末年頭，猛女出沒啊，
而且都是女主持。鄭沛芳最感歎男人往往只有一個功能——情、
性、錢、事業只能擇其一。她說像她這樣不願明買明賣，只想跟
一個男人就得到全世界，反而什麼也得不到，結果比妓女還不
如。想要簡單、單純的人生，竟變成是自己貪心要得太多，換來
的是傷痕累累的靈魂。她感歎道：沒有家世、背景怎麼可能出淤
泥而不染？她甚至說，結婚對女人不過是長期賣淫……做一個當
性關係只是握手的女人，當人生只是一場遊戲，那麼她的痛苦就
會自動解除，多年來道德的枷鎖，也就迎刃而解了。鄭沛芳似乎
已經看穿了人生？但事情又不像。事情還不至於如此吧？

鄭沛芳說她和張鳴真曾經都以為現代女性應該是獨立的、自
主的，直到在節目中在讀者來信中看到那些真實的故事，才知道

現代女性的獨立、堅強只是外表，在內心深處，她們還在尋找一個可以依靠的男人，於是註定了要受傷。也許，這個「註定」便是結論？這又似乎是宿命論了？

　　無論如何，鄭沛芳喜歡看張鳴真寫的文字，不光是她對男人的看法獨到，還有她在文中的自我剖析和女性文化的探討。她感悟到，讀了張鳴真這本書，不光能看穿男人，還能看穿女人自己。

　　鄭沛芳的評論的題目其實就是：〈看穿他？還是看穿自己？〉

　　不管鄭沛芳這位「第一讀者」是看穿他還是看穿自己，而且是否已經看穿，或者永遠看不穿，現在的張鳴真是一個甜蜜的女人，享受著丈夫的愛，寶寶又十分可愛，事業也大有成就。作為一個男性，筆者雖然因為在被看穿之列隨時也會被看穿可能不無尷尬，但更為尚未見到真人的鳴真之才所雷到，更欽佩她的博愛——她希望更多的女人當然也包括鄭沛芳像她一樣幸福，希望女人在看清男人的基礎上找到自己的幸福。

　　　　　　　　　發表於《澳洲新報‧澳華新文苑》第368期。

新嘗試，新突破
——談曾凡小說《麻將島》

一

曾凡2005年離開澳洲，說要在中國大陸住一段時間。第二年3月，我到澳門參加世界華文作家協會第六屆會員代表大會暨學術研討會，非常高興又見到她。她也參加大會，而且就近從珠海過來，不像我們千里迢迢。她告訴我說她現在除了相夫教子之外，就是潛心寫作。我知道，曾凡去年很榮幸地獲得澳洲藝術委員會一筆基金，贊助她的小說創作。她要完成任務。

曾凡會上送了我一本去年出版的她的第二部長篇小說《在悉尼的四個夏天》。我過後在悉尼給她發了個電郵，說：回來後就看你的書。寫得很不錯，結構好，特別文字很老練（有些出乎我意料之外）。曾凡馬上回我說：非常感謝您的鼓勵。她說她現在正寫的小說感覺很費勁，所以聽到些鼓勵的話很高興。她現在總覺得寫不出來，自己都有點搞不懂上兩部書是怎麼寫出來的了。「是不是寫作的人都會有這樣的階段？有時候我想，等我寫完這部，再也不寫了。煩死了。」

看她這樣焦慮的樣子，我出個點子，告訴她或者先把這部放下來，過一段時間再寫。這段時間回想一下前兩部是怎麼寫的。例如：寫作中是怎麼改變全書結構的（她那兩部長篇開始寫時

並不是成書後那樣的結構），文字是如何成為現在這樣的，這些年看什麼書經歷什麼事⋯⋯等等，等等，總結總結。但她不能照辦，因為她寫的這篇小說是有時間限制的，不能放下。她說這可能也是讓她煩躁的原因。

　　幸好，她終於完成任務了（雖然趕任務並不好受）。前幾個星期，她把整本大作傳來給我，近四萬五千字，書名叫《麻將島》。

二

　　「這是在麻將島，在2020年。」

　　「麻將島」是一個虛擬的所在；2020年發生的事件當然只能是一種推測——這是一部未來小說，寓言小說，寫得好的確有一定難度。

　　曾凡找到這部小說的最初構思早在2005年初，就像她提交給澳洲藝術委員會的申請表上所言。那時她一個人帶著孩子在悉尼，有一些朋友從中國來旅遊，在與他們的聊天中，她有所感觸。這些朋友都是在商場上滾了二十來年的人，經歷過大起大落，仿佛天生有種樂觀和不服輸的精神。他們最喜歡的娛樂是打麻將。曾凡聯想到打麻將與中國人的生活態度有一些相似。麻將與橋牌不同，更多依賴於運氣，打法也很獨特，四個人，一個對付三個，每個獨自為戰，也有暫時的聯合，而且總能換牌，總有機會，總可以投機取巧。真類似中國人的處世哲學。從這些朋友身上，曾凡聯想到更大的範圍，想到前兩年非典流行時的狀況。當碰到有關生死的重大問題時，人們是怎麼處理的呢？這就是這本小說企圖觸及和探討的。

曾凡覺得，其實也是大同小異。大家更多地依賴命運。起初有些害怕和反思，但後來就不怕了。人那麼多，死亡不見得會輪到自己，很有僥倖心理，如果說是一種「樂觀」精神，則是相當畸形的。當非典過去，人們又很健忘，又不關心保護環境了，又在得快樂時且快樂……

主題很明確。這是一部警世寓言。

曾凡採用了象徵的手法，虛擬了一個麻將島，將這幾方面綜合在一起。麻將象徵人們普遍的生活態度。我以為曾凡這樣處理是聰明的。

小說一開頭就是一句警告：

> 二月春風似剪刀，剪斷了某種DNA組合，蒲公英一樣的病毒漂蕩在空氣中，誰也不知道。

「蒲公英一樣的病毒」，「漂蕩在空氣中」，這些字眼，全書前後出現達十幾二十次之多。我懂得作者的用心。不斷重複，層層推進，顯現了一個實在的處境，突出了一種氛圍，表達了一個焦慮——置人於死命的病毒無所不在，和人類的活動一起活動，可是，「誰也不知道」，「誰也沒在意」。讀的人讀著讀著，似乎也受感染了，也擔心起來了。

最令人震撼的是，小說結尾時，小說一開頭那句警告又一次出現，並變成這樣：

> 夜色溫柔，包容了一切，另一種像花兒一樣美麗的病毒漂浮在空氣中，誰也不知道。

「夜色溫柔，包容了一切」。人們大災難之後，依然故我，燈紅酒綠，爾虞我詐，渾渾沌沌，不思改悔。病毒又無所不在地繁殖滋生了，又一次，而且是「另一種」，可能更為可怕！但，一如既往，誰也不知道，誰也不關心。書到此時結束，但故事還在繼續。每一個讀者都會掩書歎息：人，怎麼如此冥頑不靈！？

三

《麻將島》全書分為「一局麻將」、「夜宴」、「寂靜」、「回憶」、「找尋」、「漂流」、「得救」、「狂歡」等八章，整體的情節設置主要利用巧合，代表命運的捉弄。一些細節採用報紙上一些轟動的報導，引發人的聯想。也許是得益於學理工科的訓練，曾凡寫小說也不拖泥帶水。她以前出版的兩部長篇篇幅相對都比較短。《麻將島》的題材足以構成一部長篇小說，但現在只是中篇的篇幅，就像每章的標題一樣，寫得簡潔明快（當然，另一面，便不夠淋漓盡致）。

作為寓言小說，《麻將島》中的人物，並不是具體的，而是某一類人的代表，不免有賴於誇張，漫畫臉譜化。「總督大人」代表那些有進取心但不無過失的一類，「才子」代表比較出世的虛無主義，「娜娜小姐」代表世俗的愛和以愛的名義不擇手段的一類……還有其他一些角色，都有寓意。作者顯然受安徒生童話的啟發，寫的「小人魚」，雖然著墨不多，但描寫得很動感情。她象徵純潔的愛和犧牲，最後以自己的生命挽救了麻將島。

誇張、諷刺，是寓言小說的慣用手法，曾凡在《麻將島》中也有出色的表現。

麻將島上至總督大人，下到各色蟻民，打麻將是最中心的活動，而且標榜民主自由平等開放，基於這個荒謬的境況，誇張諷刺自然就貫穿全書，行文用字，大小描畫，無不或明或暗地透露出來。

如上文所引這句：「夜色溫柔，包容了一切，另一種像花兒一樣美麗的病毒漂浮在空氣中……」，「美」「毒」相連，包容一切的「溫柔」導致毀滅一切的殺機，卻「誰也不知道」！

再請看這段描寫：一個機器人向總督大人報告大街上到處是亡靈。總督大人一看，才發現死亡毀滅了那麼多，螢幕上白白的身影成群結隊地流過大街小巷，便急急地打電話質問民政部長是如何安排死去的人的後事的。

> 「沒有辦法啊，我的總督大人，奈何橋塌了。」
> 「那不是前兩年新修的嗎？」
> 「說的是啊，可是那混凝土裡沒放鋼筋。」
> 總督大人緊急命令建設部長在三天內建好奈何橋，建設部
> 長說那來不及綁鋼筋了。總督大人說那也只好先這樣了。

「總督大人說那也只好先這樣了」──真是畫龍點睛。許多「豆腐渣」工程不就是在領導默許之下進行的嗎？

再如書中描寫：娜娜小姐發明了一種鍍膜玻璃，透過這樣的玻璃，渾黃色能變成蔚藍色，而其他的顏色一點也不失真。總督府的玻璃窗換上後，看出去大海一片蔚藍，真的很美。娜娜小姐還有許多新發明，新點子，比如，將皺皺巴巴的生薑用硫磺熏一熏，就會變得鮮嫩光滑，飽滿誘人；將火腿肉用敵敵畏浸泡，就能肉質鮮紅，加倍新鮮……真是「化學多麼奇妙」！今天中國

大陸許多大小老闆正是這樣都成了無所不為、生財有道的「化學家」。

所謂朋友有五「鐵」：一起扛過槍，一起下過鄉，一起同過窗，一起分過贓，一起嫖過娼。麻將島的大員們狼狽為奸，腐化墮落，比比皆是。例如財政部長。他最後和外交大臣所推薦的妓女性交之後雙雙死去。

還有：大災過後，總督大人要整治麻將島，但轉個彎還是：「首要的問題還是發展經濟，所以說發展是硬道理，先發展後治理。」才子的提議是要走一條有麻將島特色的道路，以麻將促經濟。具體做法有幾個方面。首先要大力宣傳麻將文化……

四

曾凡自幼喜愛文學，看了很多書。考大學時，本想學文學，但考慮到還是應該有一門能養活自己的技術，所以學了建築，是中國第一名校清華大學的高材生，1989年畢業後從事建築設計工作。從1998年開始，因為生養孩子和移民澳洲，就一直辭職在家，有了一些空閒時間，這時候，她的文學夢又浮了出來。

這樣，曾凡闖進了澳華文壇。聚會的時候，文友們會看到一位小個女人，形體瘦弱，淡雅簡樸的穿著，帶著個小男孩，斯斯文文，不聲不響地坐著，可能生性靦腆，內向，幾乎從來不發言，和人交談也不多。就是這麼一個「不起眼」的女人，突然讓大家嚇了一跳。她不聲不響（又是「不聲不響」）寫了一部十二萬字的東西，逕自寄給一間毫無關係一點也不熟悉的出版社，編輯閱稿滿意就排版付印出版上市了，曾凡不花一分錢還獲得稿費。這就是《一切隨風》這部長篇小說，2003年7月由北京知識

出版社出版。兩年之後，又是7月，曾凡以同樣的方式，讓大連出版社又出版了另一部長篇小說，二十萬字的《在悉尼的四個夏天》。

《一切隨風》是一個從網上聊天開始的婚外戀的故事。曾凡想以這個網戀故事記錄她們這一代中國大學生的一些生活經歷和社會觀念的變化。全書共分十一章，每章的前半部分是情人的自述，後半部分是太太的自述。每部分都用第一人稱，達到一種對比的效果。《在悉尼的四個夏天》寫一個北京女孩，在悉尼留學，住了四個夏天，遇見了三個男人。她與這三個男人的交往和愛情是全書的主線，內中穿插了另一對華人夫婦的情感糾紛以及其他幾個女孩的留學經歷。兩部作品本來都是想按時間順序寫的，寫到一半的時候，突然像是靈感來了，一個改用對比的結構，一個是時間跳躍了，只寫夏天。曾凡回憶，有了個滿意的結構，寫起來很順也很快，寫成之後也比較滿意。

《一切隨風》寫的是中國，《在悉尼的四個夏天》寫的是澳洲，不管中國或是澳洲，都是曾凡經歷、熟悉的生活，可以說是她這麼多年來看的書和經歷的事的一個自然的生成。可是《麻將島》這部就不同了，是關於未來的寓言小說。一些細節要借助報紙上的報導，難免粗直，缺乏親歷親感的細膩和微妙。難怪曾凡寫時總覺得寫不出來，煩躁到甚至說「再也不寫了。煩死了。」

「是不是寫作的人都會有這樣的階段？」應該說絕大多數都會，特別當處理新的題材、試驗新的寫法的時候。《麻將島》的寫作正是這種狀況。但這個磨練是必經的、值得的。寫作《麻將島》，意味曾凡小說創作道路上新的嘗試，新的突破。曾凡是一個進取心很強的人（她曾向我透露她還想在澳洲大學再補

學一下文學的願望），我絕對相信她肯定會寫下去，而且會越
來越好。

發表於《澳洲新報·澳華新文苑》第248期。

輯二

悠然一卷坐花叢
——祝賀趙大鈍老師新編《聽雨樓詩草》隆重出版

　　雪梨北區有一座「中華文化中心」，正廳中間赫然掛著一幅對聯，曰：「中華史邁五千載，文化根敷七大洲」，其宏大氣勢自不消說，字也寫得蒼古有力，正可謂神形相輝。對聯落款是「趙大鈍撰並書」。

　　雪梨乃至澳洲的華人社區，人所共知，趙大鈍老師是本地一位德高望重的華文古典詩詞開拓者，今年已經高壽九十一了，仍然行動俐落，思維敏捷，心明眼亮，令人拍案稱奇。

　　1997年，趙老把一生所寫、而又尚未散失的二百多首近體詩結集，由其學生集資出版，稱為《聽雨樓詩草》。此書按時間分為三部分：「卷上」、「卷中」和「卷下」（另有「補苴編」、「詞錄」、「聯語錄」和「蝶戀花唱酬錄」）。「卷上」所收之詩寫於1943至1975年間，正值抗日戰爭末期及越南戰爭數十年動亂。「卷中」為1975至1983年間所寫之詩。此時趙老因越南西貢易幟而投奔怒海，曾在美國、台灣、香港等地顛沛流離。「卷下」則是趙老於1983年八月來澳洲定居後所寫之詩。全書跨度超過半個世紀，論者稱之為「詩史」，信然。

　　《聽雨樓詩草》的出版，曾為澳州華人文壇一時之盛事。首先，此書得廣州傅子餘、台北李猷、香港潘小磐、南澳阿德萊德徐定戡、雪梨劉渭平等大儒耆宿作序。又得趙老當年在越南時的

學生、現為台灣中壢中原大學胡寶林教授寫出〈追拾趙師八十年風塵歲月〉一文，對趙老生平作了殷實而又生動的回憶。而且，當時居住澳州布里斯班的中國著名畫家郁風為封面精心創作國畫「聽雨樓圖」，此畫又得到澳洲名人欣然題上各自詩詞大作，可謂彌足珍貴。

開頭是郁風夫婿、中國著名文學家兼書法家黃苗子調寄點絳唇，題曰：

> 淅瀝添寒，憑伊隔個窗兒訴，淋鈴羈旅，舊日天涯路；濕到梨花，簾捲西山暮，花約住，春知何處，深巷明朝去。

南澳國學耆宿徐定戡和黃苗子原調原韻一闋：

> 賸水殘山，黍離麥秀憑誰訴，圖南羈旅，目斷鄉關路；問到歸期，風雨重簾暮，春且住，相依同處，莫便匆匆去。

雪梨女詩人高麗珍則題：

> 小樓連夜聽風雨，紅杏今朝絢野林；
> 安得先生春睡穩，賣花聲裡閉門深。

墨爾本詩人兼書法家廖蘊山題：

> 一塵堪借老南瀛，到處隨緣聽雨聲；
> 不管高樓與茅屋，滂沱淅瀝總關情。

著名武俠小說家梁羽生題：

一樓鐙火溯洄深，頭白江湖喜素心；
莫訝騷翁不高臥，瀟瀟風雨作龍吟。

博學多才的劉渭平教授則題：

瘦菊疏篁又再生，小樓棲隱晚方晴；
知翁得失渾無與，祇有關心風雨聲。

這些絕妙詩詞寫出了趙大鈍老師的品性神態，也勾畫出《聽雨樓詩草》一書的主旨，正如趙老自題所云：

風雨山河六十年，儘多危苦卻安然；
垂垂老矣吾樓在，依舊聽風聽雨眠。

聽雨樓原為趙老先人遺下的一間小樓，以此名之時，趙老年方十八歲。當時及此後六七十年來，世間太多「風雨轟騰，震撼人心」，即使今日，「風雨仍然無定，晴明不知何時」。趙老嘆道：「樓屢毀屢建，且曾隨余流離四方，斯時樓存心中也。」由此得知，「聽雨樓」的「聽雨」二字，大有深意。

正因為這種背景，趙老去國懷鄉之情特別強烈，充滿《聽雨樓詩草》全書。1983年他移居澳洲，在留別港中親友一詩中感嘆道：「百年殘局身安託？一髮中原望更遙！」在澳洲這個自由地，他常有這樣的感觸：「尋常一樣團圓月，客裡相看

總惘然！」甚至：「眼底江山心底淚，無風無雨也瀟瀟！」
1986年他自香港返澳洲時，機上作成一首五絕，可謂是發自心
底的懇切期望。詩曰：

> 風雨山河淚，言歸異故鄉；
> 晴明如可俟，敢怨髮蒼蒼。

趙老出身貧寒，又經歷亂世，僅得小學畢業，但自幼好學，
聰穎勤奮，又得多位名儒指點，因而修就深厚的國學功底。如黃
苗子所言，趙詩不藉典故的堆砌，純用白描去寫，這種千錘百煉
的濃縮文學語言，非有湛深的功底不能達致。聽雨樓的詩極似白
樂天，但比白詩略多一些蘊藉。

綜觀《聽雨樓詩草》全書，發現氣醇聲和、從容婉曲亦為趙
老詩風一大特點。下面這首七律可為一例：

> 花枝婀娜月光明，春色紛從眼底生。
> 高閣杯盤行樂地，萬家燈火戒嚴城；
> 鄉醪未飲心先醉，戍鼓頻傳夢不驚。
> 笑口逢辰艱一聚，漫教塵鞅負鷗盟！

此詩為西貢嶺南酒樓宴集而作，時值1965年元宵。當晚這個
南越首都全城戒嚴，城外砲聲徹夜，而城內家家門前懸鐙，此一
奇景奇事，詩中描畫得何其傳神！趙老氣定神閑、隨遇而安，又
堅持操守、不致迷失的處世哲學也可從他為雪梨西區卡市牌樓所
作的一副對聯看出：

　既來之，則安之，最喜地容尊漢臘；
　為禍也，抑福也，敢忘身是避秦人。

《聽雨樓詩草》一書中，有若干首為趙老言志之作。例如：

　扶危拯溺濟癡聾，儒佛耶回道大同；
　安得仁心長在抱，人間無日不春風！

　的確，趙老詩如其人，人如其詩。他安貧樂道，寵辱不驚，高風亮節，剛直持躬，胸懷博大，素以「誠、慎、勤、慈」誨人律己，深為朋好學生崇敬。趙老行中庸之道，以為萬事不可絕對。他家庭的宗教信仰，就極具象徵意義：其父生前信奉高台教（越南一種拜祭先哲聖賢的多神教）；趙老和太太原先是佛教徒，現在自己皈依天主教，而太太生前一直堅守佛教；至於兒子，則是虔誠的基督徒。趙老家中設有研經室，各有各的經書，各有各的研究，互相尊重，其實亦為一樂也。

　趙老實為我們澳華文壇的楷模；而他在中國古典詩詞寫作上的造詣，亦已有定論。《聽雨樓詩草》一書即為明證。現在趙老重新編訂此書，不但對舊本有所修正，更補充了近十年來的一些新作；而且出版之際，適逢雪梨文學界隆重舉辦趙大鈍老師終身成就獎慶典，可謂雙喜臨門。後輩如我者不敢稱序，奉上以上淺陋文字，旨為祝賀。謹祝趙老健康快樂長壽，正如他〈八十八歲生朝寫心〉所言：

　棲遲殊域勞傳譯，隨俗隨宜喜折衷。
　得稍安閒天所眷，休多奇論世難融；

江山風月與人有，蒼狗白雲過眼空。

乍暖還寒春又到，悠然一卷坐花叢。

本文作為一篇序言，收在趙大鈍老師新編《聽雨樓詩草》一書中。

老夫百歲尚清吟
——彭永滔兄其人其詩欣賞

一

永滔兄曾經邀請我去悉尼郊外觀賞他業已為自己置好並準備妥當的墓地。他說墓碑上兩邊的對聯也刻好了，隨即拿出原稿，不無得意地展示給我看。聯曰：

歸來毓秀鍾靈地；依舊平和快活心。

過了一個星期，又見到永滔兄時，他說上次之後意猶未盡，現已擴充得七絕一首：

豐盛人生有賞音，老夫百歲罷清吟。
歸來毓秀鍾靈地，依舊平和快活心。

又過了一星期，他興高采烈地告訴我：承蒙趙大鈍老師指教，「老夫百歲罷清吟」改為「老夫百歲尚清吟」。我一聽之下，拍案叫絕。從「罷」改為「尚」，這看似簡單的一改，卻真是太合乎永滔兄的性情了，難怪他如此高興！

永滔兄這首〈百歲〉詩，自題他的龍寶山華人永遠陵園墓碑，竊以為是認識和欣賞永滔兄其人其詩的關鍵之作。

二

永滔兄百無禁忌。譬如，神鬼他也敢調侃諷刺。在他看來，魔鬼神仙不過各有巧機罷了，而且為了蠅頭小利居然也不惜犯罪作惡。譬如灶君菩薩，位低職微，只需「黃糖幾片一壺酒」，便不惜「顛倒人間是與非」（〈灶神〉）。關於上文所說的〈百歲〉詩，其實在這之前他還有一首題為〈去歲余與岑斌、朱承礎各購龍寶山園陵生壙一幅，今年四月鈍翁亦購之。喜賦二十八字〉，簡直是慶祝詩友們「他生同喜訂芳鄰」：

> 佳城留與有緣人，百歲皮囊好自珍；
> 文字交深師亦友，他生同喜訂芳鄰。

永滔兄能做到百無禁忌，皆因生性樂觀，胸懷豁達，平淡閑適，隨和寬厚，大情大性，逗趣好玩。席間常見他滔滔不絕。他的詩話聯話涉及到諸如出自《聊齋》的關於「戊戌同體心中只欠一點；己巳聯蹤足下何不雙挑」的鬼故，讓所有人雅俗共賞，開心之極。如他所言：「妙語哄堂添一笑，豈嫌呼我老頑童。」（《疊翠山堂詩集初續合編》第80頁）他深知「繁華容易散，平淡最相宜」，所以「有酒邀明月，行歌每及時，年年耐嘲訕，莫笑老頑癡」（〈壬午歲暮寫心次鈍翁韻〉）。他身為悉尼詩詞協會顧問，應邀壇坫論詩，亦以「詩詞趣談」作為開張第一講，趣

味盎然，甚受聽眾稱頌。所以我常說，每週如能同他飲茶一次，絕對可以補回亦即是增壽一週。

但是，別看他自嘲「醉裡不知秦漢事，管他天上是何年」（〈雪梨中秋夜〉），其實他十分心清眼亮，世事洞明。我遊覽中國東北長白山天池時得一陋照，永滔兄為此題詩一首。這首〈長白山天池〉曰：

> 不辭雲路百千重，來看遙邊白雪峰。
> 小立池旁倚危石，焉知水底有潛龍。

你看，他對身倚危石的鄙人在發出含蓄的警告呢。

他遊罷雲南大理崇聖寺，有所感嘆：

> 三塔巍峨聳碧霄，滄桑始自李唐朝。
> 九州今日橫流遍，安得人間有舜堯。

他在山東孔廟發出這樣的感觸：

> 杏壇桃李三千樹，如海襟懷納細流。
> 今日亂人天下遍，傷麟誰復著春秋。

永滔兄有一首題雪梨市政廳（Town Hall）銅錨雕刻。雕像豎立在市政廳右側，紀念雪梨開埠一百五十年華人所作出的貢獻。此詩寫得甚具歷史概括力度：

一帆風正大洋洲。篳路山林共運籌。

蓁莽地成安樂土。吾華血汗足千秋。

很讓我大吃一驚的是他一首韓國紀遊詩。南韓首都漢城有一座銅像，紀念一對南北分離的胞兄弟，相逢之日，竟然是在戰場，他倆放下武器，抱頭痛哭。永滔兄為此「異數」或破天荒的「奇蹟」寫下〈紀念銅像〉。這首詩抒發人道主義情懷，但還沒什麼。接著，他因在南韓仁川看到麥克亞瑟將軍紀念銅像，有感而發，寫下〈都城〉（之二），就很發人深省了。詩曰：

三八憑誰弔，平沙不見垠。

大韓風貌好，猶憶麥將軍。

上世紀五十年代初的朝鮮戰爭，或稱韓戰，幾乎要引發一場新的世界大戰，遺禍至今尚存。內中蘇聯的斯太林、中國的毛澤東、北朝鮮的金日成三個各自擁有絕對權力的大人物，究竟達成什麼「偉大謀略」，至今尚未完全解密，歷史學家和國際政治家們還在認真推敲，而永滔兄好像不經意間便點到其中的要害！

三

唐中宗景龍年間有一位權龍褒將軍，音律既不精文才又不高，卻偏喜作詩，常鬧笑話，皇上戲呼為「權學士」。不過，這位權學士有一好處，他雖遭人取笑並不以為忤，反而謙虛地回應說「趁韻而已」。永滔兄想到這位權將軍，寫了一首〈趁韻〉自嘲：

市樓茶局寄閒身，無意青雲自抱真。

學得龍褒唯趁韻，居然被喚作詩人。

當然，我相信無人膽敢把永滔兄的自嘲當真。

事實上，如悉尼詩詞協會同仁以及其他各地的詩家所評論，永滔兄很多詩作是相當精美而且巧妙的。

例如，這首〈遊藍山同鈍翁、子斌、子遙、若蘅。2002年5月〉：

五月南半球，金風動籬落。

輕車發藍山，朋儔尋幽壑。

朝日掛枝頭，魚鱗出雲腳。

窈窕姊妹峰，栩栩非斧鑿。

霜凋楓似花，紅黃兩交錯。

樹下倩影留，喜得及時樂。

塵海六十年，事去渾如昨。

投老愛郊遊，身閒比野鶴。

重上高山樓，主人具雞黍。

小飲半日歡，談言無拘縛。

歸路背夕陽，及門垂夜幕。

何當結伴來，再踐黃花約。

「輕車發藍山」時，才「朝日掛枝頭，魚鱗出雲腳」，一天遊玩之後，已是「歸路背夕陽，及門垂夜幕」，整個過程，表現得多有層次。其中有景有情，情景交融，觸景生情，有「事去渾如昨」對歲月消逝的幾分惆悵，又有「身閒比野鶴」那種逍遙自

在自得其樂的情趣，更有熱愛生活「再踐黃花約」的豪邁。真是一首好詩！

再如〈遣懷〉：

> 耆年筆墨漸疏慵，稍借吟箋寫素衷。
> 結伴尋山心未老，舒閒酣枕日方融。
> 千金市醉豪情淡，一笑忘懷萬象空。
> 聞道香城春更好，遙看群蝶撲新叢。

以及〈春雨〉：

> 淅瀝連綿破寂寥，閉門真負百花邀。
> 懸知野澗添新水，更喜長空掛彩橋。
> 小閣聞鶯春在樹，重簾煮夢鹿藏蕉。
> 天心盈昃憑誰問，一髮中原雪未消。

前者以短短八句遣懷，抒發作者遠離曾經奮戰半生的香城商場於今雖心未老但豪情已淡的複雜心情──說是「一笑忘懷」又豈能「一笑忘懷」？後者「小閣聞鶯春在樹，重簾煮夢鹿藏蕉」一聯允稱佳制，各有「閣」「鶯」「春」「樹」及「簾」「夢」「鹿」「蕉」的美妙的組合，有聲有色，有眼前所見的鮮明景象，有典故聯想的朦朧幻覺。這些意象意境重重疊加無形中加深了「天心盈昃憑誰問，一髮中原雪未消」的感嘆。這兩首七律都飽含彭兄自己的人生體驗和感慨，極其豐富深刻，難怪他視為最愛。

再請看他的〈遊大岩石〉：

喚醒邯鄲夢，膏車發遠陬。
星沉天欲曙，風冷夏如秋；
極目迷紅土，遙邊接大洲。
不辭千里路，來向石低頭。

他遊的「大岩石」叫「Ayers Rock」，為世界上最大單塊石頭，能隨早晚和天氣而變換顏色，為世界一奇。不過此石位於澳洲中部荒漠處，氣候不佳，而且距悉尼三千多公里，可謂遙遠。然而遊人不辭路途勞苦，只欲親眼一見，猶如前來朝拜。永滔兄由此頓生靈感，寫出此詩最妙的最後兩句：「不辭千里路，來向石低頭。」人們讀之，還會想到世上芸芸眾生，低賤也好，高貴也罷，忙忙碌碌，不也是做著大致相同的事情嗎？而且這兩句又與首句「喚醒邯鄲夢」相對應，不覺疑惑自己是否真的大夢已醒！

永滔兄喜愛尋幽探勝，寫了不少旅遊詩章，多屬用心之作。

再如〈遊從化天湖〉：

素練飛垂自太空，流雲帶雨過群峰。
媚人處處饒秋意，烏白如花隔岸紅。

還有〈阿里山〉：

沉沉遙夜逐殘星，雲海蒼茫氣象呈。
一線紅霞天際外，萬方昂首待黎明。

　　我碰巧兩地都到過，遊台灣阿里山是幾個月前，而到廣東從化天湖則是幾十年前。不管遠近，這兩首詩都讓我猶如舊地重遊。我眼前立時出現從化天湖那清涼解暑的瀑布──素練自山頂上高高掛下，的確時有薄雲在中間輕輕飄過；又因瀑布瀉下，和山岩幾度相碰，不免水花四射，有如微雨終日。我或又一次在冷露滴落寒氣侵人的拂曉時分擠身阿里山望日台等待日出，當時是那樣昂首挺立，全神貫注，生怕走漏了天際外那一線紅霞，最初那一點靈光。〈阿里山〉一詩還曾引起台海兩岸不同的人不同的政治性的解讀，雖出永滔兄意外也讓他不無幾分驚喜。

　　再看看這兩首──

〈蝴蝶泉、五朵金花〉：

　　洱海歸來看蝶泉，蝶泉不見蝶翩翩。
　　金花五朵無尋處，樹下唯聞斷續蟬。

〈雪梨中秋夜〉：

　　花嬌月媚過中秋，愛月拈花上小樓。
　　尋常花月都佳妙，爭似今宵特地幽。

　　第一首「蝶泉」的重疊，加上「蝶泉不見蝶翩翩」的嘆息，為五朵金花無從尋覓添增了幾多迷茫！第二首中「花」「月」意象反覆運用，層層升華，可謂妙不可言，為詩人這個中秋夜重重塗上了一層唯美的浪漫的氛圍，我甚至因此花此月而聯想到崔顥的黃鶴和李白的鳳凰。

永滔兄的品性決定他傾向浪漫。下面這首也是其中一個例証：

> 滂沱一雨滌塵埃，難得良辰天幕開；
> 彷彿嫦娥新浴後，風姿嫋娜破雲來。

他只不過寫「月當頭夜大雨初晴」，但營篇構句之間便靈魂出竅，神思湧動，不禁異想天開，結果又是一篇唯美的浪漫的華章。

永滔兄也偶爾用典，或隨意涉及、引申一些舊詩、雜書、街語，雅俗不拘，大多翻出新意。例如他寫〈丹頂鶴〉第三首時，忽然記起幼時學《故事瓊林》（即成語考）鳥獸篇關於「鶴」的內容，有了靈感，便寫出：

> 匡床煮夢幾春秋，富貴神仙豈易求；
> 安得腰纏過十萬，乘君羽背上揚州。

又如〈蝴蝶二首〉：

> 其一
> 趙四風流朱五狂，千秋人笑為花忙；
> 貪癡盡日偎紅紫，底事關情到夢鄉。

> 其二
> 柳條搖曳綠初勻，粉翅翩翩弄好春；
> 飛過短牆何處去，隨風追逐賣花人。

　　第一首起句借用「九一八」事變發生後馬君武所寫的〈哀瀋陽〉詩句，末句用莊周夢蝶典故，生動地寫足蝴蝶——擬人化的蝴蝶——的品性；而第二首末句說蝴蝶「隨風追逐賣花人」，頗饒新意。

　　說到永滔兄做詩用心，我突然想到一事，感到有些歉意。去年十一月，澳大利亞華人文化團體聯合會要為梁羽生博士和趙大鈍老師敬頒「澳華文化界終身成就獎」，我請永滔兄做詩慶賀，而且最好把兩人聯在一起。這真是有點強人所難，但詩還是做出來了，他自己亦覺得很滿意：

> 千秋卷帙見真詮，儒雅騷壇兩謫仙。
> 喜以名山為大業，早從書劍結文緣；
> 湄河澎湃鯤先引，香島扶搖夢尚牽。
> 豪俠襟懷君子德，棲心丘壑樂天年。

四

　　永滔兄有幸，移民澳洲二十年，結交了古典詩壇耆宿趙大鈍老師和新派武俠小說開山鼻祖梁羽生大師這兩位悉尼華人文壇泰斗。在兩位先輩影響之下，他勤奮好學是出了名的，每次見面必有新詩呈給大家欣賞評論，虛心求教，有時為一字一句一改再改。甚至詩集已經印刷出版之後，也在繼續推敲修改。如上面論及的〈春雨〉一詩，內中兩句原來為「閉門又負百花邀」、「難得長空掛彩橋」，現在他把「又負」改為「真負」，「難得」改為「更喜」，顯然更為貼切，更為生意盎然。

如上所說，趙老經常是他一字師，對他悉心指導，大家因而都半是慶賀半是醋意地說他是趙老的「關門弟子」。趙老為他改詩的例子不少。

例如，那首〈遊鵝洲〉詩：

> 停車日當午，言笑到鵝洲。
> 闊岸沙如洗，低雲樹欲浮。
> 銀濤湧天外，塵夢冷心頭。
> 比似閒鷗鷺，從容各自由。

趙老修改了標題，把原詩中的「笠屐」改為「言笑」，又指出原詩五行開頭第一個字都是名詞不太好，應改動一下，詩律才細。

那首〈晨起〉：

> 惺忪搓睡眼，開戶沐朝暉。
> 露冷苔痕滑，風高菊蕊肥。
> 摘瓜欣有得，聽鳥漸忘機。
> 詩緒清如水，泠然入翠微。

「開戶」在原詩是「倚欄」，「詩緒」是「詩思」，均為趙老所改；趙老還點評說，開頭兩句是「點出晨起這叫破題」，第三四句是「看見的」，第五六句是「做到的」，寫得最好，最後兩句是「晨起所得結論」。

還有那首〈癸未書意〉：

　　行年已近從心欲，自在真同脫網鱗。

　　居有梅篁殊不俗，門多鳥雀漸於人。

　　古書幾本平生讀，敝帚雖微一笑珍。

　　南圍種瓜如掌大，秋來採擷餉芳鄰。

　　趙老在全詩圈了三十八個圈，認為是永滔兄當時所寫出的律詩中最好的一首。

　　永滔兄他這個作弟子的有兩個竅門：其一是常陪趙老出遊；其二是常與趙老唱酬。趙老九旬高齡，雖身骨尚為硬朗，外出需人照顧，永滔兄便常自告奮勇，恭事此職。當然亦因此「得益」不小，因為出遊之後必然作詩，接著會有一連串的唱酬。一來一往就是最佳的領教。

　　知徒莫如師。因而有本文開頭所說的佳話。

　　梁大師亦一樣。去年五月，他在病榻上曾親自手書一聯贈送永滔兄。聯曰：

　　永永無窮歌大有；滔滔不絕逞雄才。

　　真可謂一個預測將來；一個展示現在！

　　梁羽生大師對他的指點，大師逝世後永滔兄曾在懷念文章中披露一二。

　　例如他曾作了一首〈蝶戀花詞〉，內中一句原為「白首相逢真屜倒」，生公看後對他說，「屜倒」一般寫作是「倒屜」，不如改為「絕倒」。末句原為「安居樂業至為寶」，生公指出「至」字仄聲不合，蝶戀花詞末句第五字一定要平聲。這是永滔兄初學填詞第一遭得高人指點。

又如他一首〈過佛光山南天寺〉，末句原為「閑與山僧話海桑」，生公閱後良久，微笑對他說：側聞南天寺內很多是女性，結句要慎重考慮才好。永滔兄聽後愕然，深深佩服生公心思縝密，後自改為「一任閑人話短長」。

2004年，永滔兄為慶賀生公榮獲嶺南大學頒賜榮譽博士填了一首〈西江月〉。此詞受到生公一對題蒙山長壽橋聯的啟發，並得到生公親自指教，而做成之後果然佳妙，深得生公喜愛。此詞為：

長劍縱橫天下，高歌睥睨層樓。玉弓雲海兩綢繆，解意添香紅袖。

燈影燦開笑臉，朋情融入吟甌，遊蹤隨分大洋洲。正是賞花時候。

永滔兄一些作品也深得趙老喜愛。他有舊作《晚春》詩二首，趙老回應，標題竟謙用「效顰」二字。其中有些就是贈送給老師的，例如這首〈贈鈍翁四疊心韻〉，對老師作了準確生動的刻畫：

夫子誰得似，諄諄長者心。
艱難甘住世，桃李早成林。
枵腹從公益，吟詩近宋音。
湄南舊遊日，燈下溯洄深。

永滔兄也有一詩贈生公，既概括了生公生平地位，也洋溢自己對大師的敬愛之情：

書癡以外更棋癡，武俠開山一代師。
風月有情同海國，執經常恨識公遲。

五

以上雜七雜八寫了這些，無非是想表示，永滔兄就像生公生前所描畫那樣，「永永無窮歌大有；滔滔不絕逞雄才」；就像趙老所預測那樣，「老夫百歲尚清吟」。我相信永滔兄即使到了百年之後，詩友們即使尚未與他「他生同喜訂芳鄰」，絕對還會聽到他清吟之音，天上人間大家絕對還可以互通心曲。我又想，我們每一個人，如果能像永滔兄一樣，做到「豐盛人生有賞音，老夫百歲尚清吟；歸來毓秀鍾靈地，依舊平和快活心」，便百分之一百稱得上瀟灑走一回，便不枉人間一世！

> 寫於2009年7月15日病眼朦朧中，改於次日瞳孔復原之後，為彭永滔先生《疊翠山堂詩集初續合編》新書發佈會而作。發表於《澳華新文苑》第386期「彭永滔專輯」，現稍有修改。

知難而進：讚嘆與期望
——《南瀛新聲》序

一

讀罷《南瀛新聲》書稿，內心充滿喜悅和讚嘆。這是悉尼詩詞協會為其眾多學員編輯出版的詩詞選集，不說這些「新聲」一定清於老鳳聲，但看得出首首皆是認真推敲甚至是嘔心瀝血之作；而這些學員並非雛鳳，大多已是半百之人，更有些年過古稀，比老師還要年長。惟其如此，更加難能可貴，值得讚嘆。

其中有不少佳話。

例如何惠清女士，是一位撫育四個孩子的媽媽，熱心公益，從事社團文藝活動有年，為人所稱頌。她最初聞名來聽課，參加入門班後，刻苦學習，經一段時期努力，奠下基礎。她還儘力撮合，促成在悉尼西北區伊土活（Eastwood）開辦第二個唐詩入門講座，其後她又參加元曲及宋詞講座。

黃森先生和陳國珠女士，是一對模範夫妻，黃老近九十歲高齡，間中還來上課，又在悉尼南區好事維（Hurstville）更生會教健身操。陳國珠女士詩、詞、曲各類，從初學開始，短短時間已能夠進行創作。

孔偉貞女士年過七十，曾發現咽喉癌，兩次動手術鑿去上顎骨。2007年7月，手術後不足半年，講話尚不清晰，臉無血色，卻

以孱弱之軀前來參加唐詩入門班，作為生命新起點。最初她還不知漢語四聲，但憑著堅毅不拔、執著苦煉精神，虛心請教，學有所成。

丁繼開先生本是物理專業，在中國時是退休的中學校長，全國模範教師，現任協會副秘書長。他過去也寫寫詩，但未夠水準，幾年來認真學習，孜孜不倦地創作，涉獵詩、詞、曲各領域，已經大有長進，必須括目相看了。他以前編印過自己的詩集，現在新的個人詩集又快要出版。

何天信先生從開始不會聲律到現在能夠創作，確是下了很大功夫。他還是協會的中堅份子，一等的好好先生，每一個課程都來上課，負責一切會務，任勞任怨。有他這個好榜樣，連兩個女兒都榮獲澳洲政府嘉獎。

張慧蓓女士不輕易寫作，但每作必有一番巧思，對老師的修改，總是認真辨別討論請教，而不是隨便盲從。她最近負擔起協會每月一次研討會主持的職責。

左靜女士是一位事業有成的女企業家，忙裡偷閑學習詩詞。甫入詩門便以一幅奇異的上聯引起詩會同仁紛紛應對。

蘇楹女士早在2007年已來上課，學習認真，悟性較高，經過一番努力，進步很快，因而有今天的水準。

鄭靜靜女士曾留日學習建築設計，對詩詞情有獨鍾，入門不久寫出的處女作就語出驚人。

朱觀友先生年紀已經很大，最難得的是，他往在遙遠的中海岸（Central Coast），每個星期日，老遠趕火車來到好事維上課，甚少缺席。他經過各位老師輔導，進步神速。他的例子證明，只要肯學，不分年齡，都會學到。

　　梁樹燊先生加入詩詞協會之後，所有課程全部上齊，從不缺課，現在的作品已有相當水準。他還精於書法和繪畫，也是執業建築師，多才多藝。

　　李少甫先生雖然從事的是國際貿易，但非常喜愛古典詩詞。參加講座後學習認真，很快就掌握了詩詞的格律規則，是一位高產的作者。現任協會理事。

　　林觀賢、梁惠瓊夫婦二人，用力勤，成績突飛猛進，作品多而好，已無需老師多作修改，課堂上討論各人作品，亦能提出中肯可行意見，漸具師風。他們也是真真正正由詩會培養出來的，從不懂平仄的零開始，而有今日成績，實在可敬！

　　馬孝揚女士為會計出身，學習詩詞認真而刻苦，詩題涉獵面廣，並從中體驗到樂趣，現已成為一位高產的女詩人。

　　萬國宏先生年逾古稀，本是橋梁專業的教授。他以自然科學的學風專研詩詞格律，一絲不苟地認真創作，詩詞俱佳，寶刀不老。

　　黎汝清先生亦年逾古稀，他努力創作，積極進取，是一位高產的詩人，而且題材廣泛，詩詞俱佳。

　　以上所舉，不過一些例子。類似佳話，還有很多，真是可喜可賀。

二

　　不少學員興趣廣泛，多才多藝，這顯然對其詩詞創作大有幫助。的確，文學藝術各種類別，是相通的；文學的各種題材，特別是新詩和古典詩詞，更是可以相互借鑑。

如林煥良從寫新詩而愛上古典詩詞，學平仄用韻，非常投入，好學不倦。雖限於工作，不能來聽課，但每有所作，亦常以電話請教是否合規律。他由於多問多改，故能通達詩門，作絕詩已形成其平易明白之風格；反過來寫新詩，亦喜押韻，注意形式優美。

又如何惠清，她粵劇修養湛深，經常粉墨登場演出，在元曲講座上，均能即時套用粵曲腔調唱出老師所教的元曲，令人讚嘆。她寫作的第一首元曲〈仙呂・一半兒（桑哥自歎）〉，風趣俏皮，極為出色，妙得元曲之俏。她填的詞也為人稱譽，如〈秋楓怨（調寄定風波）〉：「綠鬢泥裙半帶羞，紅腮錦襖送殘秋。心事偷藏傾有待，爭奈、秋光不願稍勾留。怕聽身旁驚問語，何去？枝頭風雨正颼颼。零落塵階魂盡怯，休踏、披離儂正默含愁！」

古典詩詞高雅精練，甚具概括力，但是藝術規範非常嚴格，不易掌握，悉尼詩詞協會每一位學員都深有體會，而且知難而進。

去年三月的一天，何惠清苦心構思半夜，寫一首題為〈問惑〉的詩：「令人迷惑於扣救，左疊右搬如砌圖。擲筆成詩天欲曙，呈君一覽合規乎？」完成後格外興奮，急不可待將詩電郵傳出，導師第二天早晨打開電腦讀到「擲筆成詩天欲曙」詩句，再看她發電郵時間竟是子時一點四十七分，不能不為之動容。

又如前文提到的林觀賢、梁惠瓊伉儷，一位擅作集句詩，一位則善於填寫長調詞曲；詩則林勝於梁，詞曲則梁勝於林。總之，都是下苦功的結果。他們筆名分別為「無恨」「無悔」，果然無恨無悔！晚晚作詩填詞到深夜，真的是「夫唱婦隨」，模範夫妻。

正是因為用工之深，許多學員創作出不錯的詩詞作品。

　　蘇楹女士一首七律〈離別〉，詩中的對仗聯：「雨打秀肩含淚往，寒侵傲骨策藜迎。欲言咽語終無語，將別難行始遠行」，其認真考究，可見一斑。

　　鄭靜靜女士甫入詩門就語出驚人。「千嶂浴餘微雨，松杉吐露清香。霧輕靄淡獨蒼茫，天外飛鶯廻唱」，這是她的處女作〈西江月雨霽〉的上半闋。

　　顏慶芳女士的處女作〈廚房小調〉也贏得詩友們一片贊揚。她在另一首七律〈賀北京奧運〉中，寫出：「青史悠悠話漢秦，英豪濟濟寫秋春。瀛寰仰望舜堯國，日月嘆驚華夏人……。」詩句相當豪邁，標志著作者走向成熟。

　　前文講到的孔偉貞女士，帶病學詩，令人深為感動。她是會中多產女詩人。且看她的〈詠菊〉詩：「昂首欺霜耀綠叢，黃金遍染露華濃。未隨春日獻瑰麗，卻愛秋光展玉容。何意繁榮趨顯貴？尚憐素潔覓芳蹤。東籬仰慕陶公志。知己相交梅竹松」；還有〈春風再度賜欣榮〉四首之二：「病樹回春慶五年，安康托賴覺怡然。燈前翻卷尋佳句，樹底觀花入素箋。拋卻煩愁無執著，迎來晚境有情天。從容面對風和雨，吟唱樓頭明月圓」，以古典詩詠物抒懷，譜寫自己坎坷卻又達觀的生命樂章，確是運用自如，情感懇切。

三

　　知難而進！這真是每一個學習古典詩詞的人都必須樹立的決心。當年，就連魯迅這樣的大文豪都曾無奈地說「一切好的詩到唐已做完」，又說，假如你沒有齊天大聖孫悟空七十二變的本領，你就大可不必再寫詩。也許這是他過激之言，但古典詩詞界許多有識

之士覺得魯迅的感歎絕非毫無道理，絕對應該引起人們警覺。近年來，古典詩詞，不管是在中國大陸，還是在世界各地華人社區，創作發展很快，勢頭很好，但都面臨一個問題，就是如何更進一步提高創作品質，如何跳出守成性和趨同性，如何超越定勢思維進行創新，使之貼近時代，貼近更廣大受眾，最大程度發揮其社會功能，推動華文詩歌的發展。我們悉尼詩詞協會的學員，雖然學詩時間不長，「涉水」不深，但不妨也可參與探討。

例如，前面提到，新詩和古典詩詞可以相互借鑑。新詩自新文化運動以來已在中國發展了一百年，雖然尚未理想，近年有人甚至提出要「第二次革命」，但古典詩詞創作還是可以在排比、對稱、聲韻的運用和意象、意境的營構等等表現手法表現技巧方面，在思想、題材、語言等等方面，借鑑和吸收新詩的優長，積極進行探索，以便在傳統的格律中尋找新的立意、新的美感。

說到語言，關於錘字煉句，古人有很多高見。如劉勰指出：「善為文者，富於萬篇，貧於一字。」又說：「改章難於造篇，易字艱於代句。」這是非常精闢的作文經驗總結。古典詩詞因為篇幅狹小，對此更為講究，所以流傳「春風又綠江南岸」、「身輕一鳥過」，以及賈島「推敲」這些典故。賈島感慨，「二句三年得，一吟雙淚流」，確是真情流露，是肺腑之言。

在這方面，有一點需要注意，就是煉字必須以煉意為前提才具有美學價值。所謂「意」，就是作者自己的主觀情思，就是作者為文學對象賦予生動具體深刻的美學價值的意圖。學詩初始為拯救不可避免「左疊右搬如砌圖」，但接著就要謹防左改右改之後違背了自己原來的題旨和情境。沈德潛說得好：「古人不廢煉字之法，然以意勝，而不以字勝。」所以，不要因詞害意，煉字不單是煉聲、煉形，同時而且更重要的是煉意，只有切合題旨，適合情境，這樣

煉出來的字才能富於美學內容和啟示性，能使「意」具有感染力而真正精光四射。進一步說，若果能做到「平字見奇，常字見險，陳字見新，樸字見色」，竊以為更為上乘。如蘇軾〈題西林壁〉這首詩，人人交口稱讚顯然不在於用了什麼奇字，而在於它抒寫了因眼前所見而獲取的啟迪，闡發了人生一個哲理。

因此，杜甫說「語不驚人死不休」，我理解其深意還不但在局部的煉字與煉意方面，還可提高到對整首作品的內容和思想境界的追求，如新穎獨特、雅逸脫俗、正氣崇高……等等這些從來為人稱頌的品質。所謂「我手寫我心」，如沒有真情實意便不必勉強。孔老夫子早已有言：「《詩》可以興，可以觀，可以群，可以怨。邇之事父，遠之事君。多識於鳥獸草木之名。」詩人是性情中人，也應當是有思想的人，揆古察今，立德明志，感覺敏銳，思慮深切，其愛恨感懷，常系家國。事實上，詩人關懷國事，可謂中國詩歌偉大傳統。民族興亡、民生疾苦、政治清濁、時代風雲變幻，都應是詩人視野之內，關懷所在。這樣，我們詩寫的內容，便會更多元化。即使寫旅遊詩、應酬詩，也會寫出深意，寫出微言大義。

所謂學詩「功夫在詩外」，這裡有「閱歷」和「品性」兩個相互關聯的含義。寫到這裡，我不禁想起無錫東林書院這幅經典對聯：「風聲雨聲讀書聲聲聲入耳；家事國事天下事事事關心」——它真是我們應該銘記在心的座右銘。

四

翻閱一部文學史，不難看到不少小說家，其處女作便是成名作，甚至以後一生竟然寫不出更好的作品了。但在詩詞寫作上，

這種情況似乎很少，除非一首詩作或一部詩集問世之後，就馬上「金盤洗手」，從此永離詩書，不然的話，只要堅持，肯定是越寫越好，不斷自我超越，以致有一天進入爐火純青的佳境。在這個意義上，本集中所有的作者，都會可能取得輝煌成就。

當然這個過程也許也是一個艱難的過程。前面說過，就整個古典詩詞領域而言，正如人們一張口就說唐詩宋詞，這說明唐詩宋詞已是這個領域的高峰，後代如缺乏創新便難以企及。就具體的詩詞創作而言，一首詩詞的容積很小，以短短幾句或幾十句話語便達到思想藝術俱佳甚至展現出廣闊深邃的文學天空，讓人刻骨銘心，心靈震撼，永志不忘，的確比諸其他文體難得多。

不過，還是知難而進。未來不是夢，就讓我們拭目以待好了。

如是，《南瀛新聲》的出版，是一個很好的預示。值此之際，要感謝悉尼詩詞協會的領導和老師。學員們進步神速，當然還離不開他們的辛勤教導，無私奉獻。協會成立不過五年，至今成績有目共睹！

是為序。

2010年5月於悉尼

《梁小萍奧林匹亞回文史詩書法藝術塔型系列》序

　　《奧林匹亞回文史詩》為梁小萍女史近期創作之大型回文詩章，以兩副回文對聯組成。梁女史本人又將其創作成大型書法作品，並將此書法作品分別蝕刻在堅硬閃亮的不銹鋼板上，鑲嵌在高2米寬0.7米的塔型巨座的兩面，一共分成16座32面，稱之為《奧林匹亞回文史詩書法藝術塔型系列》，非常獨特可觀。澳洲奧委會將此藝術作品系列贈送給中國奧委會，作為澳洲人民送給2008年北京奧運之禮物。這無疑是一件值得永紀的澳中文化交流的盛事。

　　《奧林匹亞回文史詩》的第一副回文對聯含十四字：「春秋醉寫同銘史，日月吟歌共步天」，其回文則是：「天步共歌吟月日，史銘同寫醉秋春」。此聯可視作一個序曲，為第二副回文對聯所鋪展的恢宏壯麗的敘事抒情鳴鑼開道。

　　第二副回文對聯為〈奧林匹亞回文長聯〉（參看文後附錄）。此聯共計三百八十四字，暗合《易經》的爻數，帶有濃烈的東方古典神秘色彩。其上聯詠北京之奧運和中國之風貌，下聯則詠古希臘之奧運及西方之文明，在詠志抒懷的同時，綜述與其相關之天文、地理、歷史及典故。在歷史時空中，橫向自東方到西方，縱向上下幾千年，長聯通過詠誦奧林匹亞，把東西方兩大古典文明在體育精神和文化精神的相互交融中推向崇高的極致。

中國古典詩文，是東方文明重要的組成部分，而古詩和格律詩是中國最古老的傳統詩歌形式。由於規範苛嚴，難度極高，回文格律詩在中國文學史上寥寥可數，而回文長詩和回文長聯更是無人敢於嘗試，從未見於史料。因此，梁女史的〈奧林匹亞回文長聯〉和〈奧林匹亞回文長詩〉，在中國文學史上可謂書寫了新的一頁。

梁女史帶著神聖的使命感，把自己對人類和平進步的良好願望和終極關懷，以及對中國國粹的虔敬、學養和天賦，凝聚在這組大型的詩篇中，乃祈望在獨特歷史條件下，對北京主辦之奧運，成就一種特殊的意義。這又是中西文化交流史上值得書寫的一章。

梁小萍女史為澳大利亞書法協會創會主席。東西方不同的生活經歷，加之四十多年的書法藝術浸淫，造就了梁女史開闊的心胸和高朗的藝術境界。在這組包含多種字體的史詩書法系列中，她凝煉之筆，隨意揮灑，如出入無人之境，形成自成體系卻又多種風格的大家風範：寫傳統，則縱橫數千年，融匯百家；寫現代，則似書似畫，亦書亦畫，似中似西，亦中亦西。其書藝，是才與情之迸發，是古與今之交融，是中與西之合璧，是大與小之並美，達到藝與道之統一，陰與陽之調和，人與天之合一，宇宙萬物之和諧……

無論是以回文詩聯吟詠重大的全球性的歷史事件，或是在海外創作如此龐大的書法藝術系列，梁小萍女史的作品或許都構成了歷史的唯一性。

為了進一步詮釋《奧林匹亞回文史詩》這一大型詩聯及書法藝術，更為了讓北京奧運這一甚具時代意義的光輝時刻增添一點異彩，我們編製出版這本《梁小萍奧林匹亞回文史詩書法藝術塔

型系列》精美紀念冊。冊中包括該禮物的藝術原作照片、注釋，附加梁小萍女史的〈奧林匹亞回文長詩〉、〈奧林匹亞回文詩組〉、〈奧林匹亞組歌〉，以及評介梁女士的報告文學〈一道跨越東方和西方的彩虹〉。

承蒙澳中兩國政要及奧委會對我們的關照和支持，在此特登載其勵獎之辭，以示謝忱。

本人作為澳洲民眾中的一員，能通過梁小萍女史這組精美獨特、無與倫比的藝術作品，來參與北京奧運這一世界觸目的盛事並為其作出貢獻，深感榮幸和自豪。

附錄　梁小萍〈奧林匹亞回文長聯〉

上聯為：

人天共會三山碧，轔轔驥躍，緒逐方東，血脈伸張，形彰焰吐，畫暑銜雍和。烈、烈、烈，熙環絢色，映爍華京。豪、豪、豪，春秋續史，鑄建宏章。偉、偉、偉，動地酣歌，牽縈志魄。應律征師護絳旌。荷香淡淡，轉蝶旋蜂。曾幾念，鐘曉敲蒼覺道遠。疾履昂昂，輕軀颯颯，歡歲長城拓朗昊，野分箕尾踞幽燕。台巍向夕，黃金重價，翩翩俊傑騁平原。慨而慷，抖抖才雄，風流盡數，熱汗揮芳染熱衣。煌煌紫殿升虛境，鴻群橫晚照，翠澤融融。夏土飛虬，壇吟健將，壞闊空川志夢圓。威聲振曠穹，燁燁轟轟，煦煦紛紛，年百一生人美壯。

下聯為：

日月齊觀四海澄，邈邈魂遊，懷追鬥北，精輝渙漫，彩引
霓搴，衢遙入雅典。高、高、高，勁步英姿，騰蹤鷟鵠。
快、快、快，嶽嶺揚飆，跨奔廣漢。強、強、強，沖霄浩
氣，激蕩星河。成規聖協商和願。史話悠悠，參源溯舊。
問當初，浪濤餐寂愛琴悲。濃烽嫋嫋，滿目淒淒，耀光神
廟聳崇岩，潮湧地中連域國。女妙迎陽，悅性純思，熠熠
文明昭早曙。今並昔，棱棱意韻，險絕縱馳，榮枝著綠炫
榮晃。穆穆古場繚渺煙，島半蔽朝花，丹晶爛爛。西洋鼓
枻，曲譜洪波，雲清擁際銘情潔。厚德承深浦，彬彬濟
濟，蒽蒽郁郁，紀千通宇日寧安。

此長聯又可以從下聯最後一個字完全反向倒讀過來——即：

安寧日宇通千紀，鬱鬱蒽蒽，濟濟彬彬，浦深承德厚。潔
情銘際擁清雲，洪波譜曲，枻鼓洋西，爛爛晶丹，花朝蔽
半島……

俠骨文心，孤懷統覽
——淺談梁羽生博士的人生與成就

在華人世界裡，悉尼確也是一個臥虎藏龍之地。例如新派武俠小說開山鼻祖梁羽生，從1987年9月至今，就在這裡隱居了二十一年。

說是在悉尼「隱居」，可能只不過就香港或者中國大陸的文壇及那裡的舊雨新知而言。多年來，生公——我們對他的尊稱——是名副其實的生公。正是台灣的張佛千所言：羽客傳奇，萬紙入勝；生公說法，千石通靈。在悉尼這裡，他每週必到城中，經常參加文友茶聚，而每次必定談笑風生，滔滔不絕，時事政治、社會人生，都可以廣泛甚至深入探討，至於詩詞對聯更是他至愛主題，讓周圍聽者大開眼界，受益匪淺。

但對筆者來說，最難忘最難得的是有一次和生公相處整整兩天和一個晚上。那是2003年10月下旬，生公半個世紀前在香港《新晚報》作編輯時的上司羅孚由夫人和公子羅海星陪同應邀到悉尼旅遊，我算是海星六十年代中後期就讀於廣州外語學院時他的老師，也參與接待。於是，在10月23日，我們和生公夫婦一行八人，到臥龍崗南天寺參訪並拜會住持滿信法師，接著趕到坎培拉過夜，第二天參觀遊覽國會大廈等勝地，到傍晚才盡興返回悉尼。一路上，我得以近距離細心觀察和欣賞生公和羅公的風采，聆聽他們談吐間所涉及的陳年逸事，真可謂勝讀十年書。

此遊之後至今又過去了五年。其間梁羽生不幸前年在香港中風，落得行動不便，用他的話說，真是人生一劫；但他幾年中獲得很多殊榮，象徵一生成就獲得高度的評價和肯定，又是前所未有的，如2004年歲末榮獲香港嶺南大學榮譽博士學位；2005年9月「梁羽生公園」在家鄉廣西蒙山縣破土動工，同時廣西師範大學向他頒授名譽教授；2006年7月北京中國現代文學館籌建「梁羽生文庫」——這更是中國文學史上一項重大的舉措。現在，我們澳大利亞華人文化團體聯合會，也即將向梁羽生博士敬頒「澳華文化界終身成就獎」。這是澳華文化人對他的敬意，對他所能表示的一點點心意。

在此之際，筆者謹以此文向生公表達敬仰之情。

老編羅孚天才忽發異想；新丁文統聽命騎虎難下

那次旅遊，我印象異常深刻的是，我們對生公畢恭畢敬，而生公對羅公則始終執後輩之禮——外人可能大惑不解，該知道羅公比生公不過只長三歲。

這要從頭講起。話說1949年夏天，年紀輕輕的梁羽生——此時他真名叫陳文統——考進了香港《大公報》，兩個月後被正式錄用，1952年2月升為副刊編輯，半年之後，又破格成為《大公報》社評委員會成員。這當然可謂年青得志，平步青雲，但在報館與當時的羅孚相比，則是不可同日而語。羅孚1941年已進《大公報》，作為「大公晚報」的《新晚報》於1950年10月面世後不久，便成為該報的總編輯，後來又同時擔任《大公報》副總編輯，並為報館黨內第一把手。正是羅孚，他於1952年下半年把陳文統從《大公報》延攬到了《新晚報》，並進而發生下面要講的事情。

　　1953年下半年起，香港太極派掌門人吳公儀和白鶴派掌門人陳克夫同爭第一，在報紙上筆戰難分勝負，後來索性簽下了「各安天命」的生死狀，相約到澳門比武。這是轟動一時的大熱鬧事，澳門新花園等地點盛況空前，正如1954年1月17日那天比賽前《新晚報》新聞所言：「兩拳師四點鐘交鋒香港客五千人觀戰」（大標題）；「高慶坊快活樓茶店酒館生意好熱鬧景象如看會景年來甚少見」（小標題）。羅孚作為總編輯於是靈機一動計上心頭：既然市民對比武打擂台如此熱衷癡迷，何不趁此熱潮在報上連載一篇武俠小說以增加報紙銷路？

　　羅孚此想自然，但他怎麼首先想到讓梁羽生出手？這就可謂是慧眼識珍珠，的確是他作為伯樂的過人之處了。

　　梁羽生小時，據他回想起來，對他影響最深的是他認為是中國最早武俠小說的唐人傳奇，從初中二年級開始，讀得津津有味。之前，看過「繡像小說」如《薛仁貴征東》、《薛丁山征西》、《萬花樓》之類。屬於武俠小說的，似乎只偷看過《七劍十三俠》、《荒江女俠》，以及踏入中學之後才看的《江湖奇俠傳》。也看過兼有武俠小說性質的公案小說，如《施公案》、《彭公案》、《七俠五義》等等。但總之，他小時很少看武俠小說，因為從小父親就要他念《古文觀止》、唐詩宋詞之類，不喜歡家裡的孩子讀「無益」的雜書，尤其是他認為「荒唐」的武俠小說。

　　最主要的是，梁羽生聽到羅孚請他寫武俠小說時，他從未寫過任何小說，不管長篇中篇或短篇！而且，他又是一介書生，對弄刀舞劍練功習武一無所知，平時身邊瑣事一般家務亦都不甚清楚，如何寫出武俠小說那些具體清晰如臨其境的打鬥場面以及其他種種離奇古怪的情節？

　　還有，梁羽生當時的潛意識裡，也覺得武俠小說不登大雅之堂。那時，舊派武俠小說已經沒落，人們從不把它當作正統文學對待。梁雖然曾拜歷史學家簡又文為師，對各朝歷史包括野史頗有研究，但他畢竟屬於正統的文史學者型編輯。因此，他這樣勸羅孚：「若登了不入流的武俠小說，你就不怕《新晚報》被降低報格？」羅孚則說：「我就是要打破大報不登武俠小說的慣例！我對你有信心，相信你寫的武俠小說，不會降低我們的報格。你一定要寫，我們也一定登！」後來坊間還流傳說，羅孚已經直接請示過中央主管港澳事務的廖承志，廖公卓識超人地用反問語氣批了一句：「有那麼多清規戒律嗎？」羅孚於是頓時心領神會。不過這個傳說羅孚並不認可。他說真是越說越神了，其實事情哪有這麼複雜呢。

　　但羅孚當時的確像「說你行你就行不行也行」那般決意。梁羽生在他毫無顧慮、信心「爆棚」的面前被「說服」了，只是要求多考慮幾天，等醞釀好後再開始連載。羅孚也許是怕梁反悔，把心一橫，來了招「先斬後奏」，索性在擂台比武的第二天，就在報上登出預告，不由分說將梁羽生推上了「虎背」。梁羽生只得連夜趕寫，倉促上陣，但由於實在沒有想好具體的情節，只好先來段「楔子」，說些「閒話」，以應付第二天的版面——這即是1954年的1月20日，星期三，《新晚報》登出以義和團事件為背景的《龍虎鬥京華》，署名「梁羽生」。為何姓「梁」？因為魏晉南北朝時是「宋齊梁陳」，梁在陳前，陳文統用「梁」姓，是以繼承梁陳文統自勉。至於「羽生」，有人解釋因為他喜歡舊派武俠小說名家宮白羽的作品；梁羽生承認他受白羽的影響最深，但並非其名的來源。「羽生」即是「羽客」之意，不過生公很少明說，皈依基督教之後，對此更多避而不談。

　　《龍虎鬥京華》剛開始刊登，便一紙風行，好評如潮，報紙銷路大增。原本打算只寫一部便停筆的梁羽生，欲罷不能，因為不但《新晚報》要不斷連載，《大公報》等報見了，也紛紛向他索稿，於是梁羽生聲名日隆，成了分身乏術的「搶手貨」。他萬萬沒想到，這麼一寫，後來竟寫了整整三十年，成為新派武俠小說開山祖師爺！

　　而羅孚，就這樣「靈機一動」，「異想天開「，促成了這一新武俠文學的誕生，為中國文學史增加了一個別開生面的篇章。有人想到羅孚有一個筆名叫作「柳蘇」，如用在此事，正應了那句老話：「有心栽花花不開，無意插柳柳成蔭。」羅孚也因之被戲稱為「新武俠文學的催生婆」。

舉世陳言始著新文開俠統；一園生意爭鳴翠羽繞雕梁

　　梁羽生何以會寫武俠小說，羅孚的「催生」當然是最重要的「近因」，但他忘不了還有一個「遠因」——則是亦師亦兄亦友的金應熙的影響。金應熙去世後，梁羽生於1997年7月寫了一篇長文〈金應熙的博學與迷惘〉，文中談及此事。

　　1945年至1949年，梁羽生曾在廣州嶺南大學（即後來的中山大學）求學，最初讀化學課程，一年之後，轉學經濟專業。他選了一門中國通史課程，教師便是「足以令老一輩的學人刮目相看」的青年講師金應熙。他倆年齡相仿，氣味相投，有許多共同的愛好，後來他們的關係已發展到互相為對方談戀愛的參謀。金應熙可真是個標準的武俠小說迷，當時還珠樓主和白羽的武俠小說最為流行，這兩人都是多產作家，他們新書一出，金應熙必定買來看，還借給與他有同好的學生。梁羽生不但向他借書，並且

經常和他談論武俠小說，談到廢寢忘餐。武俠小說涉及的方面甚多，金應熙在每一方面的知識都足以做梁羽生的老師，讓梁感覺和他談武俠小說比在課室中聽他的課獲益還多。如前文所述，梁羽生在二十歲之前讀的武俠小說其實很少，心理學家說，童年少年時代所欠缺的東西，往往在長大後要求取「補償」，梁羽生在大學時期，大量地閱讀近代武俠小說，或許就是基於這種「逆反」心理，但如果沒有碰上金應熙，這種「逆反心理」可能還是止於欲望，最少不會這樣快就成為武俠迷，而如此一來，他寫武俠小說這個「遠因」就永遠是一個未知數了。

這樣，梁羽生從1954年創作、發表武俠小說至1984年「木盆洗手」（這是他的自嘲說法：武俠小說中的人物退出江湖要「金盆洗手」，自己乃一介文人，沒錢買「金盆」，就以「木盆洗手」吧），前後三十年，共創作武俠小說三十五部，一百六十冊，一千多萬字。

三十五部作品按初次發表時間順序如下：

1. 《龍虎鬥京華》；
2. 《草莽龍蛇傳》；
3. 《塞外奇俠傳》；
4. 《七劍下天山》；
5. 《江湖三女俠》；
6. 《白髮魔女傳》；
7. 《萍蹤俠影錄》；
8. 《冰川天女傳》；
9. 《還劍奇情錄》；
10. 《散花女俠》；
11. 《女帝奇英傳》；

12.《聯劍風雲錄》；

13.《雲海玉弓緣》；

14.《冰魄寒光劍》；

15.《大唐遊俠傳》；

16.《冰河洗劍錄》；

17.《龍鳳寶釵緣》；

18.《狂俠・天驕・魔女》；

19.《慧劍心魔》；

20.《風雷震九州》；

21.《飛鳳潛龍》；

22.《俠骨丹心》；

23.《瀚海雄風》；

24.《鳴嘀風雲錄》；

25.《遊劍江湖》；

26.《風雲雷電》；

27.《牧野流星》；

28.《廣陵劍》；

29.《武當三絕》；

30.《絕塞傳烽錄》；

31.《劍網塵絲》；

32.《彈指驚雷》；

33.《武林天驕》；

34.《幻劍靈旗》；

35.《武當一劍》。

此外，梁羽生還出版了各種文集，包括：《史話一千年》；
《中國歷史新話》；《文藝雜談》；《古今漫談》；《穗港棋賽

演義》；《三劍樓隨筆》（合作）；《筆・劍・書》；《筆不花》；《筆花六照》；《筆花六照》（增訂版）；《梁羽生散文》；《統覽孤懷——梁羽生詩詞、對聯選輯》；《梁羽生閑說金瓶梅》。還有聯論聯評《古今名聯趣談》；《名聯趣談》；《名聯觀止》（上下兩大冊厚達一千二百七十八頁）；《名聯觀止》（簡體字版）。梁羽生的散文隨筆數量頗多，而且散見於港、台、海外各地報刊，很難收全。

真是著作等身，成就非凡！

而所謂「成就非凡」，還不在於著作等身，數量驚人，更在於開新派武俠小說之風。

許多「梁學」研究者都一致指出，曾拜歷史學家簡又文為師並被其視之如子侄的梁羽生十分注重史學，有較好的史學修養，他的武俠小說大都「兼有歷史小說之長」，顯示清晰的歷史背景。用《梁羽生傳》作者劉維群博士的話說，梁羽生所採用的基本敘事模式是：「亦史亦奇，以史傳奇，以奇補史」。這是「半真半假」的手法——主要人物和歷史事件是真的，次要人物和情節就可能是虛構的。需要進一步指出的是，梁羽生往往在作品中通過各種人物的悲歡離合故事，特別藉正派人物的家國情懷，演繹各個歷史時期的社會事件和發展傾向，表達強烈伸張正義的個人歷史觀。他第一部武俠小說《龍虎鬥京華》即寫出義和團所處的悲劇性歷史環境。《女帝奇英傳》更像歷史傳奇，寫的大都是歷史人物，其主題是為武則天平反。又像《萍蹤俠影錄》，以明代「土木堡之變」為背景，寫於謙悲劇（梁羽生是含著眼淚寫於謙之死的）……等等。如果做個統計，梁羽生三十五部作品，寫唐代的有四部；宋代的有六部；明代的有八部；清代最多，有十七部之多，其中十五部承上接下，環環相扣。

　　注重「文學」內涵，又是梁作的一大特色。注重「文學」內涵，便大大提高了武俠小說的文學品味。這和金應熙也有關聯。在嶺南大學期間，他們除了談論小說本身的特色和技法之外，也往往「旁及」其「附屬」的文學性，例如還珠樓主五十集之多的《蜀山劍俠傳》的回目。梁羽生和金應熙共同愛好象棋、武俠之外，還有古典詩詞。金應熙懂得《全唐詩》四萬餘首的半數。梁羽生及其他學生來問他某句詩詞的出處，他都可以把整首念出來，並解釋其中僻典，這自然對梁後來寫新派武俠小說產生影響。一部武俠小說，脫不了武功、兵法、佈陣、中醫、棋牌、詩詞、天文地理、風俗方言、歷史典故等，而梁羽生對文學情有獨鍾，猶善填詞作詩作對，其作品不但文字講究，更貫穿許多優美精緻的詞令詩賦及饒有意趣的回目，從而構成一種相對獨立的審美價值。關於這一點，任何一個讀者只要一打開梁羽生任何一部作品，都會馬上被深深感染，並為之嘆服。

　　有一件趣談。梁羽生原來對古代兵器、武技的知識幾乎等於零，因此在最初的《龍虎鬥京華》中寫「判官筆」時就鬧了笑話，於是，他想，既然完全實寫起來難以應付，又會吃力不討好，不如改為「寫意」──「自創新招」。而他著重寫意的「新招」，居然可以從古人詩詞中尋找靈感。例如「大漠孤煙直，長河落日圓」這兩句唐代詩人王維寫下的千古名詩，就被梁羽生妙筆生花煞有介事地寫成「昆侖劍法中相連的兩招」，前者形容「一劍刺出，其直如矢」；後者形容劍圈運轉時的劍勢。論者都認可說，武俠小說就是小說而不是練武「秘笈」，此種後來成為梁羽生武技描寫一個特色的寫意「新招」，既富有創造性、形象性和美感，又不易被別人抓住把柄，可謂武技描寫的兩全齊美之策。

　　梁羽生武俠小說中詩詞的文學成就早就為識者所讚賞。舉一個例子。1957年，香港一位老詞人，就是極其嚴於格律的、以《滄海樓詞》名聞於世的劉伯端（景唐），梁羽生第一次與他見面時，多少有點誠惶誠恐，但沒有想到他談起梁著中的詩詞，非常投入，而且竟能一字不漏地背出來，令梁大為驚奇，不能不興知己之感。最近，梁羽生有一本書將要出版，書名為《文心俠骨錄》，裡面收集了他全部武俠小說裡的詩詞和對聯，相信世界各地的梁學研究者對此都會翹首以待，許多專著也會應運而生。

　　有意思的是，深受中國文學傳統影響的梁羽生，同時也善於向西方小說吸收新手法新思想。研究者發現，梁羽生自己也坦言，在寫《七劍下天山》時，他嘗試把「全知觀點」變為「敘事觀點」，這是語言技巧。在人物塑造上，他受到《牛虻》的影響，把牛虻一分為二，把其政治身份和身世分別讓書中男女主角隱約體現。書中還牽涉到佛洛德。張丹楓的弟子于承珠，被兩個男子追求，但皆不滿意，突然想到不如師父，這可謂「戀父情結」（Electra complex）。這牽涉到一些學理問題，梁羽生當時寫到這裡覺得這個理論可以適合她。再如，在《白髮魔女》的女主角玉羅剎身上，有安娜‧卡列尼娜的影子，《雲海玉弓緣》男主角金世遺似有約翰‧克利斯朵夫的形象，女主角厲勝男則有卡門追求自由的思想。梁羽生說，並非自我標榜，但小說中這些西方文化因素，可能對一般人來講高一點，看時可能吃力一點，不時要想一下。

　　梁羽生唾棄舊武俠小說過分渲染誇大武功以及那種千篇一律的「武俠靚仔」或亦仙亦俠的寫法，他認為人不可貌相，極其注重人物的複雜性格，注重人物的思想、道德、品味。他認為「俠」比武更重要，筆下的男女主人公大多是詩劍並舉，文武俱佳，尤其突出「俠」的形象。論者指出，梁羽生的武俠小說具有

名士風度，典雅形式及一定程度的貴族意識。讀他的作品，人們可以瞭解到真正的名士氣派是什麼樣的，所謂的民間道德意識是怎麼一回事，還有那種古典的浪漫情愛是怎樣的一種風姿。人們會全面感知另一類的人性世界，從而獲得許多啟示。

可以說，梁羽生其實只是將武俠小說作為一種敘事模式，然後以一個真正的文學家的認真、勤奮、嚴謹態度不斷摸索，對文學形象的塑造刻畫、語言文字的把握提煉、篇章結構的謀劃安排等等方面都非常在意，很少有苟且的時候，因此成就非凡。正如香港浸會大學鄺健行教授為廣西蒙山縣「梁羽生公園」撰寫的對聯所言：

舉世陳言始著新文開俠統；一園生意爭鳴翠羽繞雕梁。

梁羽生的非凡成就獲得許多讚賞。

台灣名作家司馬中原評論道：「梁羽生的作品可以『穩厚綿密』四個字來形容，非常的工穩、厚實，生活的根基很深，重視歷史考據，俠中見儒氣。」

台灣一位梁學權威陳曉林說：「他（梁羽生）的武俠作品，非但每一部都有明確的歷史背景，而且也充滿了出人意料的權謀鬥智，尤其擅長描寫情海風波中複雜而微妙的女性心理，以及強烈而深邃的性格衝突。」

上文所談到的劉伯端於1957年特地為《白髮魔女傳》寫了一首〈踏莎行〉，成其最好的詮釋，也一般地表露了梁作的特色：

家國飄零，江山輕別，英雄兒女真雙絕，玉簫吹到斷腸時，眼中有淚都成血。

郎意難堅，儂情自熱，紅顏未老頭先雪。想君亦是過來
人，筆端如燦蓮花舌。

香港著名專欄作家龍飛立則明確指出：「在二十世紀六十年
代的港台，沒有任何一位作家，刻畫名士型俠客，能夠勝過梁羽
生的。」

現在中國文壇已經普遍承認，梁羽生開創「新派武俠小
說」，提高了武俠小說的文化品位。梁羽生1984年12月梁羽生應
邀參加中國作家協會第四次代表大會時所講的這段話──「文學
形式本身並無高下之分，所謂高級與低級，只取決於作者本人的
見識、才力和藝術手腕。」──由於有他自己作品佐證，也成了
經典文論。

莫道萍蹤隨逝水；永存俠影在心田

記得2000年有一次敬請生公聚談，我南開大學的後輩校友、
時任悉尼《東華時報》總編的劉維群博士作陪，生公當時不但把
劉著的《梁羽生傳》稱讚為迄今最好的一部梁傳（劉博士後來不
幸英年早逝，非常可惜），還深入闡述他那個著名的觀點，並在
梁傳扉頁上給我寫了這樣題詞：

莫道萍蹤隨逝水；永存俠影在心田。

「俠」，在梁羽生心中所佔據的位置可謂大矣！「寧可無
武，不可無俠」──對於怎樣才能寫好武俠小說，梁羽生從一開
始便強烈堅持和提倡他這個中心觀點。

　　1966年，梁羽生以「佟碩之」署名，發表一篇長達兩萬字的非常重要的論文〈金庸梁羽生合論〉，在第二部分談武技描寫時，明確指出，在武俠小說中，「俠」比「武」更重要，「俠」是靈魂，「武」是軀殼，「俠」是目的，「武」是達成「俠」的手段。他反對「武多俠少」，「正邪不分」。

　　1977年，梁羽生在新加坡寫作人協會上題為〈從文藝觀點看武俠小說〉的講話中，申明他是主張「寧可無武，不可無俠」的。

　　以後多年來，梁羽生反覆闡述：「俠是什麼呢？十六個字──俠骨文心，雲霄一羽，孤懷統覽，滄海平生。」他解釋說，俠有很多不同的定義，其內容甚至隨著時代的變化而有所變化，從古人對俠要求「言必信，行必果，諾必誠」（「言必信，行必果」是孔子贊門人子路的話，後來司馬遷加上了「諾必誠」，作為他的遊俠標準），到現代每一個武俠小說作家心中都有一個俠的概念。但不管這個俠怎麼變化，他們都會留有中華傳統文化的深深烙印，比如佛教的、道教的、儒家的，華人心目中的大俠不可能完全脫離了中華文化傳統而孤立存在於世上。簡而言之，近代起碼有三種說法，如講為國為民，俠之大者；還有就是人的一般的美德，強調友誼；最主要的是，對大多數人有利的行為就是俠義行為。在1984年中國作協第四次會員代表大會期間，梁羽生曾指出：集中社會下層人物的優良品質於一個具體的個性，使俠士成為正義、智慧、力量的化身，同時揭露反動統治階級的代表人物的腐敗和暴虐，就是所謂的時代精神和典型性。

　　梁羽生筆下的俠客所崇拜的是嶽飛這樣的英雄。梁傳作者劉維群說，在有關宋代的幾部如《聯劍風雲錄》、《鳴嘀風雲錄》、《武林天驕》，幕後的大俠都是岳飛。但梁羽生畢竟受過現代思想的薰陶，他並沒有如歷史上的嶽飛那樣，對皇帝無條件

地服從。他順應民間的是非標準，覺得真正的俠客是不會與官府合作的。總的來說，與他小說的歷史主題相吻合，他筆下較少仗義江湖、鋤強扶弱的江湖義士，較多的是憂國憂民、為國為民的歷史英雄，而這些以歷史英雄面目出現的俠客，「報國」並非因為「忠君」，在其家國意識中並不認同當朝皇權，他們要捍衛要挽救的是人民群眾的國家，而並非皇帝或權臣的國家。論者說，這一點很重要，這是他對「俠」的意義的一種拓展和提高。

梁羽生寫了三十五部武俠小說，塑造了上百個主要人物，誰最能體現他的「俠」思想？他自己最喜愛的是哪個角色？這是許多採訪者喜歡問的問題。這個問題看似簡單，其實很複雜，從文學主體性的理論來說，這涉及到對象主體性、創造主體性和接受主體性各自的和相關的諸多問題。梁羽生只能簡單地說說。他說他喜愛的比較理想的，一個是張丹楓，一個是金世遺。張丹楓比較靠近儒家，心中有一個道德觀念；金世遺比較接近道家，他本身沒有一個規範，可能會有一些小過錯，但本性是善良的，整體是好的。女性角色中講正派當然是呂四娘，不過她太規範了；雲蕾是賢妻良母型，比較適合做妻子；性格最鮮明的是厲勝男，可以講她邪中有正，非常有刺激性，老是做出想像不到的事情。梁羽生強調，任何人都不可能完美。俠也好，聖人也好，都不可能沒有瑕疵。

我又想到文學理論另一個有趣的問題。劉再復在他的〈再論文學主體性〉中談到，現實主體確實是藝術主體的基礎，作家的氣質、性格、人生態度和世界觀確實可以影響藝術主體的形成和制約文學的審美風格，所以人們說「文如其人」或「風格即是人」；但是這也可能陷入謬誤──「文不如其人」或「文反其人」其實也累見不鮮。錢鐘書先生在《談藝錄》指出：「以文觀

人，自古所難。」還說：「人之言行不符。未必即為『心聲失真』。」他在《管錐篇》中又說：「立意行文與立身行世，通而不同……」這些都是真知灼見，道出文學的複雜狀況。這種情況不但出現在不同的作家身上，在同一個作家身上，也可能看到這種複雜性。梁羽生便是一例。

梁羽生筆下，俠士多情，情事又每多崎嶇，簡直五彩繽紛。但生公本人，卻一生只與太太林萃如一人談過戀愛，淡淡然恩愛半世紀，直到現在垂垂老矣。黃苗子給《梁羽生傳》親筆題字「名士風流」，但此風流非彼風流。梁羽生的看法是：「太太是一生一世的，不講那麼多浪漫的。激情可以維持多久？我要比較平靜安穩的感情。」人們看到，梁大俠江湖地位超然，私底下，卻是很聽老婆話的新好男人。

但是，「俠骨文心」，我們又看到梁羽生的「文如其人」。梁羽生的武俠小說文學實踐，可能並未達至藝術巔峰，但他對「俠」義的執著，的確融進了自己最美麗的理想與情懷，融進了自己整個的生命意識。

金梁合論：兩種人生軌跡

談梁羽生，便會談到金庸，談到他們如何開創新派武俠小說（當然還有台灣的古龍，這裡暫不討論），不但會比較他們的文學風格藝術手法，也會比較他們的思想行為以至人生軌道。

此事又得從羅孚說起。

當年梁羽生的《龍虎鬥京華》在《新晚報》刊登之後，武俠小說大受歡迎，梁羽生更被多報索稿，竟一時分身乏術。怎麼辦？羅孚找梁羽生商量，梁就推薦他的《新晚報》同事金庸。金

庸也是快手、能文，而且與梁有同好，早就見獵心喜，躍躍欲試。1955年某天，羅孚便找上金庸。結果，《龍虎鬥京華》問世一年半之後，金庸的處女作《書劍恩仇錄》也發表了，而且以更成熟的魅力吸引讀者。兩人以雙劍合璧之姿，壯大了武俠小說的聲勢，奠定了新派武俠小說的基礎。

新派武俠小說誕生十二年後，中國大陸上掀起了文化大革命，這是毛澤東極左路線不斷惡化的必然結果，或稱為其總爆發。香港也受到影響。當時，金庸已經脫離了香港左派的新聞和電影的陣營，辦自己的《明報》，而且和左派報紙在「核子」和「褲子」的問題上打過筆戰，彼此儼如敵國，一般不相來往。此時羅孚他們在香港辦了一個他稱之為「形右實左」的文藝月刊《海光文藝》。由於「形右」，形式上不屬於左派，還能刊登一些金庸寫的或寫金庸的文章。特別是，為了適應讀者口味，這時羅孚又想在武俠小說上打主意。他想何不以合論兩位最著名的武俠小說作者為《海光文藝》打響第一炮。作者找誰呢？他很自然首先想到的就是梁羽生。梁爽快接受邀請，只提一個條件，要羅孚冒認是作者。這就是《海光文藝》從創刊號開始連載了三期的那篇兩萬多字的〈金庸梁羽生合論〉。

此文第一部分有一個經典的兩人比較：

> 梁羽生是名士氣味甚濃（中國式）的，而金庸則是現代的「洋才子」。梁羽生受中國傳統文化（包括詩詞、小說、歷史等）的影響較深，而金庸接受西方文藝（包括電影）的影響則較重。

以此生發開去，梁羽生實事求是地分析了「金梁」（梁不稱「梁金」）各自作品的特色和優缺點，如金庸小說情節變化多，出人意外。他自己則在文史詩詞上顯功夫。這裡面沒有對金庸的故意貶抑，更沒有對自己的不實的吹噓。此後幾十年，每當提及金庸，梁羽生必說金庸比他寫得好。他只是「占點便宜」──比金庸寫得早。他覺得，他寫名士風流比較有一手，但寫邪派怎麼樣寫，都比不上金庸那麼精彩。如金庸的《書劍恩仇錄》中，寫得最精彩的是張召重，寫四大惡人，一個比一個精彩。一句話：「開風氣者梁羽生，發揚光大者金庸。」這就是這位上接《兒女英雄傳》和民國舊式武俠小說、開創新派武俠文學被譽為「鼻祖」的他，這樣實事求是當然也是非常謙遜地評價自己在武俠小說界的地位。

梁羽生接受寫作〈合論〉這種難度很高的任務並以非常認真嚴肅的態度進行，充分表現出他的憨厚。由於本身是評論對象並要和另一個對象作比較，秉持公正實屬不易；更為難得的是，梁不在乎金庸當時在左派眼裡已成敵對的右派，認為不能因此影響學術討論，居然無視或根本不懂政治的險惡，後來果然受到不止一個領導的嚴厲批評，有人甚至警告他這樣稱讚金庸，當心將來「死無葬身之地」。

相反，金庸精明得多了。羅孚本來希望金庸也來個長篇大論回應（〈合論〉署名「佟碩之」，便是取「同說之」的意思），他卻婉轉拒絕了，只寫了一篇兩千字左右的〈一個「講故事人」的自白〉（登在《海光文藝》第四期）。但文章雖短，卻有如四兩撥千斤，絕不可等閒視之。金庸在文章中謙稱自己只是一個「講故事人」，把寫武俠小說當作一種娛樂，自娛之餘，復以娛人，不像梁羽生那樣是嚴肅的「文藝工作者」，「『梁金』不能相提並論」。他不無諷意地說：

　　要古代的英雄俠女、才子佳人來配合當前形勢、來喊今日
的口號，那不是太委屈了他們麼？

　　金庸是現實中的大俠高手。他精通英文，熟悉中外史籍，
思想深邃，敢言敢為，既能寫武俠小說，又能編劇，更能成功辦
報，縱橫政壇，文政商三大江湖應付自如。最讓人拍案叫絕的
是，他敢在文革中公開對抗囂張一時的共產黨當權者，因而獲得
台灣好感於1973年春應邀訪台與蔣經國進行深談（蔣介石當時
病重沒能見他），又能在文革後不久（1981年7月18日）獲得共
產黨最高權威鄧小平的隆重接見和熱情稱讚。而梁羽生，恐怕做
夢也沒有這種膽量這種欲望。有人說，梁羽生是真心好俠，以說
劍的膽色豪氣來彌補文士身上本質的先天不足；而金庸的好俠，
卻是他的一種政治理想的隱喻。所以梁羽生就真的先寫了武俠小
說，如若不是梁的成功讓金庸技癢，很難說金庸是否會主動來幹
這一行。

　　梁羽生也說，金庸和他雖然早年有些經歷相似，但兩人性
格不一樣。金庸是振奮，知難而進，他呢能守住就不錯了，不為
天下先，政治壓力受不了，大概是個中庸之人。的確，梁羽生乃
是本質的名士風度的中國傳統文人，生性平淡，不求功名，隨遇
而安，天真率性，缺乏防人之心。當年，金庸寫武俠小說正卓然
成家，卻又毅然赫然走去辦報，即使幾十年後的今日，還不時發
表政論，指點江山；而梁羽生始終依然故我，普普通通，當年在
《大公報》作編輯、撰述員，後來專寫武俠小說，都是一直埋首
筆耕。移居澳洲後，更遠離名利場，對俗世聲名更為看淡，晚年
沒有諸多榮譽頭銜，就像他喜歡的柳永那首詞所言：「忍把浮

名，換了淺斟低唱」，只追求心靈清淨，寄情山水之間琴棋書畫之中，補讀平生未讀書。

梁羽生有一次這樣說道：「他（金庸）是國士，我是隱士。他奔走海峽兩岸，我為他祝賀，但我不是這塊材料。當年青島市市長請弘一法師（李叔同）赴宴，應邀的有社會各界名流。弘一法師沒去，回信道：老僧只合山中坐，國士筵中甚不宜。」

「性格即命運」，這句發人深省的至理名言，是作家成功塑造人物的不二法門，當然也應合作家自身。

俠骨文心笑看雲霄飄一羽，孤懷統覽曾經滄海慨平生

那天在臥龍崗南天寺，住持滿信法師贈送我們紀念星雲大師弘法五十年的《雲水三千》一書結緣，又請我們吃了一次豐盛美味的齋飯。席間大家談得很歡快，忽然我不知怎的竟然不揣冒昧向法師問起生死命運問題。今天回想起來，也許是潛意識裡，我心有感觸，還不是因我自己，主要是想到羅公和生公，也因想著梁羽生和金庸這兩位新派武俠小說大師後來的人生軌跡是如此的不同。

此刻，我又想到去年四月，有一天我和《澳洲新報》前總經理吳承歡以及雪梨詩詞名家彭永滔一同到醫院探望在香港不幸中風後返回悉尼靜臥療養的生公。那是一個星期一的上午，人們此時又開始新的一周上班工作，市區車水馬龍，人來人往，行色匆匆；但醫院位於北郊，遠離繁華喧囂，裡外一片清靜，或者說太冷清了，反差很大。到了生公的病房，驟然看見生公獨自一人，坐在輪椅上，面對空牆，我心頭不覺為之一震。

　　就是那天，梁羽生對我說，這真是人生一劫。那時，他從香港返回不久，看得出心有不甘：怎麼高高興興出去卻落得半身不遂回來？！但是，生公慢慢也接受了這人生一劫。已經垂垂老矣又經中風打擊的他又回到自己的平生至愛——他在病榻上每天背讀詩詞，把一本本詩詞書籍都翻破了；每次文友來探望，他都會大談詩詞對聯，滔滔不絕，記憶力驚人地比常人好許多倍。本來，十幾年前生公早就對命運際遇之類想通想透。既來之則安之。他曾笑言，人類的三大殺手皆纏上了：癌症、心臟病及糖尿病。他屢受病魔襲擊，但險關都得以一一度過。他覺得自己還是有福之人，甚至覺得七十歲後的日子都是賺來的。他說老年人要擁有「三老」才會幸福，第一，有老伴；第二，有老友；第三，有老本，他慶倖自己這「三老」都擁有。至於對自己一生作何總結和評價時，雖然他覺得有很多做得不夠的地方，有很多遺憾，但「不後悔」是他不假思索地說出來的三個字。

　　性格即命運。我又想到這句話。

　　我也想到武俠小說的命運。梁羽生和金庸開創新派武俠小說，也許純屬偶然；但此後幾十年這個文學式樣曆久不衰，那就不是偶然了，它證明武俠小說還是有生命力的。但金梁之後，是否後繼無人？1994年1月金庸、梁羽生應邀參加悉尼作家節時，也談到這個問題，金庸說可能是的，梁羽生覺得很難講。後來，他甚至進一步表示，武俠小說新星的升起只是遲早問題而已。看來他心裡一直比較樂觀。而一些論家卻都認為，雖然以後的作家未必不能踵武前賢，但一種文學式樣盛行，也在乎時也運也，天時地利不再，便難再創輝煌。

不過，這些，可能都和梁羽生關係不大了。行水流雲，轉眼幾十年過去，梁羽生已經做了他所能做得最好的。他無愧於他的時代。關於梁羽生的人生與成就，有人作過一首詩：

金田有奇士，俠影說羽生。南國棋中意，東坡竹外情。
橫刀百嶽峙，還劍一身輕。別有千秋業，文星料更明。

梁羽生自己所作的自況嵌名聯可能更加恰切。十年前，他曾作一副對聯，請香港書法家陳文傑書寫後，懸掛於屋中。聯曰：

散木樗材，笑看雲霄飄一羽；
人閑境異，曾經滄海慨平生。

最近，他有一本書將要出版，書名為《統覽孤懷》，裡面收集了他幾十年前的幾十年裡所創作的所有武俠小說裡的詩詞和對聯，他有感而發，遂將舊聯修改為：

俠骨文心，笑看雲霄飄一羽；
孤懷統覽，曾經滄海慨平生。

冥冥之中，真是有條無法預料不可盡言的生命運行軌跡。他武俠小說裡的那些詩詞對聯，都是他的平生至愛，亦用工最深，現在，他又回到自己的平生至愛！「俠骨文心」，這正是他所有武俠小說的精髓也是他一生為人要義；而「孤懷統覽」，則不單是他寫作之道也是他人生之道。此聯抒發了梁羽生自己一生的情懷一生的抱負一生的業績一生的感慨。

　　的確，「莫道萍蹤隨逝水；永存俠影在心田」！讓我們再一次祝福生公安享晚年。

【後記】

　　2008年11月7日，澳大利亞華人文化團體聯合會向梁羽生博士敬頒「澳華文化界終身成就獎」。本文寫於此日前夕，為此盛事而作。不料兩個半月之後，2009年1月22日，這位新派武俠小說開山鼻祖竟魂歸天國，從此天人永隔。澳華文化界和全世界華人一樣，對大師的逝世，深感震驚和悲痛。2月21日，「梁羽生博士追思會」在悉尼舉行，特發此文，並附有關照片，以作悼念。

　　　　　發表於《澳華新文苑》第348～350期。中國大陸
　　　　　《國家歷史》雜誌、《香港作家》雜誌，及眾多網
　　　　　站刊登。現有個別改動。

輯三

生公，我對您說……

一

　　生公，去年11月7日，澳大利亞華人文化團體聯合會向您敬頒「澳華文化界終身成就獎」，這是頒獎典禮前您曾經高興地手捧著端詳過的獎座。這還是剛剛過去的盛事啊！

　　三年前您不幸在香港中風，落得行動不便，用您的話說，真是人生一劫；但您幾年中獲得很多殊榮，象徵一生成就獲得高度的評價和肯定，又是前所未有的。2004年歲末，您榮獲香港嶺南大學榮譽博士學位；2005年9月，「梁羽生公園」在您家鄉廣西蒙山縣破土動工，同時廣西師範大學向您頒授名譽教授；2006年7月，北京中國現代文學館籌建「梁羽生文庫」——這更是中國文學史上一項重大的舉措。其後，我們以澳大利亞華人文化團體聯合會的名義，也向您敬頒「澳華文化界終身成就獎」。這是澳華文化人對您的敬意，對您所能表示的一點點心意。

　　生公，您一定還記得，去年5月12日，在金世界酒樓的茶聚上，後輩本人向您、向您夫人，還有在座的香港中文大學楊健思主任、悉尼詩詞協會顧問彭永滔先生、《澳洲新報》前總經理吳承歡先生，正式宣佈要為您舉辦一個盛大的活動——向您敬頒「澳華文化界終身成就獎」。這個構想，其實已經在我們文友之間醞釀一段時間了，其後再經過幾個月的籌備運作，頒

獎典禮終於按既定之日隆重舉行。那晚，整座大三元酒樓，坐滿三百多位主賓貴客，澳大利亞新州總理李斯先生的代表、新州上議員曾筱龍先生特地前來主頒。然而，正如人們一直所擔心的那樣，您果然病得無法親自出席這一盛典了，您只好請你的學生楊健思主任代領。其實，我對這個會使許多想見你一面的與會者失望的狀況也有些預感。頒獎典禮前幾天，我特地和幾位文友帶了獎座到頤養院探望您。生公您拿著獎座，看了很久，滿意地笑了，好像也精神了許多。那一刻，我們每個人心底裡又重生企望……。

可是，好事沒有實現。更不幸的是，兩個半月之後，您竟然魂歸天國，從此天人永隔！

今天，睹物思人，此情何堪！此情何堪！

二

此刻，我又想到前年四月有一天我們到醫院探望您。這是一個星期一的上午，人們此時又開始新的一周上班工作，市區車水馬龍，人來人往，行色匆匆；但醫院位於北郊，遠離繁華喧囂，裡外一片清靜，或者說太冷清了，反差很大。我們到了您的病房，驟然看見您獨自一人，坐在輪椅上，面對空牆，我心頭不覺為之一震。

就是那天，您對我說，這真是人生一劫。那時，您從香港返回悉尼靜臥療養不久，看得出您心有不甘，怎麼高高興興出去卻落得半身不遂回來？！但是，您慢慢也接受了這人生一劫。已經垂垂老矣又經中風打擊的您又回到自己的平生至愛——您在病榻上每天背讀詩詞，把一本本詩詞書籍都翻破了。您記憶力又驚人地比常人好許多倍，每次來探望您，您都會大談詩詞對聯，滔滔不絕，還讓我

們考考您，在哪一頁是誰的哪首詩詞，那首詞是多少字，您竟幾乎次次都答對了。本來，十幾年前您早就對命運際遇之類想通想透。既來之則安之。您曾笑言，人類的三大殺手皆纏上了：癌症、心臟病及糖尿病，屢受病魔襲擊，但險關都得以一一度過。您覺得自己還是一個有福之人，甚至覺得七十歲後的日子都是賺來的。您不久前又說，老年人要擁有「三老」才會幸福，第一，有老伴；第二，有老友；第三，有老本；而您慶倖自己這「三老」都擁有了。對自己這一生，雖然您表示有很多做得不夠的地方，有很多遺憾，但「不後悔」是您生公多次不假思索地說出來的三個字。

生公您還記得2003年10月下旬那次和羅孚前輩一行結伴旅遊嗎？那天，臥龍崗南天寺滿信法師給每人贈送紀念星雲大師弘法五十年的《雲水三千》一書結緣，又請我們吃了一次豐盛美味的齋飯。席間我不知怎的竟然不揣冒昧向法師問起生死命運問題。今天回想起來，也許是潛意識裡，我心有感觸⋯⋯

此時此刻，讓我重溫生公您於千禧年寫就的隨筆──〈冒險到底〉：您說，當您回顧您的大半輩子，您所遭遇到的許多變故，與其說是命運使然，不如說是潛藏在男人內心深處或濃或淡的冒險的欲望使然，就好像您書裡所寫的許多男主人公一樣。您說，您一生所冒的大險大致都分佈在您人生轉捩點上。上世紀四十年代您從廣州嶺南大學畢業，懷揣二十塊港幣隻身來到香港，通過了《大公報》的面試，在那個時世動盪的年月，並沒有被湮沒。這是冒的生存的險。當年您已經以散文小品、歷史文論等著作成名，卻毅然按照報館要求開闢專欄寫武俠連載，一試就寫了三十年，難以「金盆洗手」。這是冒的一個成功的險。您在七十四歲高齡，身體又有三大致命「殺手」，做了一個極其危險的心臟手術。這是冒的一個生命的險。

您說：

> 當我漸漸可以自己下樓去散散步，當我曬著澳洲猛烈的陽
> 光，當我聽到聖誕平安夜鐘聲的時候，我想，窮我一生，
> 是在將冒險進行了到底！

「冒險到底」！您此生不言後悔；而您也終於無怨無恨無悔
走完您的一生。這是一個文化人的光輝的一生，碩果累累，功昭
千秋！

三

但是，對著您這張不過四年多前拍的照片，看著您多麼神采
奕奕，風度翩翩，我還是難以相信，您已經魂歸天國！

從1987年9月至今，您在悉尼安度晚年，轉眼已經超過二十一
年。這裡有您眾多的文友，大家都尊稱您「生公」。而您就是名副
其實的生公──正是台灣的張佛千所言：羽客傳奇，萬紙入勝；生
公說法，千石通靈。曾記否，您每週必到城中，參加文友茶聚。您
每次必定談笑風生，滔滔不絕。時事政治、社會人生，您旁徵博
引，都可以來一番評論；至於詩詞對聯，更是您的至愛主題。您讓
我們周圍聽者大開眼界，受益匪淺。其情其景，還歷歷在目，銘刻
在心。而從今以後，竟是天人永隔，如何不叫人嘆惜傷悲？！

您一定記得，彭永滔君曾贈您一詩──「書癡以外更棋癡，
武俠開山一代師；風月有情同海國，執經常恨識公遲。」今天，
他來敬輓您了。他想到您當年和劉渭平、趙大鈍諸老始創十圓

會，又想到您在頤養院期間，常與他外出午膳，每食輒選三鮮牛骨髓，啖而甘之，云可滋補，不禁淚眼朦朧，作了這首挽詩：

> 蕭灑乘風去，籲嗟冷十圓。
> 文章傳永世，武俠耀遺編。
> 聚此同歌哭，升天得寵憐。
> 欲攜牛髓饌，和淚薦靈前。

悉尼詩詞協會曾聘請您為顧問，現在痛失良師，喬尚明會長代表大家在您靈前深深哀悼。喬尚明會長的悼詩特意串聯您的武俠小說名篇——《萍蹤俠影錄》、《散花女俠》、《江湖三女俠》、《狂俠‧天驕‧魔女》、《龍鳳寶釵緣》、《還劍奇情錄》、《雲海玉弓緣》和《廣陵劍》：

> 羽公高節冠瀛溟，振藻揚葩落筆驚。
> 萍散江湖魔女恨，龍還雲海廣陵情。
> 纖毫揮錦銀濤湧，濃墨颺珠玉劍橫。
> 一代文宗星隕沒，千斛老淚為君生。

您參與創辦的「十圓會」舊友悼念您了。岑斌詩云：

> 大俠鴻文不倚名，囊經袂儉過南瀛。
> 十圓茗碗開風氣，一管毛錐見性情。
> 羞與賣茶稱博士，也輕成就獎殊榮。
> 千山雲海遊蹤遍，喜證無慚有此生。

岑斌弟弟岑子遙的悼詩為：

> 黯然歲暮痛星沉，猶憶擎杯話古今。
> 一代鴻儒雖遠去，淵渟嶽峙駐人心。

羅傳澤的悼詩為：

> 縱橫劍氣夾詩篇，回目點睛神采傳，
> 堪歎廣陵人散後，已無琴韻動心弦。

生公大俠您竟然活不到2009牛年的到來，文友惇昊兄在悲痛之中於己丑正月初一晚十一時，為您寫下這首悼詩：

> 新春忍見百花摧，怨笛悲歌灌頂雷。
> 自此陰陽攔笑語，尋君夢裡共觥杯。

他還給您作了挽聯：

> 高風亮節，駕清風俠客清名存萬古；
> 美德良操，遺大德生公大著耀千秋。

生公，您一定想念很久沒有見著的忘年交梁小萍了。多年前，您在她家中作客時，看到園中天然石鐘乳石而特為梁齋起了一個名字：「漱石小築」。您還寫了兩聯贈她：「小謫留塵夢，萍蹤結翰緣」；「漱石談詩歌小築，枕流洗筆寫蘭亭」。那時您

只知道這位城郊小女是書法大家，卻不知道她也是中國古典詩詞高手，特善回文詩聯。現在生活平和寧靜居住法國屬地的她，驚聞生公您已仙逝，往事歷歷，不禁悲從中來，特從那裡傳來一副輓聯，以表哀思，祝您生公千古：

> 蒙山有幸，育冰魄寒光，潛龍飛鳳；
> 澳地多情，悲萍蹤俠影，牧野流星。

　　悉尼文化名人、南洲國學社創辦人陳耀南教授的挽聯概括了您的品性才情與成就：

> 開新說談掌故研奕藝能詩詞善巧聯博識多才永佩眾生入勝
> 統覽孤哀益人榮主；
> 厚性情愛友朋敦義仁懷家國審去就高風亮節最欽一羽翔雲
> 文心俠骨子孝妻賢。

　　生公，您溘然謝世，讓您悉尼眾多的文友深感震驚和悲痛。大家非常敬仰您。我們將於2月21日為您舉行追思會。澳大利亞華人文化團體聯合會也為追思會撰寫了這副挽聯（岑斌代撰）：

> 天國和平共處，無是無非，安靜投閒，何煩大俠；
> 世人愛恨交纏，有因有怨，剖離撮合，熟比先生。

四

生公，您在悉尼市陳秉達療養院與世長辭的消息，很快傳遍五洲四海，傳遍祖國大地四面八方。不單澳洲悉尼本地，整個世界的華人，都對您的辭世致以深深的哀悼；報紙電台網站都發表了無數悼念文章或談話。

我看到國學大師饒宗頤教授發來的挽聯：

昔歲曾及門難忘兵馬覷虞日；

遺編久驚世能鑄雕龍窈窕辭

當年您謙尊為新派武俠小說「發揚光大者」的金庸先生發來挽聯。他自稱「同年弟」、「自愧不如者」，敬挽道：

同行同事同年大先輩；

亦狂亦俠亦文好朋友。

您當年的上司、可謂新武俠文學的「催生婆」羅孚先生敬挽道：

同鄉同學同事　敬武術堪稱同志；

能詩能詞能聯　論文藝最是能人。

中國作家協會、中國現代文學館也發來「唁電」……

中國現代文學館陳建功館長、李榮勝常務副館長的唁電特別提到您向中國現代文學館捐贈文獻文物的善舉。這是2006年7月26

日，在萬眾矚目和眾多華文媒體追蹤下，「梁羽生文化收藏捐贈中國現代文學館儀式暨酒會」在悉尼風景如畫的達令港黃金歲月酒樓隆重舉行。出席捐贈儀式及酒會有文化界、政界、商界各方代表一百三十餘人。

這是一次具有重大文學史意義的善舉。當時，您作了感人的演講。您以「既感且愧」作引子，真情地剖白了此刻的心情。您說，中國現代文學館的文化使者飛躍時空，帶來了一片隆情盛意，令人感動；但五千年的文化古國籌建梁羽生文庫，這項殊榮卻又是「愧不敢當」。原來並不入文學主流的武俠小說，進入了文學的殿堂，是對新派武俠小說發展的肯定。您並引述了您的老師簡又文的故事，說明了中國文人對文化文物保護的一片真心——您這次捐贈是作為一個文化人對祖國的一種回報。您的真情的剖白獲得了滿場熱烈的掌聲。

生公，您在中國文學史上的地位已經奠定。中國武俠小說創作自唐朝以來，綿延了一千多年，這是中國小說史上特有的文化現象；而自上個世紀五十年代，您這位新派武俠小說開山鼻祖，以您淵博的學識、豐富的閱歷、現代的視野、非凡的才情，把歷史感、文化感和瑰麗的想像融於一爐，一掃舊武俠小說臉譜化、程式化的弊端，為這個已經走向衰落的文學式樣注入了新的生命，開創了新派武俠小說創作的新天地。您一生著作等身。您影響了一代武俠小說家，對當代華文文學的發展作出了卓著的貢獻。這是中國文學史上一項不可忽略的豐功偉績。

生公，講到您對武俠小說的貢獻，我不禁想起2000年有一次您和我的聚談。我現在凝視著您當年寫給我的這個題詞：

莫道萍蹤隨逝水；永存俠影在心田。

我知道，「俠」，在您心中所佔據的位置可謂大矣！「寧可無武，不可無俠」——對於怎樣才能寫好武俠小說，您從一開始便強烈堅持和提倡這個中心觀點。

1966年，您以「佟碩之」署名，發表一篇長達兩萬字的非常重要的論文〈金庸梁羽生合論〉，在第二部分談武技描寫時，您明確指出，在武俠小說中，「俠」比「武」更重要，「俠」是靈魂，「武」是軀殼，「俠」是目的，「武」是達成「俠」的手段。您反對「武多俠少」，「正邪不分」。

1977年，您在新加坡寫作人協會上題為〈從文藝觀點看武俠小說〉的講話中，申明您是主張「寧可無武，不可無俠」的。

以後多年來，您反覆闡述：「俠是什麼呢？十六個字——俠骨文心，雲霄一羽，孤懷統覽，滄海平生。」您解釋說，俠有很多不同的定義，其內容甚至隨著時代的變化而有所變化，從古人對俠要求「言必信，行必果，諾必誠」，到現代每一個武俠小說作家心中都有一個俠的概念。但不管這個俠怎麼變化，他們都會留有中華傳統文化的深深烙印。在1984年中國作協第四次會員代表大會期間，您曾指出：集中社會下層人物的優良品質於一個具體的個性，使俠士成為正義、智慧、力量的化身，同時揭露反動統治階級的代表人物的腐敗和暴虐，就是所謂的時代精神和典型性。

您筆下的俠客所崇拜的是岳飛這樣的英雄，但又不像歷史上的岳飛那樣，對皇帝無條件地服從。您順應民間的是非標準，覺得真正的俠客是不會與官府合作的。您筆下經常出現憂國憂民、為國為民的歷史英雄，而這些以歷史英雄面目出現的俠客，「報國」並非因為「忠君」，在其家國意識中並不認同當朝皇權，他們要捍衛要挽救的是人民群眾的國家，而並非皇帝或權臣的國

家。論者都說，這一點很重要，這是您對「俠」的意義的一種拓展和提高。

「俠骨文心」！我看到您的「文如其人」。您對「俠」義的執著，的確融進了您最美麗的理想與情懷，融進了您整個的生命意識。

十年前，您曾作一副對聯，請香港書法家陳文傑書寫後，懸掛於屋中。聯曰：

散木樗材，笑看雲霄飄一羽；
人閑境異，曾經滄海慨平生。

而不久前，您有一本書將要出版，書名為《統覽孤懷》，裡面收集了您幾十年前的幾十年裡所創作的所有武俠小說裡的詩詞和對聯，您有感而發，遂將舊聯修改為：

俠骨文心，笑看雲霄飄一羽；
孤懷統覽，曾經滄海慨平生。

「俠骨文心」，這正是您所有武俠小說的精髓也是您一生為人要義；而「孤懷統覽」，則不單是您寫作之道也是您人生之道。我深深感受到，此聯抒發了您自己一生的情懷一生的抱負一生的業績一生的感慨。

生公，您已經做了您所能做得最好的。您無愧於您的時代。

「莫道萍蹤隨逝水；永存俠影在心田」！今天生公您雖已魂歸天國，您的逝世使世界華人文壇痛失一代大師，但您的情懷、抱負、業績將永留人間！我們將銘記不忘！

生公，請您在天之靈，含笑安息。

為2009年2月21日在悉尼舉行的「梁羽生博士追思
會」而作；並發表於《香港作家》2009年第2期
「梁羽生紀念特輯」。

丹心一片付詩聲
——悼念黃雍廉會長

一

三月三十號，星期天，上午。

我正在看朋友發來的連貫主題照片《老人的話》。在一張張使人動容的照片上，列印著一行行使人動容的文字。說來奇怪，我看著，似乎同時聽到一些曾似相識的話音，蒼老，微弱，來自身邊，忽而又很隱遠：

> 孩子……哪天你看到我日漸老去，身體也漸漸不行，請耐著性子試著瞭解我……。
> 如果我吃得髒兮兮，如果我不會穿衣服……有耐性一點。你記得我曾花多少時間教你這些事嗎？
> 如果，當我一再重複述說同樣的事情，不要打斷我，聽我說……。你小時候，我必須一遍又一遍地讀著同樣的故事，直到你靜靜睡著。
> 當我不想洗澡，不要羞辱我也不要責罵我……。你記得小時候我曾編出多少理由，只為了哄你洗澡……。
> 當你看到我對新科技的無知，給我點時間，不要掛著潮弄的微笑看著我。

我曾教了你多少事情啊……如何好好地吃，好好地穿……如何面對你的生命……

如果交談中我忽然失憶，不知所云，給我一點時間回想……。如果我還是無能為力，請不要緊張，對我而言重要的不是對話，而是能跟你在一起，和你的傾聽……。

當我不想吃東西時，不要勉強我，我知道什麼時候我想進食。

當我的腿不聽使喚……扶我一把。如同我曾扶著你踏出你人生的第一步……。

當哪天我告訴你不想再活下去了……請不要生氣，總有一天你會瞭解……。

試著瞭解我已是風燭殘年，來日可數。

有一天你會發現，即使我有許多過錯，我總是盡我所能要給你最好的……。

當我靠近你時不要覺得感傷，生氣或無奈，你要緊挨著我，如同我當初幫著你展開人生一樣地瞭解我，幫我……

扶我一把，用愛跟耐心幫我走完人生……

我看著，聽著，想著自己，以及每一個人，都有可能有一天訴說類似的話，不禁淚花盈眶，簡直無法忍住，只好一次又一次拭抹……就在此時，電話響起，是冰夫先生。他帶來噩耗：黃雍廉會長去世了，而且早在去年十二月，是昨天星島日報登的〈家屬聲明〉說的，他剛看到……

已經去世三個多月了！真是難以相信。但又不過是證實心裡一直不安的預測。那麼，是怎麼去世的？在哪裡？哪一天？還有，從去年十二月回溯到去年六月底或七月初，在長達五個多月

的時間中，為什麼竟毫無音影？悉尼文壇的朋友們發現這麼久未見其行蹤，都感到納悶，都非常關心，但都無法直接聯繫。偶然撥通其家人的電話，所得說法各異：一說出國作半年遊；又說回台灣辦事，兼訪問故舊；還說回湖南老家，照顧病重的兄長，云云。而黃會長，一位熱愛社交熱愛文學活動的人，在這麼長的時間中，為什麼沒有和他的朋友，哪怕其中任何一個，會會面，要不只通個電話，只要簡單交代一下？究竟發生了什麼事情？或是什麼病痛嚴重到如此程度？按照他的性格，長期與世隔絕，會是多麼痛苦啊！

根據我的記憶，黃會長最後一次在公眾場合露面，是2007年6月22日，星期五。那天中午，他單身一人，不畏勞苦，幾次換車，還要步行，前來參加澳洲中國書畫函授學院院長蔣維廉先生伉儷金婚慶祝會。由於地址不熟悉，又汽車火車幾經換搭多番轉折，到達時已幾近尾聲，但其深情厚意，當時令蔣先生伉儷很感動；而我今天回想起來，卻萬分傷感。

二

在這之前幾天，2007年6月17日，星期日，黃雍廉會長還親自召開了一個較大的文學活動，這就是自1992年以來悉尼作家協會每年都會舉辦的端陽詩會。

我作為這次詩會的主持人，對其盛況記憶猶新。悉尼幾個文學團體的文友都來了，濟濟一堂，包括大病之後首次在公眾場合露面的著名詩人劉湛秋和英語作協詩人FIRITBERK。來自台灣的悉尼僑領趙燕升先生也帶著幾瓶好酒興致勃勃地趕來參加。黃先生以作協會長身份致開幕詞。我印象最深的是他為紀念詩人屈原

夫子而作的主題詩〈四海龍舟競鼓聲〉，由悉尼著名電台節目主持人趙立江先生朗誦：

羅馬皇宮的倒影／染紅了愛琴海的夕照／秦王寒光閃閃的寶劍抖動著／昆侖／詐術／諂媚／讒邪／諜影／成了方形的無煙的黑色火藥／地球的東西兩邊／同時受著烽火的灼炙／希臘的光輝黯淡了／蘇格拉底飲下了最後一杯苦酒／八百年的周鼎沉沒了／東方的巨星殞落於汨羅江……
二千二百七十九年了／洞庭春水流向湘江／悠悠復悠悠／龍舟競渡的鼓聲／恰似懷王一去不返的怒吼／芒鞋竹杖／國難枯槁了您的容顏／漢北沉冤／猶──／望南山而流涕／鳳凰怎能獨立雞群／齊楚聯防／終歸容不下蘇秦的蟒袍玉帶／藍田之會／徒然帶來張儀豎子的獰笑
──變白以為黑兮，倒上以為下／您的沉痛亦如楚山的璞玉／遂把孤忠／投入如海浪般搖曳的洞庭／故國山河／春城草木／垂楊漁父何知／「天問」何知／您「懷沙」在東方的十字架上／楚王的宮闕傾頹了千古精忠／哭在賈生賦裡／歲歲／年年／空留龍舟競渡的鼓聲……

黃會長以最真摯的感情，最華美的詩詞，對兩千三百年前楚國三閭大夫屈原表達深深的敬意與無限的哀悼。詩中沉重的悲劇氣氛和歷史思緒，加上趙立江聲情並茂的朗誦，當時使到全場無不正襟危坐，為之動容，感慨萬千。今天，我更是猛然覺得，黃會長以舉辦紀念屈原的端陽詩會，作為他一生文學活動的終結點，是巧合？是冥冥中的什麼安排？這都無從考究了，但其象徵意義，讓人縈繞心頭，久久思索。

　　1953年，屈原被世界和平理事會列為世界四大文化名人之一，成為世界人民共同紀念的偉大詩人。而更從1941年開始，端午節便有了「詩人節」之稱。那年首屆詩人節慶祝大會上，發表了一個〈詩人節宣言〉，稱：「我們決定詩人節，是要效法屈原的精神，是要使詩歌成為民族的呼聲，是要瞭解兩千年來中國詩藝已有的成就……是要向全世界舉起獨立自由的詩藝術的旗幟，詛咒侵略，謳歌創造，讚揚真理。」來自台灣的黃先生，在澳洲也發揚了這個傳統，年年紀念屈原。他以「汨羅」為筆名，其意自明。他這樣拜祭這位偉大的古代詩人：

> 夫子以忠蓋沉江，浮起的是百代詩魂、萬世敬仰的高風。我從屈子祠來，在年年龍舟聲中，汨羅江的江水，總在我心中回蕩。我是屈子祠中的後學，謹以赤子的詩心，吊先賢。（〈四海龍舟競鼓聲〉「後記」）

　　雖然楚國覆亡的悲劇早在歲月的流逝中變得輕如鴻毛，但三閭大夫「沉江之痛」卻因歷史的積沉有如泰山之重。南十字星座下，作為一名華夏子孫，黃會長每年紀念屈原，為使其精忠愛國精神千古不朽，這裡面當然含有說不盡的意義。

三

　　黃會長宣稱他是「屈子祠中的後學」，此言千真萬確，而且完全當之無愧。他對中華民族精神的崇拜，他對中華文化的熱愛、虔誠，乃至執著，從台灣文壇到澳華文壇，可謂眾所皆知。此刻，馬上進入我腦海的，是他膾炙人口的詩篇〈唐人街〉：

是一所港灣／專泊中國人的鄉音／無須叩問客從何處來／
淺黃的膚色中，　亮著／　揚州的驛馬／　長安的宮闕／
湮遠成為一種親切之後／風是歷史的簫聲／傾聽，如／
一首夢般柔細的歌
是一所永不屯兵的城堡／彙聚著中國的二十四番花訊／你
是不用泥土也能生根的蘭草／飲霜雪的冰寒／綻東方的芬
芳／鮮明矗立的牌樓，像／黃河的浪／　東流，東流／永
遠向著陽光的一面
是一座璀璨的浮雕／亮麗著殷墟仰韶的玄黃釉彩／煙雲變
幻／一如西出陽關外的信使／　海，便是你心中的絲路／
　孤帆遠影／　故鄉的明月，是仰望北斗的磁場
你乃成為一位細心的收藏家／曾經也窮困過，典當過手頭
的軟細／就是不肯典當從祖國帶來的家私
五千年，不是一件可以隨便／　拍賣的古董／而是一盞會
帶來幸福的神燈

　　這是多麼美妙的華章啊。唐人街是西方大城市中常見的街
景，但詩人抓住這個歷史文化現象的內在實質，放任想像縱橫馳
驟，通過對其不同凡響的描畫、詠歎，從而抒發對中華五千年燦
爛文明的無限崇敬和讚美之情，充分表達出海外炎黃子孫心系祖
國的赤子情懷，其思想深度和藝術力度，已遠非一般懷鄉詩可
比。這一點可謂是眾多詩評家的定論，絕非僅為筆者一己之見。
〈唐人街〉曾入選中國大陸版的《港台抒情文學精品》。有人在
網上求中國古今愛國名詩，它也被推薦而赫然名列其中。中國大
陸著名詩評家毛翰教授為中國中學語文教材推薦二十首新詩名
作，海外入選兩首，一首為余光中的〈鄉愁〉，另一首就是黃會

長的〈唐人街〉（見毛翰，〈關於陳年皇曆，答陳年諸公〉，
《書屋》2001年第2期）。

　　毛翰把〈唐人街〉視為表達「文化美」的經典詩作。他說，
黃雍廉把一腔懷鄉愛國的情思移向唐人街，並以一副純粹「唐
人」的筆墨，構築了一座詩的「唐人街」──一所不凍的華夏鄉
音的港灣；一所和平的春蘭秋菊的城堡；一座璀璨的東方文化
的浮雕。毛翰認為「以中國調寄中國情，以中國墨寫中國意」是
此詩顯著的特點。這裡有盛唐罷相張九齡「少小離家老大回」的
歡惋，有南宋遺民鄭所南蘭草根下無土的畫意，有高人王維於朝
雨渭城餞別好友西出陽關的悵惘，有詩仙李白立揚子江畔目送
故人孤帆遠影的傷感，還有揚州驛馬雄姿、長安宮闕風範、南
國二十四番花訊的問候、殷墟仰韶陶釉的召喚……這一系列典
型的中國情結的意象群的自然疊印，華美典雅，楚楚動人。一
詠三歎中，愈升愈高的是海外炎黃子孫心向祖國的七彩虹橋。
（見毛翰，《詩美學創造》，西南師範大學出版社，2002年；
網路版）

　　中國大陸詩人兼詩評家趙國泰對〈唐人街〉也有一段精闢的
藝術分析。他說：「唐人街是中華歷史文化在西方的一個視窗。
要完成這一高度概括與條陳，藝術上非博喻、羅列莫辦。此法的
施用，使作品內涵飽滿而不擁塞，典麗而不板滯。臻於此，又有
賴於形式結構上取乎多視角掠美，使內蘊層嵌迭呈；廣植東方情
調的語象，又間以主客體轉換之法，使情境跳脫空靈，其中以首
節尤佳。全詩給人以寬銀幕效果。」（引自《詩美學創造》）

　　〈唐人街〉是標誌黃雍廉會長文學成就的一座豐碑。的確，
對他，以及對我們每一個人，中華文明「五千年，不是一件可以
隨便／　拍賣的古董／而是一盞會帶來幸福的神燈」！

四

　　黃會長極其熾熱的中華民族情懷，註定他的一些詩作要涉及政治。正是在他所擅長的史詩般的長篇政治抒情詩寫作上，集中表現他的政治理想，他的愛國熱忱。早在1978年蔣經國先生在台灣出任第六屆總統之際，當時尚為年輕的黃雍廉便受各界所托，以〈繼往開來的擎天者〉為題，撰寫長達百餘行的頌詩一首，作為獻禮。總統府秘書長蔣彥士在總統府接待室與台灣工商文教各界頭面人物觀賞裱好的頌詩長軸，並代表蔣經國與黃雍廉親切握手致謝。黃先生因此被譽為台灣的桂冠詩人（黃自己對此還作了這樣的解釋：歐洲的桂冠詩人，多為宮廷詩人，常在皇室大典中獻詩）。比較近期的例如1997年香港回歸前夕，黃會長創作了三百五十餘行的長詩〈明珠還祖國〉。這首詩除在澳洲當年盛大晚會中朗誦並在兩家報刊同時發表外，且由上海著名書法家黃浦先生，以正楷書寫在二丈餘長的宣紙長卷上，由中國駐悉尼總領事館段津總領事專函送香港「慶委會」，以申四海同歡的慶賀之意。他還寫了一首百餘行的長詩：〈請抓住我們等了一百年的機會〉，經北京詩人劉湛秋推薦在廣州《華夏詩報》發表。這是一首呼籲台海兩岸早日實現和平統一的懇誠懇切之作。至於他在1993年寫的一千二百餘行的長詩〈飄著龍旗樓船上的英雄們〉，更是一時之最。長詩共分七個部份，既陳述又抒情，還有論辯與分析，真可謂曉之以理動之以情，苦口婆心，呼籲台海兩岸的領導人，把握千載一時的良機，捐棄成見，攜手合作，創造二十一世紀中國人的光榮，重建大漢雄風。這部罕見的長詩的結尾，震動著最強烈的嚮往：

海峽兩岸的英明政治領袖們／歷史在向你們歡呼／時代在
向你們招手／還有甚麼比英雄事業／更令人嚮往／／昆侖
雲靄靄／江漢水湯湯／祇要踏過和平的海峽波濤／我們便
握住了東方的／王者之劍／／飄著龍旗樓船上的英雄們／
你們面對即將擁有的／中國人的偉大光榮／我想／你們一
定會「壯懷激烈」地／發出由衷的／豪笑吧

這首長詩最先經中國詩人雁翼推薦，發表在中國上海的《中
國詩人》雙月刊上，後又在台北的《世界論壇報》、澳洲悉尼的
《華聲日報》相繼發表，反響熱烈，評論眾多。例如，台灣《世
界論壇報》發表時加了這一段按語：「他從古今歷史長河中撫觸
民族被壓迫的歎息，從近百年的烽煙戰火的吶喊聲裡喚大漢雄風
之再起。簫聲劍氣，慷慨淋漓。大地鐘聲，喚民族沉睡之靈犀；
時乎，時乎，不再來；喚我炎黃子孫看21世紀的風雲變幻。」

正如〈飄著龍旗樓船上的英雄們〉等詩篇的主題所示，在
台海兩岸問題上，黃會長是堅定的「統派」。他生命最後幾年，
看到台灣少數知識份子喊出「台灣不是中國的一部分」之類的胡
言亂語，極其憤慨。他懇請這些所謂「早熟自覺」者多讀讀《離
騷》，甚至再讀讀台灣連雅堂先生在台灣淪為異族統治時代的血
淚詩篇。他說：「我們沒理由不愛自己的國家，而異想天開地
想把台灣從血脈親緣溶成的偉大中華的大家族中分割出去。」
（〈四海龍舟競鼓聲〉「後記」）

詩人關懷國事，可謂中國詩歌偉大傳統。孔老夫子早已有
言：「小子何莫學夫《詩》？《詩》可以興，可以觀，可以群，
可以怨。邇之事父，遠之事君。多識於鳥獸草木之名。」（《論
語・陽貨》）詩歌能感發精神，引動聯想，陶冶情操，增長見

識，能互相交流思想感情，協調人際關係；詩歌也可以觀察世風盛衰，考證政治得失，可以怨刺上政，批評時弊，干預現實，為民代言。許多論者都指出，屈原是一位偉大的榜樣。他心憂天下，魂系蒼生，堅守「上下而求索」的理想追求。我們還有杜甫「致君堯舜上，再使風俗淳」的社會祈盼，有文天祥的成仁取義的浩然正氣，有龔自珍「我勸天公重抖擻」的救國熱忱⋯⋯民族興亡、民生疾苦、政治清濁、時代風雲變幻，當然絕對是詩人關懷所在，絕對不能排除在其視野之外。

這裡，有一點甚具意義：孔夫子只說詩「可以怨」，不說詩「可以頌」。在筆者看來，此為極其英明偉大正確之見。如不少論者指出，從學理來說，與詩「可以怨」相對應，詩當然「可以頌」（《詩經》裡就有「頌」，與「風」「雅」並列）。但孔老先生不說。顯然他洞察人性，警戒後人以詩作「頌」時要特別謹慎。一般而言，我是不贊成詩人輕易甚至熱衷於以自己華麗的詩章去為政治人物特別是在位的權貴歌功頌德樹碑立傳的。看到中國一些詩人大寫某種政治詩，我常常在一邊捏著一把汗。毋庸諱言，這也包括我所尊敬的黃會長。我曾不時對他說，許多歷史真相，一般人所知畢竟有限，甚至並不準確。在政治風雲變幻無窮的當代中國，寫作能經得起時間考驗的政治抒情詩真是難上之難。君不見郭小川和賀敬之，在毛澤東時代，偌大一個中國，似乎他們兩位最負盛名了，但他們一些曾經廣為傳誦的名篇，今天已經難以卒讀。不幸的是，黃會長看來也碰到類似難題。例如他在詩中曾真誠地幻想鄧小平和李登輝兩位「偉人」互相握手，相逢一笑泯恩仇。確實，李上台後曾一度積極推動兩岸走向統一。「汪辜會談」和北京認為是最後底線的「九二共識」是他任職時的重要成果；李在1991年還主持制定了「國家統一綱領」，成立

「國家統一委員會」並親任主任委員。不料如今「國統綱領」
「國統會」均已成為昨日黃花，李登輝早已成了北京所痛罵的
「台獨」教父，自然也成了黃會長詩中的污點。

　　儘管如此，話說回來，黃會長寫這些充滿歷史感、政治感
的詩章，可謂「長歌貫日，慷慨淋漓」（中國詩評家古遠清教授
語），愛國之情，無時或已，正如他一向自白：「萬里雲天懷國
事，丹心一片付詩聲。」對國家的大愛是屈原夫子樹立的光輝榜
樣和流傳下來的偉大傳統。黃會長顯然深受其誨，以此作為自己
為人為文的最高準則。

五

　　怎樣寫又政治又抒情的詩章？應該講究什麼藝術技巧？無
獨有偶，欣賞黃會長〈唐人街〉的毛翰教授，在1996年也寫了
一首題為〈釣魚島〉的政治抒情詩，後來並榮獲台灣《葡萄園詩
刊》創刊四十周年新詩創作獎。其之所以獲獎，就是此詩以李白
逸事，從歷史典故上著墨，文辭優雅，曲折有致。詩評家沈健
點出毛翰所選用的「重建古典性這一抒情策略」，認為是〈釣
魚島〉成功之所在。他說，「古典性，即古典美學風格、感情
模式、華語載體、風格範式等等，如何在當代轉換與衍生為一
種與西方現代詩歌異質性相融通的可能性空間？比如吟詠性、
意境化、本土意象化、和諧優美等特徵，在斷裂之後的重建承
傳與補課，從而展開現代性與古典性的再生開闊地。」（沈
健，〈從毛翰《釣魚島》看政治抒情詩的發展空間〉，《當代
文壇》2005年第5期）黃會長也深諳此道。他借助歷史文化的鋪
陳，以歷史鑒照現代，以現實反思歷史，行雲流水，熔實事與

抒情為一體，兼文質與詩質之秀。顯然這是寫政治抒情詩的一個成功的經驗。（見潘起生，〈抒愛國心聲揚民族正氣──淺談黃雍廉先生詩歌創作〉，《澳洲新報．澳華新文苑》323期，2008年5月10／11日）

但是，以筆者拙見，似乎不應該把黃雍廉會長列為政治詩人。他感情豐富、待友如親、又帶有強烈浪漫氣息，對眾多文友來說，大家感到最親切的是他那些非常重情的抒情短詩，包括臨時酬唱贈答的急就章。這些短詩，情深意長，華章燦然，教人愛不釋手。

例如，我於1999年遷居時，黃會長就帶來一首詩作以賀「喬遷之喜」：

> 從巴拉瑪達遷到／洛克悌兒／無非是想靠近唐人街一點／唐人街原是一個流浪的名詞／但能慰藉你心靈的無限牽掛／／從威靈頓遷到／雪梨／無非是想多聽一點鄉音／鄉音同淡淡的月色一樣／能使你睡得更加安穩／／從騎牛放歌的牧童／到執大學教鞭的儒者／該趕過的路都趕過了／能捕捉的希望都捉住了／只剩下祖國的容顏／是一首永遠唱不完的戀歌／／且在唐人街的裙邊／築一個小小的香巢／聽乳燕呢喃／看春花秋月／不再蓬車驛馬／不再夢裡關河／／唐人街原是一個流浪的名詞／但是冒險者旅程中／相聚的／樂園

當時我與黃會長相識不過兩年，但在這樣短短的一首贈詩中，竟然濃縮了我的「身世」，還嘗試捕捉我的心境並給以慰藉，濃重的友情，洋溢其中，絕不是一般應酬敷衍之作。

　　黃會長這種情誼，在分別寫給劉湛秋和麥琪（李瑛）的兩首短詩中表現得最為突出了。有些人對劉湛秋和麥琪既真摯又曲折更穿插了巨大悲劇的愛情故事偶有所聞，但不明底細，因而略有微詞。而黃會長從一開始，就毫不猶豫地毫無保留地給他們兩人以極大的同情、相助與讚美。黃會長並把他真誠的友情銘刻在華美的詩章中。早期的一首題為〈萬縷情思系海濤〉，極其纏綿婉轉，親切動人：

　　萬里南飛／來赴海濤的約會／海濤卷起雪白的裙裾／迎你以相逢的喜悅／年年潮汐／歲歲濤聲／你只是想瞻仰那白色的潔淨／一如一位朝聖的使者／海濤是你夢境的一口綠窗／綠窗中有燦爛的雲彩／沒有什麼比這景象更值得你惦念／那是由淚水訴不完的故事／晚妝初罷／詩篇就從那流光如霽的眼神中流出／那織夢的日子／花香月影鋪滿心痕／天旋地轉／落英繽紛／海濤始終是你唯一的牽掛／慕情生彩翼／你又南來／是尋夢／是訪友／萬縷情思訴不盡離愁別緒／杜牧十年始覺揚州夢／你緊握貼心的千重依念／醉在／海濤卷起的雪白雲車之中

　　這首詩的副標題是，「迎詩人劉湛秋雪梨尋夢訪友」。所謂「訪友」，就是「萬里南飛」來與麥琪相會續夢，「一如一位朝聖的使者」。此詩寫作之時，麥琪雖然已在悉尼居住了好幾年，但並不為外界知道。2002年，麥琪隱居八年之後，第一次在悉尼文壇公開露面。這是在悉尼作家協會為她自傳體、書信體（伊妹兒）長篇小說《愛情伊妹兒》在悉尼市中心「文華社」舉行的新書發佈會上。黃會長利用這個場合，專為麥琪寫了〈愛的歌

聲〉，這不單單是讚頌她的作品，更是讚頌她「心靈中永不熄滅
的火種」：

> 在感覺上／人生有三種永恆的旖旎／當你出生後第一眼
> 仰視天宇的蔚藍／太陽的光耀／當你第一眼看到海洋的
> 浩瀚／高山的青翠／當你第一次踏入愛情的漩渦／這旖
> 旎／這欣喜／無可替代纏綿地／緊貼在你的心扉／宇宙
> 之大／無非是天地人的融和／依戀／讚歎／愛情伊妹兒
> 穿著紅繡鞋的雙腳／是在初戀的漩渦中追尋／追尋莊子
> 在逍遙篇中找不到的東西／天地有窮盡／愛是心靈中永
> 不熄滅的火種

　　黃雍廉會長以拳拳的愛，溫暖朋友的心。他一生充滿愛。
他生前，還交給我一組20首近700行的詩作，自己定名為《汨羅
情詩選》，極其寶貴。所謂「情詩」，一般來講，自然是異性
之間傾訴仰慕情愛的詩章，亦多少具有私密的性質，不宜公開
讓眾人展示。但黃會長認為他這些詩篇是文學作品，叫我全部
公開發表。很明顯，他相信自己的詩心，更相信每一位文友、
讀者的眼光。

　　如他寫於2000年10月2日題為〈遊雪梨中國花園〉的小詩：

> 池中那片盛開的睡蓮／與妳默默地相映著／妳觀蓮／蓮觀
> 妳／淡妝雅素兩相依／而我／是那賞蓮人／／柳線隨風／
> 錦鯉雙雙戲清波／一池清水／漾開一個小千世界／心塵無
> 染羨魚游／／疊石如雲／回廊筍幽閣／覽帝子衣冠／何處

覓秦淮風月／／拱橋流水／牽動著／許仙和白素貞的故事
／寸寸相思未了情／狀元拜塔／怎能醫治那愛的傷痕／紫
竹／清風／低回無語／／天際白雲悠悠／攜手在鴛鴦池畔
同坐／任園外／紅塵萬丈

如他寫於2002年4月28日的〈寄語〉：

今夜／將心靈的天空完全典當／給你／不管海上的風／
雲中的月／如何暗戀／／讓詩／坐在感情的翅膀上／飛
越重洋／駐在秋水的江渚上／數你心中詩的／陰晴圓缺
／／摘一串星星／夾在你的詩頁裡／存放一百年／仍然
會發光／有了星星　餘事便不重要了／／情思千日／不
如深深一吻／千與一之比／就是傳統與現在

又如〈愛之旅〉組詩第一首：

妳來自瓊樓玉宇／天河外／星辰閃爍／我們的光輝曾編織
成一彎虹影／一曲纏綿／／心花的樹燃燒著碧海／相思的
微笑／抖動銀河／妳的多情／為寧靜的天國帶來一季風暴
／／就這樣／我們墜降在萬丈紅塵裡／不是再生緣／只是
重相見／妳是天上的謫仙／我們也都是

　　閱讀這些美麗的詩章，你不禁感覺到，黃會長以其豐富的浪
漫主義的詩情，完全超越世俗之心，將這些「情詩」非常文學地
昇華為如幻似夢的對美的讚歎。

六

如今，對於黃雍廉會長，這一切均成永不復回的過去。天人相隔，從此永無消息。此情何堪！此情何堪！

4月26日，星期六，下午二時，悉尼的文友以黃雍廉會長生前最喜歡形式，為黃會長開一個情深意重的追思會，以獻給黃會長的挽詩、挽聯和發自心靈的話語；還以黃會長自己的膾炙人口的詩章。

大家深情地緬懷黃雍廉會長，回顧他一生中的一些精彩片斷。

黃會長於1932年12月出生，湖南湘陰人。1949年參加青年軍，隨國民黨到了台灣。他在台北淡江大學完成了高等學業，經歷了十餘年的軍旅生活，先後擔任過《軍聲報》、《新中國出版社》、《青年戰士報》、《華欣文化事業中心》等單位的記者、編輯、副總編輯、主任等職。曾任台灣中華民國新詩學會秘書長。

1953年黃會長開始寫作。1969年出版第一本詩集《燦爛的敦煌》。之後，出版或發表了許多佳作，其中不少獲獎，而且涉及各種文學體裁，除詩歌外，還包括散文、小說、報告文學、傳記文學、電影劇本、評論等。如：小說集《鷹與勳章》（1973年出版）、電影劇本《氣正乾坤》（1974年獲銀像獎）、散文集《情網》（1974年出版）、長詩集《長明的巨星》（1976年出版）、長詩〈長明的巨星〉（獲金像獎）、長詩〈守望在中興島〉（獲銀像獎）、中篇小說〈紅岩谷〉（1976年獲金像獎）、散文集《國土長風》（1977年出版）、長詩〈繼往開來的擎天者〉（1978年發表）、小說集《昆明的四月風暴》（1981年出版，獲銅像獎）、人物傳記《是先民之先覺者（陳少自傳）》（1983年出版）、短篇小說〈一零八號尼龍艇〉（獲銅像獎）、〈雙環

記〉（獲全國徵文首獎）、〈第一號沉箱〉（獲銀像獎）、〈伊金賀洛騎兵隊〉（獲銀像獎）、劇本《背書包的女孩》（1984年出版，獲電影劇本徵稿第一獎）、小說評論集《黃雍廉自選集》（1984年出版）、傳記文學集《六神傳》（1987年出版）、傳記文學集《蔡公時傳》（1988年出版）、小說集《南沙巡航集》（1989年出版）、長詩〈飄著龍旗樓船上的英雄們〉（1993年發表）……等等。

黃會長的詩歌創作起步於二十世紀五十年代的台灣，那時及此後好些年，恰恰是台灣詩壇論爭激烈的年代。爭論的焦點是：「縱」的發展，還是「橫」的移植？論爭起源於紀弦於1953年成立現代詩社後，於1956年2月在《現代詩》第十三期高揚現代派旗幟，以「領導新詩再革命，推行新詩現代化」為文藝綱領，提出「現代派六大信條」，其中第二條赫然為：「新詩乃橫的移植，而非縱的繼承」。以紀弦為首的一些詩人傾向全盤西化，傾向現代主義，主張把詩的「知性」和「詩的純粹性」作為創作原則和追求目標，受到另外一些詩人如覃子豪、鍾鼎文、高准、周伯乃、古丁、文曉村、王祿松等人的反對。黃雍廉也明確站在反對的一邊，堅決追隨和提倡「健康、明朗、中國」的詩學主張。此後幾十年，他和台灣《葡萄園》、《秋水》等詩刊建立了深厚的感情，和王祿松、文曉村、塗靜怡等詩人成了莫逆之交。

黃雍廉先生於1985年移民澳洲，此後一直在這裡開墾文苑詩地，筆耕不綴，並勇當文壇帶頭人，創辦澳洲華文作家協會，並任悉尼華文作家協會會長和澳洲酒井園詩社顧問。他熱情鼓勵文友，提攜後進，除了自己的詩歌創作外，還為大家寫了不少評論或序言，為促進悉尼文壇的發展繁榮嘔心瀝血，為其每一點成果感到由衷高興。如他於2001年在中國江蘇《世界華文文學論

壇》發表的〈新詩是海外華文文學的重要一環〉一文中，欣喜地
指出，澳洲詩壇近年由於彼此觀摩切磋，在創作上大致已呈現健
康、明朗、抒情的風格，呈現在傳統土壤中吸取養分以豐富新詩
創作的可喜現象。他用「海外燦文心，詩魂系故國」來形容澳洲
詩壇。

　　這位可敬的開荒牛式的帶頭人如今霍然長逝，令眾文友無限
惆悵和痛惜。「誰唱陽關第四聲？」悉尼詩壇另一位老詩人冰夫
在獲知噩耗之前，曾悵然向天發問，並悲切地幻想「再一次文朋
詩友相聚」：

> 詩人，你在哪裡啊／你在哪裡／我們發自心靈的呼喚／你
> 是否躺在那裡靜靜地傾聽／但願再一次文朋詩友相聚／我
> 能為你敬上一杯／聽到你吟誦白居易／用濃濃的湖南鄉
> 音：／「相逢且莫推辭醉／聽唱陽關第四聲」

　　蔣維廉先生扶病和老伴出席了追思會。他在講話中悲痛地回
憶去年黃會長參加他們金婚慶祝會的情況。最有紀念意義的，是
他帶來的黃會長去年所寫的親筆賀詩，標題是「賀蔣維廉院長吳
愛珍教授賢伉儷五十金婚大慶」，落款是「汨羅黃雍廉題贈」，
這可能是黃會長的絕筆了：

> 五十個春華秋月／多少往事在心頭／愛是唯一的嚮往／不
> 歎年華逐水流／樂田園枕書香／經世變曆滄桑／萬里遊蹤
> 長相守／金石鴛盟／五十秋／筆硯傳薪忘年老／桃李春風
> ／／今夕／書齋添美酒／重話少年游／鶼鰈情深世為寶／
> 人間美眷／屬天酬

在追思會上，文友們不禁想起黃會長寫於2005年5月25日那首紀念他老友王祿松逝世周年的詩章。詩中他悲歎道：

> ……我是在孤峰頂上／伴你吟哦的吟者　日月星辰／
> 乃為我友　白雲煮酒　共醉詩魂／遂撫伯牙的古琴／
> 聽高山流水在腳底回蕩／／如今／你走了　我真的孤獨
> ／　真的孤獨／清風明月夜／誰來聽我的／琴音

文友們又想到黃會長前幾年為悉尼作協顧問辛憲錫教授而作的悼念詩。他當年深深的哀悼之情正也表達了我們今天每個人要對他訴說的話語：

> ……你是文壇一面／高風亮節的旗幟／文光德業正風華／
> 上帝／卻把你／從我們的祈禱聲中／接走／天涯夜雨／誰
> 是知音／春城晚宴／誰譜長歌／我們的嘆息／永遠喚不
> 往昔／煮酒吟詩／雄談論道的歡樂時光／／想到莊子鼓盆
> 而歌／也許天國／是你遲早必須歸去的地方／老友／你就
> 踏著大化流行的雲車／步上天梯吧／／佛說／修身就是修
> 道／天國遠比人間逍遙／老友／你該帶著微笑／直上仙山
> 叩九天

今天，黃會長，你也「該帶著微笑／直上仙山叩九天」。正如在追思會上，女詩人羅寧祝願黃會長在天堂安息：

> 一顆碩星墜落著／被冉冉升起的陽光托起／海風奏起送行
> 的詩歌／雲霧駕起你通往天堂的路／／黃會長您一路走好

／別思念那留在人間的詩句／文友們在酒井園相遇／祝您
的博愛在天堂中／得到更多的自由空氣

不過我又猜想，黃雍廉會長在天堂得到更多的自由空氣，
也許便會更加思念那留在人間的詩句。他──「丹心一片付詩
聲」，此情綿綿無窮盡，不管是在人間，是在天上⋯⋯

> 本文發表於《澳華新文苑》第321～324期「悼念黃
> 雍廉會長專輯」，並收進筆者主編的《丹心一片付
> 詩聲──黃雍廉會長紀念集》一書。

2008年4月27日──黃雍廉會長追思會次日──定稿，並作如
下後記：

> 好幾年了，都想著為黃會長寫一篇詩評，沒想到會長溘然
> 長逝，詩評成了悼念。世間多少事，竟是無可奈何，無從
> 挽回。但願黃會長天上有靈，看到這篇遲到的文字，亦能
> 舒懷，報以一笑。

辛教授，請一路走好

一

驚悉辛憲錫教授逝世噩耗那天，我正在中國大陸參加會議。當我回到悉尼時，已錯過了辛教授的追悼會。辛夫人以及其他文友告訴我，追悼會是7月28日星期五上午在Macquarie Park Crematorium的玉蘭花廳舉行。辛教授靈柩前擺滿花籃輓聯，禮堂中央和側方懸掛著辛教授的投影照片，辛教授親朋好友、悉尼社會各界人士坐滿禮堂。

追悼會簡樸，肅穆，大家沉浸在對辛教授深深的追思之中。

澳洲上海同鄉會勞丁會長主持追悼會。澳大利亞新州華文作家協會蕭蔚會長代表作協致悼詞並介紹辛教授生平簡歷。她說：驚悉本會顧問辛憲錫教授病逝，作協全體會員深感痛惜。我們對辛憲錫教授的遠行表示沉痛的哀悼，對辛夫人、千波和各家屬表示深切的慰問！我們將永遠記住辛教授為大家和澳華文壇所做的一切！辛教授雖遠行，但他的詩文和功績永存！

澳大利亞中華民族文化促進會何孔周會長在他題為〈你走出了一種境界〉的悼詞中說：

憲錫，你走了。

　　你生前，我沒能見上你最後一眼；你死後，我趕來送你走
完人生最後一站。

　　憲錫，你走了，走的是那麼和平、那麼肅穆、那麼悄然。
你沒有惆悵和淒慘，也沒有遺憾和哀嘆。你走出了人生的
一種境界：人生不為名利所累，生命但求充實、自由。

　　其實，人從生下來的那一刻起，就已經在走向死亡。因
此，人們要格外珍愛生命，珍惜生活，珍惜活著的每一
天。要努力讓每一天都活得充實，活得尊嚴，活得隨意，
活得自我，活得自然……

　　憲錫，你走了，你用你生命最後的時刻，撰寫了一篇無字
的思想啟示，留給了後來者，留給了明天。

　　年歲已經不輕的澳洲中國書畫院蔣維廉院長和老伴懷著十分
沉痛惋惜的心情一起來參加辛教授的葬禮。他說：我是來澳洲後認
識辛教授的，他為人厚道。在我辦學最困難的時候，是他伸出了
援助的手。一個人的能力有大小，一個人的貢獻或多或少，但助人
為樂，肯於奉獻的品德最重要。辛教授是一名學者、作家、還是一
位好老師。他出了很多著名的專著，但他從不自傲，而是審慎、
低調；他還是一位當之無愧的中華文化的追隨者和推動者。他在生
前，在來澳之前，不單是在大學執教，而是無私地奔走，組織並推
動著中國散文、中國小說的飛躍：就在他去世前不到一年，雖然退
休在海外，他還積極地策劃著「全球中國詩歌吟唱會」！

　　蔣院長說：「我感到悲痛和惋惜，不光是因為他還年輕，
而是痛惜失去了一位中華文化的戰士。然而，老辛，你放心地去
吧！我會以你為榜樣，我也相信有更多朋友，都會為中華文化的
弘揚不辭辛勞。安息吧！我的摯友辛老！」

中華人民共和國駐悉尼總領事館的唁函說：「驚悉辛憲錫教授不幸病逝，深感悲痛。作為澳大利亞中華文化學會會長，辛憲錫教授生前為在澳大利亞弘揚中華文化作了很多工作，令人敬重。特此對辛教授不幸逝世表示沉痛哀悼。」

中國散文學會林非會長、周明常務副會長也從中國大陸發來唁電。唁電說：「驚悉憲錫先生病逝，痛哉，惜哉！憲錫先生長期以來為我會的組織建設與學術建設工作作出了重要的貢獻。我們將永遠記住他這種努力開拓和奮鬥的精神。敬請家屬節哀珍攝。」

澳大利亞新州華文作協李景麟理事的唁電說：

> 驚聞靈耗，哀痛悲郁，文壇老宿，作協書篋，華章秉斐，經古常新，悼念感銘，長歌當哭。

澳洲詩詞協會喬尚明會長寫了一首〈清平樂〉悼念辛教授：

> 溫容和貌，未語開顏笑。滿腹經綸從不傲，吟友口碑載道。　澳華翰墨耕耘，平生馳騖書文。駕鶴從容歸去，靈台再覓詩痕。

澳大利亞雪梨華文作家協會黃雍廉會長以一首題為〈直上仙山叩九天〉的新詩悼念作協顧問辛教授，在追悼會上請老詩人西彤朗誦：

> 你是文壇一面／高風亮節的旗幟／文光德業正風華／上帝／　卻把你／　從我們的祈禱聲中／　接走／天涯夜雨／

誰是知音／春城晚宴／誰譜長歌／　我們的嘆息／　永遠
喚不回往昔／　煮酒吟詩／　雄談論道的歡樂時光／／想
到莊子鼓盆而歌／也許天國／是你遲早必須歸去的地方／
老友／你就踏著大化流行的雲車／步上天梯吧／／　在杏
壇你是大學教授／　在文壇你是知名作家／　在家庭你是
賢夫慈父／　在朋輩你是仁人君子／人生旅途中／應盡的
責任／該得的光榮／你都擁有了／　回首凡塵／　南柯一
夢／你的夢該是香甜的／／佛說／修身就是修道／天國遠
比人間逍遙／老友／你該帶著微笑／直上仙山叩九天

此外，還有澳大利亞中文學校聯合會等機構以及其他許多作
家文友從各地發來悼詞悼詩或唁電。辛教授一生治學有成，但為
人極其平易謙虛。不論是對什麼樣的朋友，不論是對他的同齡人
還是對年輕一輩，他都是誠心誠意待人，永遠和藹可親，從來不
擺架子。因為如此，正如追悼會主持勞丁所說，辛教授更贏得大
家的尊敬。在追悼會上，大家對他敬佩、思念之情達到頂點，對
他闔然長逝更感到悲痛惋惜！

二

二十世紀六十年代，辛憲錫教授曾任教於天津南開大學
中文系，那時我是該校外文系的學生，也選修中文系的課程，
所以說來還是老師輩份。不過，當時可惜沒有上辛教授所教的
課，我們相見相識，卻是幾十年之後在九十年代中期而且是在
彼此遠離天津的澳大利亞悉尼定居之後。但有這麼一段緣分，
我們更是一見如故。

　　我知道辛教授一生致力於中國文學研究以及中華文化的推廣，頗有成就。其中最輝煌的一次是在1983年8月，他與冰心先生和中國散文界多位名家磋商之後，發起和成立了「中國散文學會」，並被推選為該會副會長兼秘書長。對於中國散文學會的組織建設，辛教授不辭勞苦，全力以赴，為該會日後順利發展，奠定了堅實的基礎。在他努力籌措之下，學會多次召開由全國諸多名家參加的大型會議，深入探討了有關散文本體的理論和演變規律，總結1949年以來散文創作與理論領域的成績與不足，以及如何促進其健康發展的問題。這些學術會議對於中國大陸散文理論與創作，都產生了十分積極的作用。

　　辛憲錫教授本人主要研究成果集中在中國現代文學領域，包括現代小說、戲劇和散文。

　　他的散文理論文章，顯得生氣蓬勃，啟人深思。我個人最欣賞他那篇〈能否營造「大散文」？〉，對賈平凹1992年提出的「大散文」主張作了深刻的闡述和發展。他精確地指出：「大散文的大，不能僅僅理解為篇幅大，而主要指：題材的背景大，內容的容量大，著眼的角度大，謀篇的佈格大，行文的氣勢大，感情的力度大。」那段時間，中國散文創作出現了繁榮的勢頭，甚至出現1993年「散文年」，許多散文名家的優秀作品如雨後春筍，而且一改中國散文向來只關注個人小感情，只追求華麗形式的傳統，也致力於大背景、大題材、大氣勢、大篇幅。這內中當也有辛教授鼓吹「大散文」創作理論的貢獻。

　　辛憲錫教授留下的研究專著包括《曹禺戲劇研究》、《鬱達夫小說研究》、《小說寫作技巧研究》、《小說名篇技巧評點》等。辛教授精湛的學術造詣，為學界所公認，有些著作和論文，至今還被相關領域的學者所關注。在學術研究、教書育人之餘，

辛教授還領導拍攝了中國現代文學改編的影視作品，如《沙菲女士的日記》和《沉淪》等。他這些文學、學術貢獻，相信將永遠留存於二十世紀後期的中國文化史之中。

移居澳大利亞之後的十一年中，辛教授以阿錫為筆名活躍在澳華文壇上，既寫戲劇、散文、小品、雜文，又寫文學評論。他雖然遠離學術研究中心，處於退休狀態，但對文學的熱情並未減退，仍然才思敏捷，寶刀未老。

例如，2001年，辛教授應江蘇社會科學院《世界華文文學論壇》雜誌之邀，撰寫了〈澳華散文漫筆〉，對開始成形的澳華文壇的散文創作第一次作了全面深入的評介。此文與張奧列〈澳華文學十年觀〉、何與懷〈精神難民的掙紮與進取──試談澳華小說的認同關切〉、黃雍廉〈新詩：澳華文學的一季風景〉等專論一起發表，成為中國大陸刊物首次推出的「澳華文學研究專輯」，對近距離描述澳華文壇，提供了寶貴的資訊，引起中國大陸文學界、學術界的關注。

2003年1月，辛教授在《澳華新文苑》第47期上發表〈縱論陳白露〉。此文緣於他最近看了電視劇《日出》，生發對話劇原作作一比較的衝動。

曹禺曾說：「《日出》裡沒有絕對的主要動作，也沒有絕對主要的人物。」辛教授對此並不認同。他指出：「《日出》的主人公顯然是陳白露，由她集結起那個社會的一群『牛鬼蛇神』。她竟有如此魅力，使男男女女都圍著她轉。」現在，「一個又一個陳白露向我們走來，我們又該怎樣認識她的面目？」辛教授提出這個問題，並做了細致的、令人信服的分析。

《日出》作為北京人民藝術劇院的保留劇目，曾多次排演，並在八十年代拍成電影，陳白露的面目基本未變。現在的二十三

集電視劇《日出》，如辛教授所指出，已不屬改編，而是在原作基礎上的再創作。這樣，陳白露也從原來的「交際花」變成一個被人包養的「二奶」。從藝術創作的角度看，這是以當今社會的包二奶現象，去照觀三十年代大款們的生活。

辛教授談到電視劇《日出》的「敗筆」和「錯亂」，又談到在「形成一條以陳白露為中心的矛盾衝突線」上，電視劇比話劇有很大進步。辛教授說，陳白露這個角色歷來都很難演。既不能把她演成一個純情少女，又不能把她演成一個蕩婦。她既可愛，又可憐，又可悲。如今，她已淪為二奶，但又不像現代二奶那樣淺薄。她有一顆高傲的心，似有一種貴婦的氣質。演員徐帆對這個角色的把握，相當準確。她的年紀雖然偏大，但仍然演出了陳白露的天真可愛及其清純高傲的氣質。尤其有些側面鏡頭，角度與光線處理得好，使她顯得又漂亮又高貴，給人的感覺，她就是「這一個」陳白露。辛教授還指出，當今中國社會，繁榮「娼」盛。貧富不均，又使二奶日增。這似乎使陳白露的形象更富生命力，也越具典型意義。辛教授的評論，顯然很有些獨到的見地。

2004年8月，澳大利亞中華民族文化促進會舉辦華人作家吳正長篇小說《立交人生》（即中國大陸版《長夜半生》）作品研討會，辛憲錫在會上做了題為〈小說《立交人生》三題〉的發言，更是非常精彩。

辛教授贊同小說作者吳正的「詩化」說。所謂「詩化」，其意義就在於：它提高了小說的格調與品位，將小說提升到一個新的藝術層面。這是一面旗幟，在庸俗小說、低級趣味小說、准色情小說、掛羊頭賣狗肉等等雜七雜八的小說充斥市場的一個相當長的歷史時期，都將十分鮮明，十分醒目。

　　辛教授欣賞吳正這個見解：「寫小說即寫人。寫人即寫人性。人性由獸性與靈性組成。」他指出，《立交人生》對人性的描寫，最精彩的筆墨在第三十節。這些描寫，已經掘開「人性岩層的深部」，精心提煉出人性之美，並淋漓盡致地展示在讀者面前。不過，縱觀整部小說，辛教授覺得對人性的另一面──獸性的描寫，還不夠充分，不夠強烈。

　　辛教授談到吳正的長篇小說結構藝術的創新。《立交人生》可視為一部心理小說。作者編織的是一張人物心理感覺與心理變化的網，描繪出一幅幅人物的心理流變圖。辛教授說，這種心理結構藝術，沒有曲折的故事，沒有重大的事件，沒有引人入勝的懸念，人物的命運不引起人們的期待，那麼，小說究竟靠什麼吸引讀者？這就回到了上述兩個命題：深刻的人性揭示，濃鬱的「詩之韻味」。

　　《立交人生》後來在中國大陸出版時，引起許多著名評論家的關注與重視。澳大利亞文促會率先舉辦是次研討會，肯定該部作品，可謂全球之首；而辛教授在研討會上的貢獻，也是功不可沒的。

　　最令人為之動容的是，辛教授在他生命最後的日子裡，在重病之中，還寫下兩出小品──〈度假〉和〈世風〉。兩篇作品語言精煉，人物生動，立意明確，有令人抱腹的幽默，有恰到好處的諷刺，看後回味無窮。我特別注意到寫作日期──分別是2006年2月15日和2006年2月22日。這是什麼時候？這是他查出晚期肺癌急忙趕回中國天津醫治而天津醫生認為沒治了又返回悉尼在醫院接受「放療」的時候！這時他算是度過了剛悉病情後精神幾乎崩潰的關口而開始以比較平靜的心態接受現實，就在此時，他自然而然又回到他一生熱愛的文學！

三

　　辛憲錫教授才華橫溢，又富有組織熱情，在中國大陸退休之前，在某些領域也是個頭面人物，所以，他在澳洲這些年來，看得出來是很想再做一些「大事」的。事實上他也做了一些。例如，2000年2月，他發起成立了澳洲中華文化學會。2002年發生澳洲大學入學考試中文簡、繁體使用之爭時，他以學會會長的名義發表多篇文章，力陳中文字體的演變過程及其實際價值，產生很大反響。他還積極參與悉尼中華文化節有關工作……但是，很可惜，在現實生活中，並非事事都能如願以償的。辛教授也踫到類似的困擾。

　　2002年，他創作了一出三幕話劇《四海之內》。他自己說，這個話劇，是他寫作時間最長、花心思與精力最多的一個作品。這個戲的主題有多重涵義，除反對種族歧視與貧富歧視，讚揚澳中友誼之外，還有一層「治國之道」在內。另外，宗教信仰是目前世界上引發紛爭的重要根由，但這個劇顯示，大家互相尊重，平等相待，就可融洽相處。辛教授希望早日把《四海之內》推上舞台。他說，以往所寫那些短小的散文隨筆，就某篇單一的作品而言，畢竟影響有限。這個戲，他想讓它在國際上有所影響。他把它看作來澳以後，「獻給澳洲的第一個作品」。（辛憲錫，〈我怎樣寫話劇《四海之內》〉，《澳華新文苑》33期，2002年10月19／20日）我和澳洲多元文化藝術協會的朋友們為辛教授的熱忱所感染，也想促成此事。我本人為此曾利用到上海之機，找過一位上海戲劇界的「老大」。辛教授後來也到上海、北京等地聯係，甚至排演經費也已經解決，但還是因為滿足不了某些人的商業胃口，最後整個事情無疾而終。

在悉尼舉辦「全球中國詩歌吟唱會」，更是辛教授生命最後幾年最牽腸掛肚、最想達成的一件大事。我還記得，2004年年初大熱天時，我和澳洲中國書畫藝術學院院長蔣維廉等人幾次被辛教授請到住家策劃研究。我還應辛教授之請和悉尼歌劇院經理聯係並商定了2005年的租用日期。辛教授本人則兩次到中國奔走。舉辦這種國際性的大規模的吟唱會，難度非常之大，我們並非無知。但辛教授的決心和努力，著實叫人感動。其實，根據辛夫人回憶，這時辛教授已經有病在身了。他經常咳嗽，但又不肯去檢查身體，冥冥之中好像是害怕查出什麼便會耽誤大事似的。以辛夫人的話來說，他發狠心、下死勁，極力圖望搞成這個「全球中國詩歌吟唱會」，可能就是一種「病態」，他自己也不知道。最後，叫人十分難過並難以置信的是，去年九月居然發生那個不幸事件──辛教授回家路上被賊人打昏倒地。跟著醫生查出他患了末期肺癌！

四

2005年聖誕節，我心底裡多少懷著某種「沖喜」的念頭，特意在《澳華新文苑》上發表了辛教授的〈散文之憶〉。同文章一起登了一張照片，是1983年中國散文學會成立大會上，辛教授在主持會議，後排林非在右，馮驥才在左。這兩位當代中國著名作家，都是他熟悉的老朋友。我在〈編者按〉中說：「阿錫即辛憲錫，資深教授、散文作家、文學批評家。澳洲新州華文作協和悉尼華文作協顧問。本版特別發表阿錫這篇情深意切的回憶舊事亦是盛事的近作，作為節日的問候，並祝願他身體早日康復。」可是──，辛教授始終沒有康復，他終於

永遠離開人世了。這期報紙我請千波交給她父親。辛夫人後來告訴我，辛教授看了，露出了笑容，但又墮入深深的追思之中⋯⋯

散文之憶！於辛教授，的確是舊事之憶亦是盛事之憶。那是多麼繁忙、興奮、盛事連連的歲月啊！那是辛教授一生中最為躊躇滿志、意氣風發的時光！

他一定又一次回憶起，那年暑假期間，他作為天津寫作學會會長，在天津北寧公園招待所辦了一個全國散文寫作講習班。林非是他的大師兄，特地請來為學員講課。他倆商量，何不趁此機會，成立中國散文學會？這個動議，立即得到全體與會作家與學者的熱烈響應。於是，經三天緊張籌備，中國散文學會就在天津召開成立大會，宣告正式成立了。

他一定還想起，第二年，仿照中國散文學會的模式，又在天津成立了中國小說學會。一個中國散文學會，一個中國小說學會，多麼繁忙的社會工作與社會活動啊。但他明確，他的工作重點在散文學會。不過，小說學會有一件事情想起來就覺得自豪——即倡導把小說名著改編成電視劇。他們拍了丁玲的〈莎菲女士的日記〉，又拍了郁達夫的〈沉淪〉。辛教授記得，當他帶著編劇去看望丁玲時，丁玲十分高興，她的莎菲，終於可以走上熒屏，與億萬觀眾見面。小說學會開了這個頭，引發起一股名著改編熱，《紅樓夢》，《三國演義》，《水滸傳》，一個個都搬上了螢幕，真使全國人民大飽眼福。

他還會想起，中國散文學會也曾開過一個好頭，即於1984年秋，首先在安徽滁州舉辦「醉翁亭散文節」。作為會徽的這六個大字，還是冰心老人特意書寫。她在賀電中感歎：「中國終於有了一個散文節！」老人家的興奮心情，溢於言表。

辛教授更記得，第二屆散文節在李瑞環的支援下，於1985年夏天在天津舉行。當時，李瑞環任天津市委書記，又是市長。開幕式當天的晚宴，由李瑞環市長宴請。辛教授記得，當他向李瑞環介紹林默涵、陳荒煤時，李非常高興。李市長愛好戲劇，那天正逢天津市京、評、梆戲劇匯演閉幕，晚宴結束，他就帶大家去看戲。車隊從幹部俱樂部出發，浩浩蕩蕩，直奔中國大戲院。辛教授記得，當演出結束，他隨李瑞環、林默涵、陳荒煤、林非一起上台接見演員，場上氣氛十分熱烈……

他一定不無欣喜地回憶起：那幾年，中國散文的發展勢頭，相當喜人。學會每年都在一個風景優美及經濟發達的城市召開一次全國或國際學術研討會。學會會員發展到一千五百多人，僅理事就有一百多人……

辛教授一定也沉痛地想到，當代中國散文，巨星正一顆顆隕落。秦牧走了，冰心走了，劉白羽也走了。以前每次到廣州，他都會去看望秦牧，這位長者的寬厚與仁愛，給他留下十分深刻的印象。辛教授也難忘赴海南筆會時，與劉白羽在廣州那次長長的夜談。劉的睿智與儒雅，確有散文大家的風範……

辛教授仍然心係散文學會啊。雖然他移民來到了澳洲，但與散文學會的聯繫並未中斷，他辭去了秘書長，仍任副會長，負責國際交流。此時此刻，遙望北國，他眷眷難捨的牽掛仍然是：一顆顆散文巨星什麼時候又將重新升起？他既與散文結下不解之緣，還真想為振興中國散文再做點什麼，以告慰冰心老人在天之靈……

辛教授，您一生精彩而充滿活力。您圓過許多燦爛的夢。我知道，您更擁懷著許多未圓的、可能更為燦爛的夢。天公為何如此無情？！匆匆地就把您召去？！

　　辛教授，您駕鶴西歸了，我想最能告慰您的只有繼續為弘揚中華文化而不懈努力。

　　辛教授，請一路走好。我知道，辛勞了一生的您，要回到青山綠水的老家長眠，享受永恆的寧靜。

發表於《澳華新文苑》第232～233期「悼念辛憲錫教授」專輯，現略有修改。

英年早逝，壯志未酬
——沉痛悼念畢恭

　　驚悉墨爾本華文作家畢恭已於9月11日不幸因病去世，享年只有五十歲。為了表達對他英年早逝的哀悼之情，本期為「悼念畢恭專輯」，特發三篇文章——兩篇是畢恭本人的遺作，另一篇為他的大學老師兼朋友譚加洛所作。

　　畢恭原名熊新建，年輕時個性中就有一種不願盲目屈從於任何權威的強烈的求知欲和正義感。他1980年考入廣州師院中文系，畢業後，卻因檔案裡一份負面材料，別的同學都走光了，他還分配不出去。最後總算得到一份工作，老老實實當了幾年開荒牛，後來者都一個個升上去了，他還原地踏步，這也是最終促使他出國的一個原因。

　　畢恭離開中國十幾年，先是到新西蘭，後轉到澳洲。他專業不對口，身無一技之長，無法融入主流社會，免不了也有苦惱和沮喪的時候。他還經受了妻離子散的沉重的打擊。令朋友們欣慰的是，畢恭終能走出陰影。他頑強拼搏，通過層層考試，找到一份賭場發牌者的工作。畢恭對這份機械單調的工作本身毫無興趣可言，但他珍惜這個改善自己生活處境的機會，更不會覺得在賭場工作有什麼見不得人。他饒有興味地觀察賭場的人生百態，豐富自己的寫作資源；有了穩定的收入，他重新規劃自己的生活，分期付款買了一間漂亮的房子，還開始逐步實現期待已久的「周遊世界」之夢。

　　畢恭熱愛生命，享受生命，追求完美。朋友們注意到，他的頭髮總是梳理得一絲不亂；鬍子不能一天不刮；不同場合穿不同的衣物，領口衣袖都漿得挺挺扣得貼貼；就寢前一定把第二天要穿的衣褲疊得整整齊齊放在椅子上。畢恭業餘時間，既喜歡古典音樂，沉迷歌劇；又喜歡四處旅遊，參觀博物館，感受風土人情；還熱衷探險，下水漂流，上天跳傘，樣樣好奇。他特別酷愛音樂、演技、劇情和舞美都是世界一流的歌劇。這不僅僅是興趣，也是一種品味，一種境界，一種精神層面的追求，只有那些對生活非常認真，非常熱愛，崇尚完美的人才會這麼做。

　　可是，命運竟然對一個如此熱愛生命的人開了一個殘酷的玩笑。今年五月，醫生向畢恭宣佈：他患了晚期胃癌！從發病到確診，整整耽誤了兩個月的時間，此時癌細胞已經深入脊髓，割不能割，治無可治了。但是，在生命最後的日子裡，畢恭還是頑強地堅持他熱愛生命的本色。作為一個癌症晚期的病人，他居然爭分奪秒地參加了「歐洲八國遊」。真像一次悲壯的行為藝術！看來他真的已經超越了對死亡的恐懼！他竟然還有心情觀察社會，從一個癌末病人的角度，比較中、西方社會和醫療制度以及文化、人際關係的差異。他用鏡頭和文字捕捉西方文化的種種，把自己的觀察和思考寫下與人分享。他覺得這樣度過最後的生命才有意義。

　　讓他高興的是，《南方週末》這份中國大陸最受歡迎的報紙為他開闢了題為「風景線」的專欄，從八月底開始，分期連載了他的〈裸體海灘的哲學〉、〈活色生香性博覽〉、〈踏進輝煌的百老匯〉和〈中國新年的N個聯想〉等四篇文章。就在他臨終前一個多星期，還散發著油墨香的報紙終於飛越大洋，由他姐姐親自送到他手上。畢恭曾經說過，他最喜歡中國廣州的《南方週

末》，渴望能在上面發表文章。這也算是還了一位寫作人一生最後的一個心願吧。

畢恭一生一直勤於寫作，在新西蘭、澳洲、中國大陸和香港發表了數量不少的文章。他基本上是一個左右不討好的自由主義者，觀察敏銳，文風辛辣，還有點玩世不恭。其實他也不是一個憤世嫉俗的人，雖屢經挫折，但從不抱怨命運。他的大部分文章都屬一種「比較文化」之作。

四年前，在一本文學選集中，畢恭這樣介紹自己，與其說打算簡樸而精確地總結他的一生，不如說為自己無奈的命運來一番自我調侃：

> 原名：熊新建。來自廣州。
>
> 既不新，也不健。發音常令人在狗「熊」與英「雄」之間困惑。
>
> 出生於火紅的大饑荒年代，落下營養不良；成長於轟轟烈烈的十年浩劫，造就靈魂分裂；求知於第二次思想解放時期，沉積思想混亂。

現在，一方石碑上的《墓誌銘》可以為他蓋棺定論了：

> 一位來自遙遠東方的旅人，生前喜歡啖美食，聽音樂，賞歌劇，交朋友，雲遊四海……並且勤於筆耕，孜孜不倦記錄他對人生的觀察和感悟，即使是在生命的最後時光，他都用朗朗的笑聲感染身邊的每一位親人朋友。
>
> 現在他選擇長眠在異鄉這片他所熱愛的自由的土地。

畢恭已經走了，不可能再有未來，以完成他許多未竟的計畫。但是他生前勤勤懇懇工作，認認真真規劃，分分秒秒享受，孜孜不倦追求的積極人生態度，將會在他的親人朋友以及澳華文壇中留下永恆的記憶。

願他安息！

本文作為編者的話於2007年11月3／4日發表在《澳華新文苑》第296期「悼念畢恭專輯」，取材於譚加洛的長文〈悼念摯友熊新建〉。標題做了改動。

她去了，一片紫色的煙霧……
——悼念郁風老太太

一

2007年4月15日淩晨0點48分，郁風永遠離開了我們。她是
個永遠樂觀的人，她一生崎嶇坎坷，但卻慷慨多姿，所以
才有那麼多的朋友、永留在那麼廣大的人們心中。她是個
總為別人操心、安排的人，但自己不願受人擺佈，她最不
喜歡別人為她哀傷。所以根據她的遺願，不再舉行任何追
悼會或其他告別儀式。記住她的風度、愛心、藝術，這就
夠了。她是個魅力永存的人！承中國美術館最近籌備她與
我的書畫展覽，此展覽將於4月26日照常舉行，這應是對她
最好的紀念。在她病重之中，許多親友不斷致意問候，我
們在此隆重致謝！

噩耗自北京傳來，郁風老太太駕鶴西歸，這是她的夫君黃苗
子老先生攜子女所作的〈辭世說明〉。

她去了，一片紫色的煙霧……

我在哀思中，突然感觸到這樣一種意境。

這是郁風老太太所鍾愛的澳大利亞蘭花楹啊。

　　1989年，郁風同丈夫黃苗子從發生了大事的中國移居澳大利亞，住在布里斯本。剛到不久，郁風發現了這種前所未見的花樹，便驚喜得不得了。在一封給朋友的信裡，她描寫道：

> 我第一次發現它是在博物館旁邊一片空地上孤零零一棵大樹。其他的樹在冬天也不落葉，而它卻姿態萬千地全部以粗細相間的黑線條枝椏顯示它的生命力。有一天我又經過那裡，突然它開出滿樹淡藍紫色的花！沒有任何綠葉和雜色的花。再過幾天越開越盛，枝椏全不見了，一片紫色的煙霧，地上落花也是一片煙霧……

　　蘭花楹，又叫紫楹或藍楹，英文名是Jacaranda，音譯成中文就是「捷卡倫達」。蘭花楹每年十月中旬——也就澳洲的春天——開花，花期一月有餘。那些時日，公園裡，街道兩旁，住家的前院後院，甚至山坡河谷野地中，幾公尺到十來公尺高的蘭花楹一樹都是花朵，而且只是花朵，好似一團團淡紫色的霧靄，如夢如幻，又純粹，又浪漫，讓人醉入心扉。這還是零星獨處的花樹。如果是一排排或者一叢叢的蘭花楹長在一起，成行成片，那更像紫霧繞天，氣象萬千，震撼心靈。那個輝煌的盛開的景象啊，可以說是旁若無人的盡情舒展，或者說得更好是傾盡全力的無私的奉獻。真是無私的奉獻！每天清晨，淡紫色的落花，散發著淡淡的清香，閃爍著晶瑩的露珠，鋪滿一地。但樹上，依然是滿滿的一樹的花朵，這美麗而又奇妙的紫藍花怒放著，飄散著，似是開不敗，散不盡……

　　又過了一些年月。郁風更喜愛她所稱之的「十月的春天」，而且衍及澳洲整片土地和它的自然環境、社會生態。在她的一幅水粉畫下，郁風深情地這樣寫道：

紫色的Jacaranda代表南半球十月的春天。我曾居住在南極
最近的澳大利亞十來年，那是如今地球上少有的沒經過戰
爭蹂躪的土地。在這裡保持了比較原始的人的欲望，保持
了人和土地、大海、動物、自然的關係。生活中需要有花
草樹木，有鳥有魚，就和需要有水有空氣、有食物、有快
樂、有友愛、有自由一樣地天經地義。

　　年過九十的老太太，在生命的最後日子裡，突然很多次跟
她在北京的友人講起澳洲的Jacaranda。北京的去年秋天，她想
到了，此時的澳洲，正是春天，是蘭花楹盛開的季節。去世前
不久，有一天，她又說，真想再回一次澳洲，再看看盛開著的
Jacaranda。那時，她剛做完一個療程的放射性治療。她心裡一定
很清楚，今生今世，這個願望很難實現了。

　　她去了，就像一片紫色的煙霧……

　　按照郁風生前的遺言，喪事從簡，不設靈堂，黃老攜子女只
給親朋好友發了以上幾百字的說明，附上郁風生前所作並非常喜
歡的兩幅水粉畫：一幅是故鄉富春江邊的風光；另一幅就是澳大
利亞的蘭花楹。

二

　　在布里斯本，不經不覺，郁風和黃苗子轉眼竟度過了十個春
秋。就是那段日子，他們又找到心靈的安寧。不消說，郁風終於
開筆作畫，特別畫了很多張蘭花楹的水粉畫。他們進行講學和書
畫創作，撰寫文章，詩詞唱酬，舉辦展覽，周遊列國，日子過得
既安樂又充實；他們的成就，更受到各方面的高度讚揚。

對於澳洲華人文化界，黃苗子和郁風伉儷的到來，是一件可遇而不可求的大喜事。這是一對遐邇馳名的中國當代文學藝術界中的「雙子星座」啊。

有一次，這些文化人以「蝶戀花」詞牌作詞唱酬，便甚為熱鬧。是1995年9月吧，黃苗子和郁風雙雙來到悉尼，和梁羽生、趙大鈍等澳洲名家歡聚。回家之後，黃苗子作詞一首，題為：〈一九九五年九月末悉尼歸來寄羽生兄暨諸友好〉：

> 少年子弟江湖老，賣藝江湖轉眼成翁媼。潑墨塗鴉堪絕倒，可曾畫餅關饑飽。
> 大俠健強兼善禱，佳話勘詞載遍悉尼報。客裡相歡朋輩好，人生最是情誼寶。

陳耀南〈次韻敬和苗翁前輩布城惠示大作〉云：

> 鴛鴦翰苑同偕老，比翼江湖共美雙翁媼。起鳳騰蛟任拜倒，藝林滋茂心靈飽。
> 說法生公為眾禱，絕妙佳詞寰海爭傳報。共道南洲風物好，相濡相愛仁親寶。

趙大鈍則言〈苗子道兄寄示此調依韻奉酬並希正拍〉：

> 劫罅翻身成大老，七載牛棚苦煞閨中媼。魑魅擠排翁不倒，沉酣南史忘饑飽。
> 庶境終嘗心默禱，挽臂雲遊轟動梨城報。藝苑文壇齊叫好，逍遙雙璧今瑰寶。

黃苗子興發，又作一首，為〈步前韻奉答大鈍耀南兩公並寄羽生俠者〉：

八十老頭顛到老，四處塗鴉見惱山陰嫗。昔是牛蛇曾打倒，如今瞧著侏儒飽。

半夜心香何所禱，大俠鴻篇再遍環球報。松雪迦陵詞句好，頻傳嘉什當家寶。

梁羽生依韻奉和云：

踏遍青山人未老，休笑相逢朋輩皆翁嫗。風雨幾番曾起倒，關情憂樂忘饑飽。

浪跡天涯惟默禱，夢繞神州只盼佳音報。更起樓臺前景好，省伊宮女談天寶。

趙大鈍依韻再制一闋：

八二阿翁刀未老，四顧躊躇並翼添賢嫗。天下問誰能擊倒，頻幹氣象毫酣飽。

我向阿翁遙一禱，踐約重來介壽瓊琚報。願月長圓花永好，人生難得寶中寶。

1997年，趙大鈍出版《聽雨樓詩草》，黃苗子欣然評論，指出：趙詩不藉典故的堆砌，純用白描去寫，這種千錘百煉的濃縮文學語言，非有湛深的功底不能達致。聽雨樓的詩極似白樂天，但比白詩略多一些蘊藉。黃老見解中肯，深為眾人佩服。

此詩集的封面為郁風所作的《聽雨樓圖》；黃苗子又調寄「點絳唇」，題曰：

> 浙瀝添寒，憑伊隔個窗兒訴，淋鈴羈旅，舊日天涯路；
> 濕到梨花，廉卷西山暮，花約住，春知何處，深巷明朝去。

南澳國學耆宿徐定戡和黃苗子原調原韻一闋：

> 剩水殘山，黍離麥秀憑誰訴，圖南羈旅，目斷鄉關路；
> 問到歸期，風雨重廉暮，春且住，相依同處，莫便匆匆去。

悉尼女詩人高麗珍題：

> 小樓連夜聽風雨，紅杏今朝絢野林，
> 安得先生春睡穩，賣花聲裡閉門深。

墨爾本書法家廖蘊山題：

> 一塵堪借老南瀛，到處隨緣聽雨聲，
> 不管高樓與茅屋，滂沱浙瀝總關情。

著名武俠小說家梁羽生題：

> 一樓鐙火溯洄深，頭白江湖喜素心，
> 莫訝騷翁不高臥，瀟瀟風雨作龍吟。

博學多才的劉渭平教授則題：

> 瘦菊疏篁又再生，小樓棲隱晚方晴，
> 知翁得失渾無與，祇有關心風雨聲。

趙大鈍自題云：

> 風雨山河六十年，盡多危苦卻安然，
> 垂垂老矣吾樓在，依舊聽風聽雨眠。

這些絕妙詩詞勾畫出《聽雨樓詩草》一書的主旨，也表達了作者們各自的又相近的品性神態、心情志趣。真是心有靈犀一點通。想到他們大多已是耄耋之年，其心可鑒，其情可歎。

黃苗子和郁風與青年才彥的交往也很多。兩老1999年3月來悉尼時，送書法家梁小萍一本散文集《陌上花》。這本書主要敘述他們兩人的人生桑滄和感懷，淡淡道來，不著痕跡，但可以讓人在笑中流出眼淚，或在流出眼淚的同時笑出來。梁小萍作了一首回文詩——〈讀前輩苗子郁風散文集《陌上花》感懷〉：

> 陌上飛花動婉情，煙塵半紀逐空明。
> 跡留藝海癡雲逸，英落淒風聽雨驚。
> 奕奕文詩凝喜怒，緩緩韻律伴枯榮。
> 碧蘿綠泛幽春夢，夕照萍蹤撫晚晴。

（此詩倒讀則為：「晴晚撫蹤萍照夕，夢春幽泛綠蘿碧。榮枯伴律韻緩緩，怒喜凝詩文奕奕。驚雨聽風淒落英，逸雲癡海

藝留跡。明空逐紀半塵煙，情婉動花飛上陌。」）正文詩中第一
句「陌上飛花動婉情」嵌了書名《陌上花》，典出吳越王妃春天
思歸臨安，王以書遺妃曰：「陌上花開，可以緩緩歸矣」。吳人
用其語為歌，而苗子、郁風兩老均喜其含思婉轉的歌詞，於是把
「陌上花」摘為書名。該書問世時正值兩人五十年金婚，而今又
安居澳洲，真可謂「夕照萍蹤撫晚晴」。

三

郁風早年入北平大學藝術學院及南京中央大學藝術系學習西
洋畫，師從潘玉良。但她說她長久以來沒敢把自己當作畫家，最
多是業餘畫家。她說，三十年代、四十年代在戰亂和其他工作的
夾縫裡，畫過漫畫、插圖、水彩、油畫，「也就那麼一點點」；
五十年代、六十年代作行政或編輯，一直是選畫、談畫、掛別人
的畫。十年大難不死，猶如再生的人，她開始認真作畫了，並發
現用水墨宣紙更適於表現自己心中的意象。她的畫作中西合璧，
融會古今，多為文人小品畫，屬彩墨範疇，題材廣泛，筆墨簡練
輕靈，明顯透出女性的細膩。她晚年更熱衷於現代中國畫的探
索，作品構思更趨精巧，色調秀麗，意境清雅，富有濃郁的抒情
意味，表現出現代中國人對於大自然的熱愛，也是她個人經歷的
心靈感受，透出濃郁的人文情懷。這種心靈感受不知不覺地引發
人們的共鳴。如論者所言，郁風畫品很高。據報導，在4月26日開
幕的《白頭偕老之歌──黃苗子、郁風藝術展》上，很多觀眾第
一次見到郁風這麼多傑作，都驚歎不已，沒想到郁風的繪畫藝術
已經達到了如此高深的境界。例如展覽中一幅《江南春雨》，畫
出了煙雨朦朧中的江南稻田、油菜花、白房子等等的奇妙景象。

尤其是雨的畫法，很多人覺得中國畫家中只有傅抱石在畫雨的研究上取得了突破，但郁風這幅畫中的雨也達到了很高的水準。其實，這是郁風一絕。她1997年為趙大鈍《聽雨樓詩草》所作的《聽雨樓圖》中的雨勢也是極其出神入化。

郁風不但能畫，其散文也是精品。她少時受到叔父郁達夫的影響，一直愛好新文藝。她的散文也富於畫家的獨特敏感，體現獨特的個人風格——優雅，沉靜，明麗、清新、純淨。她早年寫過《我的故鄉》，後來增補修訂為《急轉的陀螺》，近年又出版《時間的切片》、《陌上花》、《美比歷史更真實》、《畫中游》、《故人·故鄉·故事》等，很有一發不可收拾之勢。

郁風一篇篇散文，也都是她個人經歷的心靈感受。

1990年12月，她寫了〈芳草何愁在天涯〉。蘇東坡一首詞——「客里風光，又過清明節，小院黃昏人憶別」，很讓郁風感觸：自古以來不知多少詩家詞人寫盡人間的離愁別怨，唯獨蘇東坡雖一再被放逐，背井離鄉，到處為家，寫出詞來卻另有一番瀟灑，即使憶別，也不必哭哭啼啼，而是客里另有一番風光，盡可排遣。

此篇美文最畫龍點睛之處是，郁風感悟了：「天涯何處無芳草」這句話如果反過來說，更是——「芳草又何愁在天涯」？！當時，郁風和黃苗子剛移居澳洲不久，新鮮的客里風光吸引著他們新的傾心，喚起他們再一次搏鬥的生命活力。他們顯然以此自我激勵：「生命就應該在豐富的經歷和不斷有所奉獻的滿足中結束，而不管是在天涯，是在海角。」

在澳洲，在一個似乎與世界隔離但卻頗為自由的天地裡，在生平一段寧靜、舒坦、順心的異域生活中，郁風和黃苗子兩老對往事有許多回顧。郁風在寫出新作的同時，也整理她的舊作，一

篇一篇地審視，一篇一篇地刪改。她的新書《時間的切片》就是
這樣整理出來的。這樣，同時也就是對自己過去的回顧與審視。
1993年5月22日，郁風為此書寫了一篇題為〈縫窮婆的志願〉的
序。她透露出，她曾經有過一個很怪的志願，說出來也許無人相
信，然而它是真真實實在她心中存在過——就是想用她的下半輩
子做一個專門為人縫補破衣的縫窮婆。她這個「志願」發端於她
文革時的獄中生活。1971年11月，她從半步橋普通監獄被解到秦
城，從四、五人一間的破舊狹窄囚室換成一人一間的單獨的新式
牢房。提審的次數越來越少，「階級鬥爭」的是非糾纏逐漸在情
緒上放鬆，在長長的不見天日、不見親人的歲月裡，郁風找到小
小的「歡樂」，其中「最大的歡樂」就是每週一次發給針線縫
補。她已經熟練得可以把任何難以彌合的破洞補得天衣無縫。
「絕對的隔離能使人產生各種意想不到的生理、心理變化。」郁
風因此就產生了這個作縫窮婆的志願。到1975年4月出獄回家後，
她曾對黃苗子和兒子鄭重地說過。現在，郁風坦白說：「自然，
成為一個志願，除了對縫補本身的興趣之外，也還有不願再當知
識份子的意思在內。」

郁風覺得，現在的年輕人很難體會他們這「較老的最複雜
的」一代在當時的心情。事實上，連他們自己也難說得清。例
如，在那場可怕的打砸搶、毀「四舊」的浪潮中，眼看著自己心
愛的書籍文物藝術品要交出來，郁風說他們恐怕主要的還不是悲
傷，根本來不及悲傷，在困惑中思考得最多的還是每天在耳邊轟
響的「最高指示」，時刻告誡自己的是要聽從偉大領袖毛主席的
話——這是「文化」大革命，以前自己革別人的命，現在要革自
己的命。志願做縫窮婆，也是革自己的命的「成果」之一。這背
後的辛酸的無奈，郁風當時思想裡不清晰並不奇怪。不是要求知

識份子「脫胎換骨」嗎？當時，九死一生存活下來的一些知識份子，在淒風楚雨中的確改造得希望「重新做人」——但不要再做知識份子。

1992年前後有一段時間，黃苗子在為台灣故宮博物院撰寫巨著《八大山人年表》；郁風和居住台北、從未謀面的林海音也建立了「特別的友情」，一封信就寫了兩千字。郁風看著一摞林海音寄給她的書，翻翻這本又讀讀那本，感到真是放不下手的一種享受，特別那本更像是她自己經歷的《城南舊事》。林海音2001年12月1日逝世後，郁風在一篇追思文章中說她敬慕林海音一生相夫教子寫作創業，說：「我不禁慚愧地想到，曾經被我青年時代自以為革命思想所鄙夷的『賢妻良母』這個詞兒，已由林海音賦予全新的意義」！論者認為，那是一個一生為家國多難發憤求強的舊時代閨秀的省悟。在這樣的意緒裡，郁風的文字帶著一股異常節約的隱痛，讀來更像一頁痛史的謙卑的註腳。

郁風為1996年11月出版的《郁達夫海外文集》寫的編後隨筆〈郁達夫——蓋棺論定的晚期〉，可能是她最重要、也最費時耗日的一篇文章了。她要為她三叔討回歷史的公正！大半個世紀以來，郁達夫都被冠以「頹廢作家」的頭銜——「曾因酒醉鞭名馬，生怕情多累美人」。後來有一本流行的《郁達夫傳》，概括說他是「與世疏離」的天才，評價好了些但仍然不準確。郁風說，郁達夫就是這樣一個直到死後半個世紀仍被誤解的作家。她強調：郁達夫的一生再複雜，也淹沒不了那條始終一貫鮮明的主線，越到晚期越執著，直到最後他給「文人」下的定義是：「能說『失節事大，餓死事小』這話而實際做到的人，才是真正的文人。」郁達夫是這樣說的，也是這樣做到了，還有比這更嚴肅的人生態度麼？

　　在更廣闊的意義上，郁風何嘗不知道，真實的歷史可望而不可即。歷史往往由權力編織而成；歷史往往被意識形態所歪曲。一切歷史都是當代史。這是義大利哲學家克羅齊（B・Croce）說的。對芸芸眾生來說，討回歷史的公正何其難哉！不過，郁風以她非凡的氣質和感悟，已經大大超越了這一層面。1996年10月25日，郁風從布里斯本家裡給北京傳記作家李輝的一封信上說，她同意亞里斯多德「美比歷史更真實」的見解。的確，美是容不得一點虛假的；美是真與善的體現。對郁風來說，美是如此的重要，她對美又是如此的敏感。她在信上說：

　　「我這個人算不算有點特別，從小到老，現在八十歲還是這樣，看著窗外一棵樹，路邊一種花，天上一塊雲，遠遠一幢房子，或是什麼別的，上帝或人工的操作，只要覺得美，都能使我著迷。哪怕是關在牢裡的歲月，看著那肥皂盒裡的綠茸茸的青苔就舒服，美滋滋的享受，哪怕是片刻，也能完全忘記一切。至今坐飛機坐車我都願靠窗，只要不是黑夜，我總不想閉眼不看。」

　　郁風與美同在；而美比歷史真實比歷史重要。美是永恆的。

四

　　郁風一生崎嶇坎坷。就像黃老攜子女所作的〈辭世說明〉所說的。

　　這也是一個時代的傷痛：上世紀四十年代，郁風的祖母因拒絕為日本人做飯凍餓而死；父親郁華為敵偽特務槍殺；三叔郁達夫在印尼被日軍害死；而自己的一生更是大起大落。特別是在文革。1967年「五一」前，一個晚上，她突然從美術館公開關「黑幫」的「牛棚」裡被單獨拉出去秘密關黑房，並被打昏在地。

1968年6月，她又一次不由分說地被綁架，秘密轉移到美院、戲劇學院和電影學院三處地方，然後到8月又被送回美術館，秘密單獨關在樓上，直到9月4日早上被逮捕入獄。這樣，到1975年4月出獄，她竟然坐了七年牢！

而郁風可是一位「老革命」呢，早在二十世紀三十年代就在上海參加救亡運動，抗戰開始追隨郭沫若、夏衍等人，從事革命文化工作。但壞就壞在郁風當年在上海工作時認識了江青並成了好朋友。1945年國共重慶談判時，江青秘密到重慶還住在黃苗子郁風夫婦的家裡。文革掀起後，位居中央要職當上「旗手」的江青，最怕自己在上海的不光彩的經歷被人知道，到處抓知情人。郁風卻遲鈍於政治的險惡，竟然在這當口，給江青寫了封信，敘敘舊。郁風這封信無疑給她提醒這裡還有個漏網的。

郁風遭災也因受黃苗子「牽連」。他們兩個的社會背景相當不同。黃老1913年生於廣東省香山（今中山市）書香世家，本名黃祖耀。父親黃冷觀在香港辦中學，嶺南名家鄧爾雅跟黃冷觀是老同學，就經常來教這個小孩書法和古典詩文——開啟了黃苗子一生為學之門。1932年，黃苗子從香港跑到上海投筆從戎。黃冷觀緊急給曾同為同盟會員、時任上海市長的吳鐵城拍電報，拜託他關照兒子，結果拜吳之賜，黃苗子一直是拿鐵飯碗的國民黨政府高級公務員。黃苗子身在官場，心在藝壇，交遊甚廣，與許多革命左派文人藝術家成為至交。他利用特殊身份，為共產黨作了貢獻，但套用中國大陸過去一個術語，卻屬「政治背景複雜」，每當政治運動到來——這種運動又偏偏頻頻到來——便不無麻煩。

郁風溫厚樂天爽朗，雖然命運坎坷，「但卻慷慨多姿」。黃苗子也一樣，且更幽默達觀，甚至調皮。他說他有個習慣，不因生死煩惱，坐監，倒霉，反正就是如此，所以不犯愁，甚至把苦

難當作深刻體驗人生、鍛煉情操氣質的機會。他調侃自己「從小就是個沒正經的人」。十幾歲時，萌生了向報刊投畫稿之念，想起個筆名，便接受嶺南畫家黃般若的建議，把小名「貓仔」兩個偏旁去掉，成了「苗子」。後來大家都說這名字起對了，黃老始終像只活潑率真的「貓仔」，一生屢經打擊，本性不改。1988年12月4日，黃老在〈我的自傳〉中說，他1949年到北京，一住至今，恰是四十年整，合指一算，其間當「運動員」至少十五年，當「學習員」也有四、五年，「流光容易把人拋」，拋去一半了。然而，黃老對此不幸卻泰然處之，而且還能如此調侃：

> 父親參加過辛亥革命，坐過牢。我自己也繼承過這個光榮傳統岸岸坐過牢，不過不是為了革命，而是被十年浩劫中的反革命硬指為「反革命」。如果按照「否定之否定」定律，被反革命指為「反革命」就是革命的話，那我一生最革命的，就是這一次。

對於死亡，黃老同樣是超然的。但是，一生風雨同舟、相濡以沫、攜手到白頭的愛妻的去世，對一個高齡九十五歲的老人來說，打擊畢竟是太大了。黃苗子所寫的「辭世說明」，文字透出一種異樣的平靜；而在這些平淡文字下面，相信翻騰著無限的悲痛。在這些悲痛的日子裡，相信黃老心中起伏的，是綿綿不絕的追思。

他們結合，快六十三年了；而兩人相識相知，更是七十多年了。那是三十年代中期，才十七歲的郁風，到上海參加救亡活動，並在期刊發表畫作。黃苗子那時侯剛過二十，也在上海創作漫畫，編輯雜誌。兩人都喜歡藝術，彼此有共同語言，互相吸引，漸漸就走近了。黃老一定想起，他追求郁風時寫給她的詩：

乳香百合薦華緝，慈淨溫莊聖女顏，
誰遣夢中猶見汝，不堪重憶相聚時。

　　當黃苗子向郁風求婚時，有一次最關鍵的時刻，為黃苗子擔任說客的是夏衍。夏公把吳祖光拉上兩個人專程到重慶郊外盤溪徐悲鴻的美術學院找到了郁風。他主要得給郁風解開政治問題的疙瘩。結果，夏公玉成了黃苗子、郁風的「國共合作」。1944年5月，他們在郭沫若的家裡舉行訂婚儀式。當年11月，不同政黨的要員在重慶一同參加他們的婚禮。書法大家沈尹默做證婚人，柳亞子和郭沫若合詩：

躍冶祥金飛鸑鳳，舞階干羽格黃苗。
蘆笙今日調新調，連理枝頭瓜瓞標。

　　黃老會想到文革中那個全國皆知的「二流堂」文化冤案。所謂「二流堂」，最初來源於1944年重慶一個名為「碧廬」的文化人的住所。當時，黃苗子和郁風剛結婚，在重慶定居，「碧廬」離黃公館不遠，所以常常過來。常聚的都是些文化名人，如革命家兼藝術家夏衍、漫畫家丁聰、劇作家吳祖光、畫家葉淺予、電影明星金山、翻譯家馮亦代、歌唱家盛家倫……等等。他們大多自由散漫，性情相投，喜歡聚會閒聊。剛好從延安來的秧歌劇《兄妹開荒》中有個陝北名詞「二流子」，他們便互相以此調侃。有一次，郭沫若來「碧廬」聊天，興致勃勃地要題匾「二流堂」，雖然並未題成，但「二流堂」的名號從此就叫開了。

　　1949年後，黃苗子和郁風、吳祖光和新鳳霞、盛家倫、戴浩等人住在北京「棲鳳樓」，盛家倫稱這裡是北京「二流堂」。

舊雨新知，在這裡談天說地，雖欠舊時風光，也可交流心得、互尋溫慰。豈料偉大領袖點燃「文革」，這些文化人就徹底倒霉了。1967年12月13日，在洶湧恐怖的黑風惡浪中，《人民日報》赫然刊登了一篇檄文，題為〈粉碎中國的裴多菲俱樂部「二流堂」〉，罪名大得怕人。受害的除了一批熟知的堂友之外，還有陽翰笙、葉淺予、丁聰、馮亦代、潘漢年、趙丹、華君武、聶紺弩等人。黃苗子和郁風自然名列其中。這對夫婦雙雙含冤入獄七年，曾經關押在同一個監獄，卻相互不知下落。

近三十年間，黃苗子和郁風夫婦兩人聲名日隆。說到雙方都是藝術大家的夫婦，中國二十世紀很少，論者數得出的，大概只是錢鍾書和楊絳，吳作人和蕭淑芳，張伯駒和潘素等不多的幾對。黃苗子和郁風書畫合璧，均工文字，被譽為中國文藝界少有的才子佳人、「雙子星座」。但他們說他們不敢比，他們根本沒有成為什麼「家」，而是「行走在藝術世界裡的小票友」。黃老就調侃自己從外形到內在始終都很矮小，一輩子都沒有「日高千丈」的希望。他一定想到他們拍攝結婚照的趣事。是葉淺予想的辦法，拍照之前，在黃苗子腳下墊了兩塊磚頭。為此，夏衍還寫過一幅字，叫做「此風不可長」。

黃老不會忘記，他們先後在澳大利亞生活了十年，這裡地大人稀，住的房子很大，他們有一個很大的工作室，三個工作台，中間有一個大桌子。郁風老太太畫完以後的顏料都不用收起來，黃老寫完了字就「偷用」太太的顏料畫畫。郁風經常是丈夫的第一個批評者，從直覺、構圖等方面，最不客氣地評價。黃老有時候聽，有時候也不聽。妻子的畫，黃老也批評。在他們北京家中，有一題為「安晚書屋」的書房，既可會客，也是兩老朝夕閑坐的地方。房門兩邊，各掛一幅古木，上面是黃老篆書對聯，右為「春蚓爬成

字」，左為「秋油打入詩」，其調侃自趣，躍然字中。而黃老手書的「安晚」二字，正是他們自狀和自求的心態。兩老志同道合，互相影響，你中有我，我中有你，融為一體，直到最後。

多少年來，這兩個「小票友」朝夕相對、相互切磋琢磨藝術的情景，是多麼溫馨難忘啊。

而現在，從此卻人去房空。但願黃老節哀。

五

她去了，就像一陣輕盈的風，一團熱烈的火，一片紫色的煙霧……

郁風的逝世，牽動了中國國內國外許多人士的哀思。包括澳大利亞。郁風與黃苗子曾在這裡生活了十年，這裡有他們許多新老朋友。活躍在悉尼中西藝術領域的Mike Harty（何大笨）先生，就是其中一位。這位西方奇人，雖然不會說漢語，卻善中文書法與印章雕刻，曾與黃苗子、郁風結有深厚情誼。他極其欽佩郁風的風度與學養。為了悼念郁風，他特意雕刻了一方印章：「苔蘚籤勇且仁」。這位西方人記得郁風那段非凡的人生經歷——郁風文革坐牢時，一天放風發現地面上的青苔，於是挖起並秘密帶回監房，置養在肥皂盒中。對於酷愛大自然的郁風說來，這一小撮青苔，在那暗無天日的鐵窗歲月，是一種生命的希望和象徵。

梁小萍想到八年前兩老在悉尼給她贈送散文集《陌上花》的情景，想到郁風的畫作《落葉盡隨溪雨去》，想到黃老為亡妻所作的〈辭世說明〉——「她一生崎嶇坎坷，但卻慷慨多姿」，便哀思綿綿，無法壓抑。她為郁風前輩寫了兩首悼念律詩：

其一

細雨輕敲陌上花，天愴莽莽失嬌霞。
誰書俊逸搴豐色，孰繪風騷把彩華。
嫋嫋鮮荷還滴夢，淒淒淡月正搖葭。
緩緩歸去仙山閣，問訊清魂幾訪家。

其二

漫若繽紛日歲紅，一生灑脫一如風。
一生優雅傳奇色，半百滄桑自在功。
西暢無崖遊奧渺，東瞰目盡寫龍蔥。
吟成落葉隨溪去，騎鶴翩然逝遠穹。

　　澳洲的朋友們懷念郁風老太太。大家都知道她喜愛這裡的蘭花楹。郁風老太太今生今世，已不可能再回到澳大利亞，已不可能再見到她如此喜愛的蘭花楹了。然而，蘭花楹是有信的。一年一度，蘭花楹花開花落，從不耽誤。而芳華退後，枝頭上便漸長嫩葉，由淺翠轉為深綠，又是另一番景象。生命不息，美的力量不滅，不過是表現為另一種形態吧。

　　澳洲的朋友們知道郁風老太太有個英文名Wendy。Wendy的一個異體字是Windy——「風（有風的）」，或據她自己箋釋，倒過來是她的「風」衍生出Wendy。而Wendy的意思是「朋友，友好」，音譯為「溫蒂」，從音義推想，都有溫和之意，這也是郁風的為人。讓我們記住這位溫和友好樂天爽朗的老太太，記住她的風度、愛心、藝術。

行雲流水，歲月匆匆。這些年來，長壽的郁風和黃苗子曾經送走一個又一個老朋友。記得1995年夏衍去世時，兩老送了這樣一幅輓聯：

舊夢懶尋翻手作雲覆手雨；
平生師友一流人物二流堂。

此幅輓聯，也如論者評論郁風的文字一樣，「帶著一股異常節約的隱痛，讀來更像一頁痛史的謙卑的註腳」，不但點出長長歲月中的經歷與交情，也道盡此生的辛酸。不但是夏衍一人的辛酸，更是他們那一代受盡折磨的知識份子的辛酸。而這些人都是「一流人物」啊。

又記得2005年10月25日，巴金去世後八天，黃苗子郁風夫婦，和丁聰沈峻夫婦、邵燕祥、陳思和、李輝等人，來到嘉興圖書館，參加「奔騰的激流——巴金生平活動大型圖片展」開展儀式。巴金去世前兩年，郁風畫了一幅《巴金在沉思》，現在展覽中有一幅郁風在她的畫前的留影，下面是黃苗子抄錄的巴金的言論：「建立文革博物館是一件非常必要的事。惟有不忘過去才能做未來的主人。」黃苗子在他的書法作品前留影。他書寫道：「對我的祖國和同胞，我有無限的愛。我用我的作品，來表達我的感情。我提倡講真話。2003年錄巴金一封信的話。」

這就是中華民族的知識份子。他們終生堅守的文化精神浸透著中華文化的精華。讓這些精神得以流傳並在所有人的心中開花結果吧。

　　或者，此時此刻，我們不僅悼念郁風老太太，也應懷念所有同一命運的中國知識份子──他們大都亦已經去世了⋯⋯

　　　　　2007年4月25日前後寫於澳洲悉尼，發表於《澳洲
　　　　　新報・澳華新文苑》第270～272期，以及北京「天
　　　　　益」（現名「愛思想」）等網站。

一卷浮雲行海外，春風長煦萬邦人
——紀念前輩詩人學者劉渭平教授

　　是在上個星期六，世界華人和平建設協會雪梨總會理事會開會時，得知劉渭平教授已於前一天去世的。劉教授享年八十九歲，相當高壽了，但噩耗傳來，一時還是難以接受。

　　亦非常內疚。我今年八月去中國大陸參觀、訪問、開會，十月才回到雪梨，回來後可能因為早些時候的勞累又病了一些天，這樣就把一件重要的事耽擱了——今年三月間，我們幾個人曾當著劉老的面詢問可否為他提前慶賀九十大壽，現在這件事是永遠也不能實現了。劉老和王舒侃女士就住在離我住處不遠的一座樓上，劉老去世前已送往醫院留醫三個星期，而我竟一無所知，實在很不應該。

　　哲人其萎，令人哀悼。我猛然痛切感到，這是澳華文化教育界一個不可彌補的損失！

　　劉老1915年誕生於北京。早歲畢業於中國廈門大學，為法學學士。後通過高等文官考試，外交官職合格，於1945年由重慶派來澳大利亞，任雪梨總領事館副領事及柏斯領館領事。1949年離職後留澳，曾短期經營商業，期間仍到雪梨大學研究歷史，獲得文科碩士，後來又榮膺雪梨大學哲學博士頭銜。1956年，劉老開始從事教育工作，最初協助雪梨大學擴充東方研究系，擔任講師，1980年以雪梨大學東亞研究系副教授名位光榮退休。此後十多年來，除了還回雪梨大學講課外，還於英國牛津大學、美國夏

威夷大學、台灣中國文化大學、政治大學、上海華東師範大學、香港大學等校開設客座講席。劉老熱心教育，扶助後學，可謂桃李滿天下。而劉老高風亮節，學貫中西，亦為大家所贊佩敬仰。英文自傳《浮雲》（Drifting Clouds，2002年）就是由其弟子、雪梨大學前文學院副院長陳順妍博士（Dr. Mabel Lee）所主持的Wild Peony出版社出版。去年12月8日，陳順妍博士為《浮雲》舉行發佈會，嘉賓百餘人，多為西方學者及劉老門人，場面既隆重，又真摯、溫馨。說來湊巧，不才上個世紀八十年代在紐西蘭奧克蘭大學進修，一時興起，報讀博士學位，承蒙當時大學亞洲語言文學系代系主任Margaet South博士接納。多年之後在雪梨見到劉老，談及舊事，原來South博士亦是劉老學生，為陳順妍博士同學，在場者都笑道劉老因此應該是何某人的「師祖」了。

　　澳華文學界、學術界一致公認劉老是「書寫澳華春秋第一人」（張奧列：〈書寫澳華春秋第一人〉，《澳華名士風采》，香港，天地圖書，2003年）。1945年劉老初蒞澳洲，即感到華人對澳國人文歷史，特別是排華運動與白澳政策之發生以及華人遭遇苦難之血淚史實，所知甚少，對先輩來澳從事淘金及其後在這個國家奮鬥謀生、篳路藍縷創立事業尤多茫然，因此立志致力於澳洲華僑史之研究。他從浩瀚之資料中細心勾畫，而且所獲得的許多珍貴史料絕非掇拾西文翻譯，多為躬親諮訪所得，為世人所未見。到雪梨大學任教不久之後，即在台北出版自己第一本書《澳洲華僑史話》。退休以後，稍得閒暇，又整輯出版了《澳洲華僑史》（香港，星島，1989年）。其後，研究範圍從澳洲而兼及大洋洲其他各地，繼續增集資料，再得《大洋洲華人史事叢稿》（香港，天地圖書，2000年）一書。這種孜孜不倦、鍥而不捨、嚴謹認真的精神，自然導致學術上的成就，尤為研究華僑史

者所推崇。楊州大學祁龍威教授讀罷《澳洲華僑史》，就深有感觸，指出編撰華僑史「必須在所在國家搜集史料」（祁龍威，〈編選華僑史的幾點啟示──讀劉渭平著《澳洲華僑史》〉，《澳華新文苑》第57、58期，2003年4月5／6、12／13日）。香港大學趙令揚教授則指出，「『海外華人研究』特別對澳大利亞近一百年來華人研究，為目前澳大利亞學術界一重要及熱門課題，作為這方面開拓者之劉渭平教授，居功至偉，貢獻良多。」（趙令揚，〈趙序〉，《大洋洲華人史事叢稿》，2000年，頁II）

我還必須指出，作為一個歷史學家，劉老深知天下大勢，對中國和平統一，對中華民族復興，懷抱堅定信念。他不囿於書齋，雖然年邁力衰，還儘量參加社會活動。他是台灣馬鶴齡老先生創建的世界華人和平建設協會雪梨總會的顧問，又是雪梨華人領袖邱維廉先生擔任會長的澳洲中國和平統一促進會的顧問。他生命最後幾年的一個公開活動是接受世界華人和平建設協會雪梨總會邀請，在一個研討會上主講澳州華人歷史、現狀及未來。我作為是次研討會的主持人，深為劉老的精神所感動。

劉老也是開拓澳洲漢學研究的功臣。他本身對中國傳統文化具有極高造詣，尤其精研中國傳統詩，所著《清代詩學之發展》是其博士論文，原以英文寫就，題目為：A Study of the Development of Chinese Poetic Theories in the Ch'ing Dynasty（1644-1911）。劉老博學多才，而且記憶力奇好，大學的同事們都稱他是「活百科全書」。1991年出版的《小藜光閣隨筆》，分人物、文史、紀遊等篇，語言雋永，耐人尋味，而且敘述精審，足為治史者參考。劉老詩書畫，雖為課餘遣興而已，卻無一不精。2001年出版的《小藜光閣詩集》，按澳洲文壇耆宿趙大鈍老先生所言，「其平生志事，情深意婉，得風雅之遺，彌足珍貴」（趙大

鈍，〈劉老渭平教授米壽奉呈六絕句〉，《澳華新文苑》第53期，2003年3月8／9日）。趙老先生還認為劉老「深研儒家之學，不忘久要之言」（同上）。雪梨文壇冰夫先生亦指出，劉老這兩書內容豐碩廣博，理義精深，「玉想瓊思，宏觀博識，妙喻聯珠，警句泉湧」。冰夫先生說他自己數年來，經常拜讀，獲益匪淺，是他在澳洲獲得的最有珍藏價值的精品之一（冰夫，〈一夢重來五十年──讀劉渭平教授《吳門雜詩》〉，《澳華新文苑》第6期，2002年4月13／14日）。

作為一個詩人學者，劉老的一生可謂碩果盈盈，這當然是長期辛勤努力所致。劉老做學問嘔心瀝血，精益求精，我是有親身體會的。此處僅記一事。去年九月，他八十八歲誕辰之際，適所著《浮雲》一書亦脫稿，於是抒寫七律一首，以作「自祝」（劉老語）。《浮雲》出版時，此詩以及劉老自譯的英詩對照刊印於全書正文之前，可見是相當慎重的。中文詩曰：

> 壯時豪興垂垂減
> 老去稱觴亦淡然
> 自愧隨人誇米壽
> 但期安分樂堯天
> 夕陽依嶺溫猶在
> 楓葉經霜色更妍
> 一卷浮雲新著就
> 寄情歌嘯遣餘年

今年二月底，我向劉老探問能否在我主編的《澳華新文苑》上刊登此詩，劉老欣然同意，交我一紙，上有手書全詩，但第六

行開頭「楓葉」兩字已改為「老樹」；最後一句中，原為「歌嘯」，現改為「吟嘯」。這看來僅僅是幾個字的小改，卻使我極其感動。特別是「老樹」之改，我知道，這半年來，劉老一定已多次為此推敲，難以決斷。「楓」或「楓葉」，是劉老喜愛的景色，經常入詩，如〈秋日寄懷鈍老〉一詩以「江楓紅遍夕陽山」結尾；〈秋日偶成〉有「江楓紅燦爛，回照遍前汀」一句；〈吳門雜詩〉有「瑟瑟江楓月上遲」（之一）、「楓葉經霜尚著枝」（之二）、「山塘十里楓如錦」（之四）等句子；〈牡丹江鏡泊湖〉則以「楓葉初黃菊未枯」開首；〈題山水〉有「秋山此日楓如錦」句……我甚至發現，劉老年歲越高越愛「楓」景，越愛以「楓」抒情，以「楓」自勉，如〈六九初度〉一詩，就已經出現「霜葉經秋色更妍」這樣類似的句子。楓紅壯麗，經霜更妍，精神可嘉，確可提神省腦，振奮身心。以「楓」自勉，這當然很好。但我想，多數人都會同意，在這首「自祝」詩中，「老樹」的意象應該更為合適，而且與「夕陽」相對也更工整。

八十八歲高齡，以「老樹」自比，我想到，還不單單是詩品的問題，這是劉老人品的寫照。老樹，是多麼厚實、而又多麼謙卑的形象啊！從「楓葉」到「老樹」，久經滄桑，閱盡人世，此時的劉老，「夕陽依嶺溫猶在，老樹經霜色更妍」，是尚存的豪情，但更多的，是虛懷若谷，大徹大悟。「老去稱觴亦淡然」，「但期安分樂堯天」，心境已返歸自然。

或者還可以想一想，把「楓葉」改為「老樹」，是否內中透露出什麼意思？劉老是否已感到生命已走到最後的階段？也許劉老對自己一生亦有幾分遺憾？所謂人生不如意之事十常八九，劉老亦難以倖免。家庭事故是其一，許多該做而又來不及做的事情，以劉老嚴謹的態度推測，更是讓他揪心。劉老窮盡一生精

力，研究華人歷史，多麼瑣碎的問題也要追根問底，弄個水落石出，但自己的子孫後代卻不諳中文，不瞭解中華文化，甚至對自己家族歷史亦不甚清楚，這多少是個人生難以接受的玩笑。劉老在大學教授中文，卻沒有教授自己孫輩中文，老來發覺，這可能是自己一個疏忽了。《清代詩學之發展》的英文原本，劉老也沒有機會潤色出版。在《浮雲》一書中，劉老還表達他一個希望，就是把《澳洲華僑史》全書翻譯成英文⋯⋯

但一切都可能為時太晚了。《浮雲》的寫作使他精力大為透支。這一年來，他身體每況越下，「老樹」慢慢枯萎了。

但是，劉老，您不必為這些牽掛了。您這一生是很了不起的一生，是豐富壯闊的一生。您這一生足為我們後學所敬仰；您的成就足可以留芳百世。正如趙大鈍老師去年為您「米壽」所寫一詩（〈劉老渭平教授米壽奉呈六絕句〉之五）所言：

> 為儒為仕鏡無塵
> 老去依然筆有神
> 一卷浮雲行海外
> 春風長煦萬邦人

劉老，您可以含笑安息了。

2003年11月19日下午，瞻仰劉老遺容。劉老生前種種，歷歷在目，思緒萬千，夜不能眠，寫出以上文字，僅以紀念。

發表於《澳洲新報・澳華新文苑》2003年11月29／30日第91期「悼念劉渭平教授」專輯，並收入《劉渭平先生紀念集》。

附錄

看來不僅僅是辯論世界華文文學的問題
——也談陳賢茂教授的〈也談〉

摘要

進行世界華文文學研究應該採取開放的態度，懷抱多元的理念和普世的價值取向，不然的話，可能成為絆腳石而且不能自省。文章各節小標題為：

一、論爭的緣起：陳教授的兩個基本觀點

二、從一個極端跳到另一個極端：陳教授關於「華文文學中心」的新解釋

三、讓人啞然失笑的「反駁」：看陳教授如何堅持他的「回歸」論

四、「偉大」的儒教重建構想：虛妄或令陳教授神往？

五、所謂「不倫不類的變種」：駁斥陳教授的中西文化觀

六、「從『五四』到『文革』」：陳教授一個值得注意的提法

七、關於「全球化」：陳教授的危言聳聽阻擋不了時代的步伐歷史的進程

八、心態、理念、價值取向及其他：和陳教授辯論值得嗎？

關鍵字：多元文學中心；多元昇華；儒教；中西文化觀；五四；文革；全球化；普世價值

一、論爭的緣起：陳教授的兩個基本觀點

2006年7月，筆者參加在中國吉林市吉林大學舉行的「第十四屆世界華文文學國際學術研討會」，向大會提交了一篇論文，題為〈評《海外華文文學史》主編的兩個基本觀點〉（下稱〈評〉文），該文收印在研討會論文集中。此文原文本（吉林大學編印的論文集嚴格規定字數，是刪節本）是從筆者一篇提交給2001年悉尼國際華文文學研討會的論文（即〈關於華文文學的幾個問題〉，後發表於《海南師範學院學報》2001年第5期；並被北京《新華文摘》2002年第4期轉載）的兩個小節擴充寫成的，曾發表於香港《當代文學》雜誌2004年總第12期，也收在筆者的《精神難民的掙扎與進取》一書中。前幾年筆者亦曾把它傳給汕頭《華文文學》雜誌希望發表，但有關編輯考慮到文章評論對象是刊物的原資深領導覺得不好辦。吉林大學研討會之後，《華文文學》的編輯總算終於把它刊出（按刪節本），登在2006年第5期首次恢復的「爭鳴篇」欄目上。

陳賢茂教授的兩個基本觀點見諸於他主編的《海外華文文學史》，在他親自撰寫的全書〈導論〉中提出。其一可稱之為「回歸輪」。在這部1999年8月出版的兩百萬字的四卷本巨著中，陳教授這樣描述當前華文文學世界的狀況（《海外華文文學史》，第一卷，頁49）：

> 正當中國某些標榜先鋒的作家和學者熱衷於在西方文化中淘金的時候，海外華文文學卻正在悄悄地向中國傳統文化回歸，無論從內容到形式，從藝術構思到表現技巧，都體現了中國傳統文化的特點。

他還說（同上）：

這種潮流還剛剛在興起，但很快會變成一股熱潮。

　　陳教授另一個基本觀點是關於華文文學多元文學中心問題。他認為：對華文文學世界中是否可以存在多個文學中心的問題，回答可以是肯定的；而對目前是否已經形成多個文學中心，答案則是否定的。例如，在他看來，新加坡在華文文學發展「普遍不被看好」的情況下，要成為華文文學中心，談何容易；馬來西亞將來極有可能，但目前還不具備成為文學中心的條件。至於美國和歐洲華文作家，據陳教授考察，他們雖然多已加入了外國國籍，卻仍然自認是中國人，以其作品能進入中國文學為榮。這些作家主觀上既沒有另立中心的意圖，客觀上也不存在形成中心的條件。他們為中國人而寫，以中國人為讀者對象，「與中國文學就沒有太大的差異了」（《海外華文文學史》，第一卷，頁21-22）。

　　筆者以為陳教授這兩個觀點失之偏頗，因而寫出並發表〈評〉文。在2007年第1期的《華文文學》上，剛剛東山再起重新走馬上任該刊主編的陳教授發表了〈也談《海外華文文學史》主編的兩個基本觀點〉（下稱〈也談〉），回應筆者的商榷。而筆者在悉尼舉行的華文文學研討會上、在悉尼華語電台的採訪中，以及其他場合上，進一步回應了陳教授的回應。筆者還以「鐘鶴」的筆名寫了一篇述評：〈關於世界華文文學的兩個基本問題——何與懷博士與陳賢茂教授論戰〉（《澳洲新報·澳華新文苑》，第299期，《澳華文學研討會專輯一B版》，2007年11月24／25日）。但認真看來，筆者與陳教授的論戰，還並不僅僅是世界華文文學的問題，並不僅僅是文學的問題，但又關係到世界

華文文學的健康發展。這是為什麼還要寫出此文，再次請教陳教授，以及各位讀者、方家。

二、從一個極端跳到另一個極端
——陳教授關於「華文文學中心」的新解釋

關於「華文文學中心」問題，陳教授現在把他的觀點更改如下（《華文文學》2007年第1期，頁64）：

> 世界上凡是有華文文學存在的國家，都是華文文學大家庭中的一員，無所謂中心或邊緣。就連中國，也只是這個大家庭中平等的一員，並不是什麼中心。

這種改變，就陳教授本人來說，或者廣而括之，對所有曾經持「中國（精英）中心」觀點者來說，應該被視作一個進步。不過，如果稍為察看陳教授的上下文，就會發現，他現在改口稱「無所謂中心或邊緣」，並非由衷之言，起碼是前言不對後語。因為在他作出這個結論之前幾段，他對新加坡華文文學的歷史和現狀作了一個考察，得出如下看法（同上，頁63-64）：

> 可以毫不誇張地說，上世紀六十、七十年代的新加坡，是名副其實的東南亞的華文文學中心。東南亞的華文文學界，都唯新加坡馬首是瞻，就連我們現在慣用的華文、華語、華族、華文文學等新詞，也都是當年的新加坡人創造的……上世紀八十年代以後……新加坡在東南亞華文文學界的地位，已逐漸被馬來西亞所取代。

新加坡華文文學從邊緣成為中心，又從中心淪為邊緣……

且不討論陳教授的考察本身，只想問一句：如果「無所謂中心或邊緣」，新加坡華文文學又何以會「從邊緣成為中心，又從中心淪為邊緣」？

陳教授還對「多元文學中心」的觀點這樣表示（同上，頁64）：

我認為，在華文文學研究中，還是少用這種提法為好。

如果你認定「無所謂中心或邊緣」，邏輯的結果必然是：「這種提法」就是根本不對，是對根本不存在的事物捕風捉影，而不是「多用」或「少用」的問題。

其實，陳教授他這個所謂「進步」，也暴露出陳的內心深處某些不好明說的東西。在他看來，原來「中心」就不是「平等的一員」。所以他又說（同上）：

誰都想成為中心，但如果全部都是中心，也就無所謂中心了。

顯然，這就是他的擔心所在！對此，筆者似乎有「先見之明」。在好幾年前的〈評〉文中已經指出，文革時各派「以我為中心」；對此，毛澤東說，多中心等於無中心，這顯然是要維護他的權威。但是，文學中心不是政治中心，不是權力中心，假如不把「中心」這個詞看得過於嚴重，應該承認，在華文文學世界中已經形成多元文學中心（《華文文學》2006年第5期，頁99）。

　　但是，有些人就是要維護真真假假的權威，就是把「中心」這個詞看得非常嚴重。在某次國際華文文學研討會舉行期間，某位「內部人」就曾經像透露秘密一樣地向筆者「透露」：當年×××大力鼓吹「多元文學中心」的觀點，是別有用心，是企圖自立中心，「我們」當然要抵制，要反駁，不能讓他的企圖得逞……云云。

　　陳教授還透露他取消中心論的一個用意（《華文文學》2007年第1期，頁64）：

> 因為一提中心，就必然要提邊緣，一提邊緣，就給人一種
> 屈辱的感覺，一種從屬的感覺，一種被擠壓的感覺，一種
> 被忽視的感覺。

　　「屈辱」！「從屬」！」被擠壓」！」被忽視」！何來這麼多的消極陰暗的感覺？！

　　陳教授現在宣稱「無所謂中心或邊緣」，從一個極端跳到另一個極端，可以說是同一種心態的一種極端折射。其實，如果平心靜氣根據客觀事實而論，或者理論一點從系統論及其層次觀念或多元系統理論來說，「中心」和「邊緣」是客觀存在，是完全正常的，並不以人的主觀肯定或否定所決定的。而且「中心」和「邊緣」的存在不是簡單的、單獨的、死板的、固定不變的存在。它們不過相對而言。換言之，某個「中心」相對另一個「中心」，大可能是「邊緣」；某個「系統」相對另一個「系統」，也可能是「中心」與「邊緣」的關係，都很正常，並不必諱言的。品質、能量、時間、空間、系統、層次、結構是客觀事物的存在方式。系統與系統之間，大系統和它的小系統之間，事物是普遍聯繫和相互作用的，而且此一時彼一時。

　　筆者〈評〉文已經指出，文學中心不是有「意圖」就可以「另立」的——它不是自封的，也不是外定的；另一方面，雖然沒有「意圖」它也可能不經意就出現了——它是文學活動文學業績自然推動的結果。就讓我們平心靜氣回到周策縱教授最初也最簡單最實事求是的說法吧。他說，華文文學，本來只有一個中心，那就是中國。可是自從華人移居海外，在他們聚居的地區建立起自己的文化與文學，自然會形成另外一些華文文學中心。這是既成事實（見筆者〈評〉，《華文文學》2006年第5期，頁99）。

　　當然，對於世界各地華文作家來說，中心不中心，或者主流支流之分別，不必成為關注的問題。瘂弦說得好：海外華文文學無需在擁抱與出走之間徘徊，無需墮入中心與邊陲的迷思，誰寫得好誰就是中心，搞得好，支流可以成為巨流，搞不好，主流也會變成細流，甚至不流。筆者也指出，中國大陸作為華文文學的發源地，有數千年歷史，誕生許多偉大作家和不朽作品，它的文學思潮、文學流派、文學運動影響深廣，自然是最大的中心。不管出現多少個中心，中國大陸這個中心也是絕對不可能被替代的。或許還可以這樣指出，在中國大陸這個大中心內也會出現多個小中心，各自呈現出強烈的、甚具價值的地方色彩……。

　　筆者始終認為，多元文學中心的觀點是積極而有意義的。有志弘揚中華文化、推動華文文學在世界發展者，都應該拋棄「中國（精英）中心」的唯一中心的過時觀念，都應該支持並推動華文文學世界多元文學中心的出現和發展，對「多岸文化」競逐領導地位的百花爭豔、萬紫千紅的景象，都應該感到由衷的高興。由邊緣走向另一個中心；由一個中心發展出多元中心，正是世界華文文學興旺發達的標誌。

三、讓人啞然失笑的「反駁」
——看陳教授如何堅持他的「回歸」論

關於陳教授的「回歸」論，他在〈也談〉這篇長文中，專門用了長達七千多字的一半篇幅「回應」筆者對此的質疑。但竟然從頭到尾都沒有觸及到他自己在《海外華文文學史》導論中甚為得意地提出、而為筆者不表贊同的對當前華文文學世界的狀況的這個描述——「正當中國某些標榜先鋒的作家和學者熱衷於在西方文化中淘金的時候，海外華文文學卻正在悄悄地向中國傳統文化回歸，無論從內容到形式，從藝術構思到表現技巧，都體現了中國傳統文化的特點。」而且，「這種潮流還剛剛在興起，但很快會變成一股熱潮。」

筆者說世界上沒有這麼一個「潮流」更沒有這麼一個「熱潮」，針鋒相對，極其明確，你要反駁嗎，很簡單，就請針鋒相對清楚具體地告訴人們，今天世界華文文學是如何以你之見「都」「正在」「悄悄地」向中國傳統文化回歸，「都」體現了中國傳統文化的特點——無論「從內容到形式」，無論「從藝術構思到表現技巧」！而且，既然是「都」，既然是「正在」「悄悄地」，既然是「潮流」甚至「熱潮」，你還要把「都」、「正在」、「悄悄地」和什麼「潮」都抖出來讓孤陋寡聞者或視而不見者開開眼界見識見識。還有，請你不要忘記你白紙黑字標明的時間狀語——「正當中國某些標榜先鋒的作家和學者熱衷於在西方文化中淘金的時候」。

可惜，讓筆者大失所望，陳教授在長達七千多字的反駁中居然所有這些爭論焦點連一點都沒有涉及！

在時間上，陳教授現在〈也談〉中改為：「在對待中國傳統文化問題上，大體上可以20世紀70年代為界，70年代以前，是全

面否定中國傳統文化階段；70年代以後，則是逐步回歸中國傳統文化階段。」（《華文文學》2007年第1期，頁56）請問：這是「正當中國某些標榜先鋒的作家和學者熱衷於在西方文化中淘金的時候」嗎？

在內容上，筆者和他爭論的是「世界（或海外）華文文學」的現狀，他現在卻用中國大陸他所歸納的某些狀況來搪塞，說什麼「在中國大陸實行改革開放之後，同時也開始了回歸中國傳統文化的進程。由於阻力重重，這個進程是緩慢的，漸進的。最近數年來，則出現了加速的跡象。」（同上，頁57）如何「加速」呢？他舉了「2004年9月，孔子故里曲阜首次舉辦了由政府出面主持的祭孔大典」……等等幾項事例。之後，也許他自己也覺得他所列舉的這幾項事例跟世界華文文學太風牛馬不相及太蒼白無力太失學術風範了，只好無可奈何地承認：「上述事實，也許還不足以構成回歸中國傳統文化的熱潮」（同上，頁58）。

筆者看到這樣的「反駁」不禁啞然失笑。陳教授當年為兩百萬字的巨著《海外華文文學史》撰寫全書〈導論〉以舉綱張目時不是胸有成竹振振有詞嗎？不是毫不含糊斬釘截鐵嗎？你當年弄「潮」的氣勢哪裡去了？

看得出陳教授仍然堅持他的這個「回歸」論，但他難以正面地具體地清晰地給以論證，只好回避了。本來，說什麼海外華文文學現在正在整體性地向中國傳統文化回歸；說什麼海外華文文學現在無論從內容到形式，從藝術構思到表現技巧，都體現了中國傳統文化的特點；說什麼這個回歸已形成一種潮流而且這種潮流還會很快變成一股熱潮，都是陳教授一廂情願的天方夜譚！瞭解世界華文文學歷史和現狀的人都可以證明：事實上世界上根本沒有這樣一股「熱潮」或「潮流」。這種以所謂回歸傳統與否作

為著眼點的論述肯定會歪曲整個華文文學世界豐富多彩的面貌，特別是當審視的範圍也包括這幾年很引起注意的所謂「新海外文學」或「新移民文學」的時候。

關於海外華文文學與中國傳統文化的關係，筆者〈評〉文已經討論過周策縱教授生前提出的「雙重傳統」的觀念。所謂雙重傳統是指「中國文學傳統」和「本土文學傳統」。他認為，各地華文文學一定是溶合這兩個傳統而發展，即使在個別實例上可能有不同的偏重，但不能有偏廢（周策縱：〈總評辭〉，《東南亞華文文學》，新加坡作家協會與哥德學院編，1989年，頁359）。如鍾玲教授指出，一個好的作家作品中會吸收、融鑄多元的文化傳統，因為在現實中沒有一種文化是完全單一的，因為任何人所處的社會不時都在進行多元文化的整合，有的是受外來的文化衝擊，有的是社會中本土文化之各支脈產生相互影響而有消長。作家的作品必定反映這些多元文化之變化。另一方面，有思想的作家必然會對他當時社會的各文化傳統作選擇、作整合、作融合（參看鍾玲2002年5月在非洲華文作協文學年會的專題演講：〈落地生根與承繼傳統──華文作家的抉擇與實踐〉）。不少作家也從他們各自文學創作實踐總結出可貴的經驗。如白先勇有一句話講得很清楚，在處理中國美學中國文學與西方美學西方文學的關係時，應該是「將傳統溶入現代，以現代檢視傳統」（袁良駿：《白先勇論》，台北爾雅出版社，1994年，頁352）。哈金則說得很形象：「抵達遠比回歸更有意義。」（〈哈金訪談：一個廚師藝術家的畫像〉，明迪譯，《中國藝術批評》網，2008年10月4日）這句話所深含的意義當然不只在具體的生活選擇上，更體現在文學精神層面上。高行健關於傳統也有一句畫龍點睛的話。他說：「誰不在遺產中生活？包括我們的語言，沒有傳統文化哪來

的你？問題在於怎樣做出新東西豐富它，這才有意思。」（見葉舟：〈高行健追尋不羈的靈魂〉，香港《亞洲週刊》，2000年7月23日）這些觀點這些經驗都很有見地都非常寶貴。的確，事實上，所有的傳統，都是當代的傳統；所有的傳統，都不是單純的凝固不變的傳統。傳統本身是一條和時間一起推進、不斷壯大的河流。在這個意義上，傳統也在更新，包括傳統本身的內涵和人們對傳統的認識和利用。

　　總之，在傳統這個問題上，使用「回歸」這種字眼要非常小心，特別當論述對象不是個別時期個別作家個別作品的時候。應該說，無論從創作實際或是理論取向來看，整個世界華文文學與中國傳統文化的關係都不是單向回歸而是多元昇華，這裡面甚至還會出現一個從母文化過渡到異質文化的過程——東西方兩類文化在不斷碰撞、交融和互補中產生變異，顯示出「第三類文化」的鮮活生命力。

　　但陳教授對這一切視而不見不肯承認。他腦海裡似乎有一塊以不變應萬變絕不動搖的死角。他當年寫〈導論〉談到美國華文文學時就說過：他們（指美國華文作家——筆者）為中國人而寫，以中國人為讀者對象，「與中國文學就沒有太大的差異了」（《海外華文文學史》，第一卷，頁21-22）。且不說當代中國文學現在是否都全盤一股「熱潮」般向中國傳統文化回歸（當然也不是！），單就陳教授所持的世界（或者單就美國）華文文學與中國文學「沒有太大的差異」這個觀點而論，再想想這位陳賢茂教授的顯赫地位——前汕頭大學台港及海外華文文學研究中心主任和中國世界華文文學學會會刊《華文文學》雜誌主編，筆者真不知道說什麼好！現在人們在討論「華語語系文學」（Sinophone Literature）等一連串全球語境下的華文文學問題（參閱李鳳亮，

〈「華語語系文學」：概念、爭論及其操作問題——王德威教授訪談錄〉，網路），這位教授卻熱衷於「沒有太大的差異」的強調而自得其樂。他在〈也談〉中嘲笑筆者「真有點像桃花源裡的人，「乃不知有漢，無論魏晉」」（《華文文學》2007年第1期，頁57），這頂帽子看來可以回贈了。

四、「偉大」的儒教重建構想
——虛妄或令陳教授神往？

行文至此，筆者似乎已經完成了關於世界華文文學兩個基本觀點的反駁的反駁，但是筆者又感到陳賢茂教授好像不是和鄙人辯論世界華文文學的問題，至少不僅僅局限於這類問題。他好像有「更重大」的考慮。

例如，如前文也提到，筆者和陳教授本來是在辯論世界（或海外）華文文學的現狀問題，是他自己原來提出的「從內容到形式」、「從藝術構思到表現技巧」的問題，陳教授卻在〈也談〉答辯中極其令人詫異地列舉了以下儒家儒教的光輝事蹟（《華文文學》2007年第1期，頁57）：

> 2004年9月，孔子故里曲阜首次舉辦了由政府出面主持的祭孔大典，有政府官員、社會各界代表等三千多人參加，場面非常壯觀。中央電視台作了現場直播。
> 2005年9月，全球聯合祭孔。除曲阜舉行祭孔大典外，韓國首爾、日本足利、新加坡韭菜芭、美國三藩市、德國科隆以及香港、台北等地，均舉行祭孔活動。

2005年，中國人民大學成立國學院，並招收本科生；中國
社科院成立儒教研究中心；北京大學哲學系辦國學班；湖
南嶽麓書院建立國學研究基地。

2006年9月，聯合國教科文組織首屆「孔子教育獎」在曲阜
頒獎。

中國政府在2004年提出，將在2010年前在全世界建立100所
孔子學院。截至2006年底，已建成孔子學院120餘所，分佈
在50多個國家。……

筆者進而發現（應該說筆者慢慢地不詫異了），陳教授〈也
談〉全文一萬五千字，近半篇幅都是談儒家儒學，而且儼然當代
中國儒家總代言人！

筆者真應該對陳教授說聲「對不起」，在寫〈評〉文時完全
沒有想到陳教授把自己置於中國大陸思想界這麼重要的地位。在
〈評〉文中，筆者討論（或者是猜測）了一下他的論調的理論基
礎可能就是當今流行一時的以「中國文化優越論」為基本特徵的
新文化保守主義－－其中有人「虛妄地幻想重建儒家文化的一統
天下」，意思是他研究世界華文文學時可能受到了這種思潮的影
響，但並沒有把他看作「堅持中國要重新回到儒家文化傳統，堅
信只有按儒家傳統的文化模式自我塑造，中國在下一個時代才有
希望」的今天中國大陸某些儒家的領軍人物。

當代中國儒家中沒有人「虛妄地幻想」（對不起，這是筆
者在〈評〉文中大不敬地使用的詞語）重建儒家文化的一統天下
嗎？事實上今天發這種春秋大夢者實在太多了。例如，蔣慶就是
其中一個。2005年12月17日，「第一屆中國儒教學術研討會」在
廣東從化舉行，蔣慶在大會上發表演說，題目就叫〈關於重建中

國儒教的構想〉。12月23日，蔣慶的〈構想〉在《人民網》發表，傳播天下。其重建構想「虛妄」得簡直不得了，還不是一般的儒家文化，而是儒教！可謂那幾年文化保守主義復興運動的一大高潮。在他看來，儒教是一個具有獨特文化自性的自足的文明體，其對應者是其他的文明體，如「三代」時的「蠻夷」，隋唐時代的佛教、景教，現在的基督教、伊斯蘭教等其他宗教。儒學是儒教的教義系統，其價值淵源則是儒經。儒學與儒教的關係就相當於基督教神學與基督教的關係！

　　他說，「儒教」是中國歷史文化的盛世之詞，是中國古聖人之道佔據中國文化權力中心時的稱號。因儒教是一文明體，伏羲畫卦即開創了中國文明。此外，「聖王合一」、「政教合一」、「道統政統合一」是儒教的本質特徵，也是儒教的追求目標。伏羲時代即有了儒教。春秋、戰國、秦漢之際儒教退出中國文化權力中心邊緣化為儒家，漢武帝「獨尊儒術」後儒家又回到中國文化權力中心的位置上升為儒教，一直到1911年儒教崩潰，儒教又退出中國文化權力中心的位置下降為儒家。而他和他的追隨者現在正是擔當大任，正在「重建」！

　　蔣慶也像陳賢茂教授一樣像大敵當前似的威嚴面對「今天西方文明的全方位挑戰」。他大聲疾呼：必須全方位地復興儒教，以儒教文明回應西方文明，才能完成中國文化的全面復興。當今中國儒家學派的建立、儒學體系的建構、儒家文化的回歸都是為了復興中國獨特的儒教文明，以承續源自古聖人道統的中國文化的精神慧命。復興儒教是復興中國文化重建中華文明的當務之急！

　　不知陳教授是否也熱心追尋和試圖復興蔣慶所列舉的儒教在中國歷史上的「三大功能」？這也是了不得的東東：即一解決政治秩序的合法性問題，為政治權力確立超越神聖的價值基礎；

二解決社會的行為規範問題，以禮樂制度確立國人的日常生活軌則；三解決國人的生命信仰問題，以上帝神祇天道性理安頓國人的精神生命！

　　蔣慶還強調：因為儒教是中華文明的主體，所以「中國儒教協會」擁有其他宗教組織沒有的政治、經濟、文化、組織方面的特權。儒教過去是國教，將來也要成為國教。中國儒教協會不僅有參與政治的特權，有獲得國家土地、實物饋贈與財政撥款的特權，還有設計國家基礎教育課程的特權，有設計國家重大禮儀的特權，有代表國家舉行重大祭典的特權，以及其他種種特權！

　　凡此種種，不知算不算「虛妄」？或者說，這些「偉大」的重建構想不知是否令陳賢茂教授神往？在今天中國大陸，類似可能令陳教授神往的事例的確很多。順著當代大儒蔣慶的「上行路線」「下行路線」兩條「攻堅」路線，其他當代大儒也紛紛出謀獻策。如康曉光主張「儒化」當前的執政黨，這可以說是一種廣義的上行路線；陳明主張建設「公民宗教」，從某種意義上當屬於廣義的下行路線的範疇；張祥龍等人也提出了各自的「中行路線」。還有五花八門具體實施操作的。例如今年三月引起爭議的所謂「中華文化標誌城」的規劃，雖然有別於蔣慶儒教重建構想，但也是企圖要使它體現「國家意志」，要使它「具有法定性、惟一性和權威性，代表國家水準」。其「一統江湖」的霸氣，頗有當年董仲舒「罷黜百家，獨尊儒術」的風範。又有些鬧劇表演。例如資料顯示某大學舉行了一次所謂「成人儀式」：一名女生身穿淡黃色「漢服」，在孔子像前行古代女子笄年之禮，依據「朱子家訓」規制的禮儀，從迎賓、置醴、醮子到笄者揖謝共三十六個步驟逐步進行，一絲不苟。這就是堂堂高等學府極力宣導國學的一部分行為……

諸如此類，不一而足，許多論者都不以為然，嗤之以鼻。例如，對於小學生穿上古代服裝念《三字經》舉行開學典禮一事，前文化部長王蒙用他的幽默表示了自己的異議。他說，「我有一點糊塗，中國出什麼事兒了？大清復辟了？」（劉向陽，〈王蒙：「國學熱」不能和五四精神對立起來〉，網路）這一切，的確，可謂不倫不類、啼笑皆非、裝腔作勢、招搖撞騙、狂妄獨尊、時空錯亂、借屍還魂。其中，以蔣慶及其追隨者的重建構想為最。或者還可以找出：今天中國大陸的儒生中還有比他更富雄心壯志的，不僅要實現中國的儒教化，而且要將儒教推廣到全世界，以令環球同此涼熱，以救天下可憐的芸芸眾生。

真是不知今夕何夕！

五、所謂「不倫不類的變種」
——駁斥陳教授的中西文化觀

陳教授也許因為如他自己宣稱「正致力於破譯人生命運密碼」（《華文文學》2007年第1期，頁56），無閑把自己看作蔣慶的追隨者或比蔣慶更加虛妄之人。這就好。但，陳教授保衛儒家的純潔、堅決回歸儒學的本來面目的意志是不容置疑的。筆者在〈評〉中建議：如果我們在充份吸收西方人文主義文明精髓的基礎上，帶著現實的態度來建構以重視人倫情感、重視家庭和社會和睦、重視人與自然的和諧、重視人的精神境界與內心的安寧等價值為中心的「後儒學」文化，以此參與解決現代社會的難題，那麼，這一文化在未來世界文化的多元格局中肯定佔有重要的一席之地。筆者認為，弘揚中華文化，也要與時俱進，既要發揚和發掘中國傳統文化中的優秀成分，又要結合西方現代文化中好的

適宜的因素，走一條相容並蓄創新發展的道路。這其實並非是筆者個人之見而是許多學者的理念。但陳教授則嘲笑說（《華文文學》2007年第1期，頁60）：

> 這種「充分」西化之後的「後儒學文化」，充其量也就是西方文化的一個不倫不類的變種，這與孔子所創立的儒家文化就風馬牛不相及了。

他當然有他的理由。他是這樣看待中西文化的（同上）：

> 儒家文化強調集體利益高於個人利益，西方文化主張個人利益高於集體利益；儒家文化所孕育出來的觀念是「先天下之憂而憂，後天下之樂而樂」，西方文化所孕育出來的觀念是「人不為己，天誅地滅」。

陳教授說，「儒家文化與西方文化本來就是相互對立的」（同上），因為，「差異也是矛盾，也是對立」（同上）。其實，差異未必就是矛盾，未必就是對立。不過這是另外的哲學問題，這裡不作討論。筆者只想指出，陳教授對中西文化及其差異作如此簡單化且不準確的定義，實在太不嚴肅了。

所謂「人不為己，天誅地滅」，有不同的解析，包括正面或中性的。陳教授當然是把它看成拜金主義和極端利己主義的代名詞，把它看成邪惡、罪孽、污穢的代名詞。他的意思就是：在西方文化孕育下，西方成了一個邪惡世界，人們奉行極端利己主義，污穢敗壞，罪孽深重。對陳教授此一見解，筆者相信所有秉持客觀或在西方各國進行過考察或者長期或短期生活過的人，大

概都不會同意，特別是如果再比照這些年中國大陸的社會問題。其實，世界上，不管東方西方，可能都沒有公然鼓勵損人利己的民族。如果有，這個民族也可能早已滅亡了。

或者要為「個人主義」和「自由主義」正名。西方文化一般奉行個人主義，這並非是極端利己主義，而是要尊崇個人尊嚴，承認個人的自主權，強調個人之間的普遍人格平等。個人主義認為個人是現實存在的根本單位和最終的價值標準，但並不等於否認社會和集體的重要性。同時，西方文化對人性又比較「悲觀」，把人視作自私自利的個體，認為人的德性、理性、知性皆有限度且易反覆。「性惡論」是西方文化主流思想；自由主義是西方顯學。可以說，個人主義在本質上是關於自由的個人主義，自由主義是關於個人自由的主義，它的理論前提與核心理論都建立在「性惡論」的基礎之上。如許多論者所歸納，自由主義有四大核心價值：個人安全、個體自由、社會公正、民主選舉。參照佛蘭克的分類法，則可總結為：自由主義就是政治上實行民主憲政；經濟上實施市場經濟；哲學上崇尚理性優先；道德上強調發展個性；文化和宗教上主張多元並存。自由主義的根基，深紮於每一個人的內心，可以概括為兩句話：過人的生活（個人的角度）；把人當人看（政府的角度）。關於這些個人主義和自由主義的基本概念，中國自由主義學者和其他學者已作過多次論述，可惜陳教授以及類似的人從來不看不聞不研究不接受。

自由主義設計制度，以防惡為主，對法律和制度的重視就是性惡論在社會和政治理念中的體現。因為人性惡，就必須通過各種法律和制度，來預先設立行為規範，不然，人就難以理性公正地追求自身的利益而又不危害他人。上升到國家政治層面，更是這樣。而關於這一點，恰好毛澤東和鄧小平都有重要論述。

1980年8月18日，鄧小平在中共中央政治局擴大會議上指出（鄧小平，〈黨和國家領導制度的改革〉，《鄧小平文選》第二卷，頁333）：

> 我們過去發生的各種錯誤，固然與某些領導人的思想作風有關，但是組織制度、工作制度方面的問題更重要。這些方面的制度好可以使壞人無法任意橫行，制度不好可以使好人無法充分做好事，甚至走向反面。

鄧小平接著說（同上）：

> 史達林嚴重破壞社會主義法制，毛澤東同志就說過，這樣的事件在英、法、美這樣的西方國家不可能發生。他雖然認識到這一點，但是由於在實際上沒有解決領導制度問題以及其他一些原因，仍然導致了「文化大革命」的十年浩劫。這個教訓是極其深刻的。

在英、法、美這樣的西方國家不可能發生史達林的嚴重罪行，更不可能發生「文化大革命」的十年浩劫，不就是因為這些國家的政治文化社會制度起了作用嗎？不過，認真說起來，「西方」從來都是多元複合體。西方各國，文化、制度，其實也各有或多或少的不同；甚至在那些實行聯邦制的國家內，法律制度在一個國家內各州（省）都有不同。而且，任何制度都可能有不少缺陷。自由主義設計的制度在道德要求上就較低調，大致遵循「權利優先於善」（保障個人權利，就是制度最大的善）的理念（羅爾斯，《正義論》）。但當今社會出現大量的各種各樣的問題，許多就是因為

道德問題引發的，這不能不引起注意。所以，現代儒學在今天的世界可以大有作為。筆者看到西方不少專家學者正在宣導吸取儒學精髓，似乎並不在乎所謂「不倫不類的變種」。

至於在中國大陸，時代發展到今天，陳教授保衛儒家的純潔、堅決回歸儒學所謂的「本來面目」、嚴防它受到現代文化西方文化的影響，雖然可謂氣衝霄漢，但其實是極其可笑，比唐詰訶德大戰風車還等而下之。試想想：陳教授在〈也談〉中稱讚儒家文化如何好的幾條，不就是具有現代先進思想意識的現代人們比較共識的幾條嗎？陳教授也認同不就是因為他是現代人已經潛移默化受到現代文化薰陶（即使主觀上可能抵制）的結果嗎？如果在過去一個什麼中央集權的皇朝專制時代，為統治者服務的大小儒生首先異口同聲熱情歌頌的，必定是「三綱五常」這個儒家倫理的基本骨架，必然大贊「三綱五常」如何維護以君權、父權、夫權為核心的等級制度因而幫助中國中央集權的皇朝專制社會兩千年超穩定上所起的「偉大」作用。當然也可以爭辯說「三綱五常」沒有正確反映孔子思想。即使如此，我們今天對孔子思想言行的取捨褒貶也必然是以現代文明所達到的高度為準則的。所謂精華或者糟粕，不同的人在不同的狀況下，會有不同的看法，但其看法的形成首先受制約於或得益於時代和社會的大環境。

其實，當代中國文化，已經是中國本土（傳統）文化、馬列文化和現代西方主流文化的混合物。你可以極之鄙視地稱其為「不倫不類的變種」，事實上也的確有「馬克思加秦始皇」（準確的說法，應該是「史達林加秦始皇」）這樣極其惡劣的變種，但為什麼不參與培植優良的新品種呢？今天，許多有識之士正致力於此！這不但表現在人們日常生活上，也反映在國家政治決策上。就以中共十七大提出的「科學發展觀」來說吧。關於以人為

本，關於建設生態文明、人與自然和諧相處這個可持續發展最核心的問題，中國古代有不少先賢提出非常豐富非常卓越的見解，領導人從中吸取了智慧。也可以像新華社文章所說科學發展觀是馬克思主義關於發展的世界觀和方法論的集中體現。恩格斯一百多年前在《自然辯證法》一書中也告誡人們：「我們不要過分陶醉於我們人類對自然界的勝利，對於每一次這樣的勝利，自然界都要對我們進行報復……」也可說科學發展觀是在借鑒國外發展經驗的基礎上提出來的。人與自然和諧相處的觀點在西方哲學上有不少佐證。如法國的盧梭提出過「同類感」思想。同類感可看為和諧相處的本體論根源。總之，古今中外，各種因素都有，而且相互作用。

中國當代文明的每一個進步，從最廣泛的視野來看，其實都是人類所共同創造共同擁有的普世價值的勝利。正如溫家寶總理在2007年2月發表的〈關於社會主義初級階段的歷史任務和我國對外政策的幾個問題〉一文中所說：

> 科學、民主、法制、自由、人權，並非資本主義所獨有，而是人類在漫長的歷史進程中共同追求的價值觀和共同創造的文明成果。

溫總理在2007年3月16日兩會記者會上，重申上述2月份個人署名文章的觀點，聲明中國願意實行開放政策，學習世界上一切先進的文明成果。

2008年5月7日，胡錦濤主席在完成訪日的「暖春之旅」時，與日本首相一起簽發了〈關於全面推進戰略互惠關係的聯合聲明〉。這份檔更明確地向全世界宣佈：中國與日本雙方「為

進一步理解和追求國際社會公認的基本和普遍價值進行緊密合作」。

「普世價值」這個概念已經在中國大陸普遍而且正面論述和應用了。雖然這是近年的事，但關於普世價值的論斷也可從馬列家譜查其來源。縱覽馬克思、恩格斯著作，我們可以知道，馬、恩當年也高度評價過歐洲資產階級高舉「民主、法制、人權、自由、平等、博愛」的旗幟反對和摧毀封建專制、封建等級制度的歷史意義。

有識之士指出，溫家寶總理關於民主、法制、人權、自由、平等、博愛的範疇是有普世價值的論斷，具有重大的實踐意義。中國的制度建設，應著眼著手於此，中國的文化重構，也應著眼著手於此。事實上，胡錦濤主席在上述《聲明》中已經表明，中國要「進一步理解和追求國際社會公認的基本和普遍價值」而且為此要與外國「進行緊密合作」。這也是近三十年中國改革開放的一個歷史成果。

當然，陳賢茂教授可以另有看法。他在〈也談〉中驚人地提出（《華文文學》2007年第1期，頁57）：

> 在中國大陸實行改革開放之後，同時也開始了回歸中國傳統文化的進程。

陳教授只看到「新領導班子」上台之後從中國傳統文化吸取某些政治智慧，進而他又把從中吸取政治智慧的中國傳統文化單單歸結為他所著重的儒家文化。莫非陳教授也像當今某些大儒企圖「儒化」當前的執政黨？但即使懷抱此一偉大目標，你也不能如此篡改歪曲近三十年中國改革開放的歷史啊。

六、「從『五四』到『文革』」
——陳教授一個值得注意的提法

陳教授在〈也談〉中，還有一個值得注意的提法：「從『五四』到『文革』」。他說（《華文文學》2007年第1期，頁58）：

> 上述事實（指陳教授在文中列舉的中國大陸出現的某些發展儒家儒教的做法——筆者），也許還不足以構成回歸中國傳統文化的熱潮，但卻標誌著從「五四」到「文革」的「打倒孔家店」、全面否定中國傳統文化的一個歷史時期的終結。

由於陳教授看待一切問題的著眼點都是他自行定義的「否定」或「回歸」中國傳統文化，他這段論述雖然幫不了他關於世界華文文學的觀點的忙（如筆者前文所述），但卻也不經意間暴露了他對現、當代中國社會、政治、歷史的重大看法。第一，他把「從『五四』到『文革』」看作「一個歷史時期」；第二，他把這個「時期」簡單地定義為：「打倒孔家店」、「全面否定中國傳統文化」；第三，之所以發生這一切，起緣於「五四」，而「文革」是這一歷史走勢的必然結果；第四，這個歷史時期獲得終結，中國從此回歸中國傳統文化！

這種社會觀、政治觀、歷史觀太偏頗了吧？

「文革」是什麼性質？看似一目了然，其實存在不少糊塗觀點，甚至存在於位高權重者身上。例如去年十月香港特首居然講出「民主發展至極端，便會演變成文革」這樣的話。此言一出，

香港各界當即一片譁然，紛紛指責他將文革與民主相提並論的錯誤。翌日特首亦自知失言，隨即收回言論並公開道歉。文革時期有過所謂的「大民主」，但那是一種被領袖煽動的暴民政治，是美稱為「群眾專政」的無法無天，是歇斯底里的宗教狂熱。同樣，把文革看為「全面否定中國傳統文化」也是錯誤的，起碼是片面的。文革是一場反人類的群體滅絕罪行，而這種滔天罪行得以發生就是因為對毛澤東的個人崇拜發展到登峰造極的程度──與世界上一切最狂熱的宗教領袖崇拜相比，它都有過之而無不及。而這一個文革中最重大、最醜陋、最不堪入目的思想政治現象，也可以從中國傳統文化模式找到其中一個來源。兩千多年中國中央集權專制文化中，積澱在民族潛意識裡的是對君、父權威的尊崇和崇拜；以此相對應，就是人性萎縮、表現為對一切權力恐懼、怯懦和恭順的奴隸思想。這一對相應的思想意識形成一種政治、心理模式，被代代相傳的文化延續著，到了文革，在其他政治因素推波助瀾下，出現總爆發，大展示。可見，從文化角度來說，之所以必須徹底否定文革，這是因為文革一方面摧毀了中國傳統文化優秀的東西，另一方面又空前絕後地復興了中國傳統文化中最醜惡的東西。

至於過了近一個世紀的「五四」，應該怎麼認識呢？許多專家學者對此都發表了不少意見。今年四、五月間，有一篇原發於《北京日報》並在網上流傳的文章，作者傅國湧很有針對性地點出「五四」研究的三個誤區。首先，「五四」不能狹隘化為1919年5月4日北京學生上街遊行並火燒趙家樓那一幕。第二，不應把「五四」單一地理解為全盤「反傳統」、「反儒家」的運動，理解為僅僅是打倒「孔家店」、反對文言文、反對舊文化的運動。第三，不應把「五四」政治化，不應把「五四」與後來發生的各

種政治思潮、政治運動、政治鬥爭片面地捆綁在一起。的確，許多論者都指出，有些「五四」研究和宣傳，在解釋「五四」意義上，革命轉變超過了民主啟蒙。「舊民主」被否定，「新民主」突出的是「社會主義」，而不是民主。「五四」反專制主義被等同於全面反傳統，充滿生氣的自由精神也就被歪曲為乖謬的民族虛無主義。還有，用絕對化階級論套裁「五四」，不承認民主含有的超階級的共通性和傳承性；只講愛國反帝，不講或少講民主自由，貶低「五四」的自由民主的核心精神。

人們可以發現，有兩股不同的但卻都非常巨大的勢力左右拉扯「五四」。左傾革命家曲解「五四」的偉大意義以為己用；而現、當代一些大儒則極力貶低和攻擊「五四」的時代意義以方便開歷史倒車。

這也難怪。正如論者指出，春秋戰國時代是中國第一個「百家爭鳴」的時代，創造了思想和文化的繁榮，但到了漢武帝「罷黜百家，獨尊儒術」之後，中國的文化基本上被歸結到了儒家這一宗上，而且長期以來對儒家進行不斷的一元化的、政治化的解釋，使得中國文化的創造力受到極大的限制。這種格局在中國歷史上延續了長達兩千年！正是「五四」，迎來了中國歷史上的第二個「百家爭鳴」時代。它實際上代表了近代中國一次重大變遷、前後大約十年這樣的一個歷史過程。這可以看作是中國社會轉型的一個重大時期——這是現代中國的一個新起點。因此，「從根本上說，『五四』就是重新尋找方向，重新為中華民族定位。這個起點對於中國人、對中華民族來說，是一個非常了不起的起點。正是在這個起點上，我們的前輩們開始把古老中國帶入現代文明社會之中。」（傅國湧，〈真正的「五四」究竟是什麼〉）當代儒家們當然絕對不可能認同此一結論。他們痛心疾首

念念不忘的是：儒教當時如何崩潰如何退出中國文化權力中心這個有如洪水滔天山崩地裂的「大災大難」！

　　毋庸諱言，「五四」有其局限性。其中一點很有意思也很重要。如高力克指出，「五四」倫理革命呈現出一幅矛盾的思想圖景：在社會公共領域，作為啟蒙者的新文化人，倡言個人本位的、以「利」（權利、功利）為基礎的現代市民倫理；而在個體精神領域，作為知識精英的新文化人，信奉的則是人倫本位的、以「仁」為基礎的傳統君子道德（高力克，〈五四倫理革命與儒家德性傳統〉，香港《二十一世紀》網路版，2008年3月號）。如他所說，墨子刻（Thomas A. Metzger）也認為，儒家式道德理想主義傳統，是二十世紀中國知識份子一再拒斥作為現代性基礎的經濟、政治、思想的多元主義而親和烏托邦的深刻思想原因（參閱墨子刻：〈二十世紀中國知識份子的自覺問題〉，《學術思想評論》，第三輯）。這一點有助於解釋：如果把「文革」看作「毛澤東極左路線不斷惡化的必然結果」，中國知識份子為什麼整體來說在這個災難性的而且越來越深重的「不斷惡化」面前非常軟弱可憐——其中一個原因是自身的原因：他們輕信毛的烏托邦宣傳，甚至痛苦地迫使自己努力相信「文革」是毛建立人類未來社會的必要而且偉大的實驗。

　　但這絕對不是陳教授所認為的「從『五四』到『文革』」這樣線式的的因果關係。心知肚明，陳教授想來也不會認同「五四」的這個局限性。特別當人們進一步指出：遲至今天，「文革」已經過了三十多年，如果察看信用缺失、綱紀崩壞、吏治腐敗等等中國大陸當前最為突出的社會問題，如果追尋產生這種法治困境的深層原因，也可以發現儒家倫理對法治精神的消解和化約。儒家文化中的等級倫理、宗法倫理、和合倫理與法治精

神格格不入，嚴重阻滯著法治所追求的公平、正義、自由、權利的實現。因此，建設社會主義法治國家和和諧社會的當務之要正是要完成「五四」未竟之業。（見陳雲良，〈儒家倫理與法治精神〉，網路文章）

　　就中國甚至整個人類歷史來說，「五四」和「文革」都是非常巨大的事件，多少研究也是難以窮盡的。但單就以上的討論，也可以看出，陳教授「從『五四』到『文革』」的提法，是帶著多大的偏見！是多麼遠離歷史的真相及其邏輯！

七、關於「全球化」
──陳教授的危言聳聽阻擋不了時代的步伐歷史的進程

　　陳教授在他的〈也談〉中還表明他對「全球化」的看法。討論至此，陳教授對「全球化」採取什麼樣的態度，其實已經清楚，而且不應奇怪。

　　不過他的表達方式還是有點蹊蹺。他佯稱「在下已屆風燭殘年，何謂全球化，頗感茫然」（《華文文學》2007年第1期，頁59），於是便假別人之口，說：所謂全球化，「往往就是西化」（同上）。

　　反對全球化，根本不需要羞羞答答，不需要假別人之口。當今全世界反全球化的力量可謂大矣，不啻全球總動員，所以人們開玩笑說，這本身就是全球化。在中國，其實也有不少人公開提出異議，他們所持的論點也是一樣：「全球化即西方化、全球化即美國化」。不過，陳教授選擇他這種蹊蹺的表達方式想來自有他的高明的考慮。也許他隱約地而且也相當痛苦地感到，反對全

球化的立場，不僅與中國改革開放的基本國策相悖，而且在資訊全球化時代也不具有現實可行性。

「全球化」是人類一體化的歷史進程。廣義的「全球化」指的是十五世紀「地理大發現」以來的人類密切交往；狹義的「全球化」指的則是二十世紀八十年代冷戰結束以來的人類一體化現象。冷戰結束以來被稱為「聯合國時代」，這是「全球化時代」，因為人類在這個時代經常在聯合國統籌下自覺地追求「全球化」，制訂一系列全球規則，並致力於構建全球倫理。而且，經濟的一體化和新科技的進步使地球變小了，使人類各部分成了共同居住在一個「地球村」裡息息相關的村民。近現代中國至今有三次應對全球化的勢態。鴉片戰爭之後是首次面對全球化的壓力；「五四」時代第二次掀起了與全球對接的熱潮；現在可以說是第三次面對全球化的機遇與挑戰。

筆者在〈評〉文中提到某些人對全球化、特別是對經濟全球化可能帶來文化全球化以及其他種種全球化憂心忡忡。但不管這些人如何憂心，老實說也是無法抗拒的。生產力是最活躍的因素，阻擋生產力的發展是不可能的，這也是馬克思主義的基本原理。而全球化的實質是生產力與科學技術發展的客觀需要與規律，人們只能正確地積極地抓住新局面下的機遇，同時又要清醒而深刻地揭示並理智地應對新局面可能帶來的弊病與危險。這些年來，中國國家領導人談全球化，就總是以迎接「新機遇」、「新挑戰」的積極態度去談的，而且還有具體的趨利避害的方略。在某種意義上，「科學發展觀」的內涵之一，就是對於全球化的正確因應。

許多專家學者以及政府官員現在都有一個共識：經濟全球化是二十世紀重要的特徵之一，伴隨著經濟全球化程度的日益加

深，可以預言，文化全球化將成為二十一世紀的重要特徵之一。何謂文化全球化？簡單來說，就是各民族文化不斷突破各自的地域界限和模式的局限性而走向世界的過程。在經濟全球化的過程中，有許多經濟活動與文化活動其實是無法分開的。如果我們使用「文化力」的概念就非常清楚。中國中華民族文化促進會主席、前文化部副部長高占祥寫出《文化力》一書，對文化力的先導作用與和諧作用給以非常的重視與強調，認為（北京大學出版社，2007年9月，頁212）：

> 文化先導力，通過科學技術的創新和轉化成為新的生產力；通過思想道德建設和科學文化建設提高人的素質，為社會的發展提供思想動力和智力支援；通過對社會實踐的指導作用，實現社會經濟制度與政治制度的優化，從而產生新的生產力。

　　人類社會正在走進知識經濟時代。現在我們談文化，就不單指作為社會上層建築、反映經濟基礎的文化，更應該指「產生新的生產力」的文化力。所以我們說，經濟全球化是大勢所趨，經濟全球化必然帶來文化的全球化；而從另一個角度來說，假如沒有文化全球化，經濟全球化實際上是不完整的，甚至是不可思議的。

　　反對全球化的人老是拿「西化」問題來說事。關於這個問題，上個世紀三十年代就有所謂「全盤西化」的爭論。當時胡適的確是用了「全盤」這兩個字，但他是什麼意思呢？請看他自己的解釋，刊登在1935年6月21日的天津《大公報》上，題目是〈充分世界化與全盤西化〉：

我贊成「全盤西化」，原意只是因為這個口號最近於我十幾年來「充分」世界化的主張；我一時忘了潘光旦先生在幾年前指出我用字的疏忽所以我不曾特別聲明「全盤」的意義不過是「充分」而已，不應該拘泥作百分之百的數量的解釋。所以我現在很誠懇的向各位文化討論者提議：為免除許多無謂的文字上或名詞上的爭淪起見，與其說「全盤西化」，不如說「充分世界化」。「充分」作數量上即是「儘量」的意思，在精神上即是「用全力」的意思。

可以猜測，胡適這個解釋，也難以讓陳賢茂教授和他們一類人滿意。他們可以將「充分世界化」或「全方位學習西方」歪曲成「全方位拋棄傳統」，正如他們以「打倒孔家店」來定義偉大的「五四」運動。陳教授在〈也談〉的「小引」中就企圖先聲奪人給辯論對方套上他設計的「思維定勢」（《華文文學》2007年第1期，頁56）：

自五四以來，在長期的「打倒孔家店」和「全盤西化」的薰陶中，許多人已經形成了這樣一種思維定勢：中國傳統文化——壞；西方文化——好。

陳教授這樣歪曲之後，就危言聳聽地說了這一段他聲稱「決不是危言聳聽」的話（同上）：

如果繼續沿著「打倒孔家店」和「全盤西化」的路子走下去，那麼，在不太遙遠的將來，一個已有五千年文明史的

古老民族的民族特性將逐漸消失，一種已有兩千五百年歷
史的古老文化也將逐漸消失。

　　抓住大半個世紀前胡適的片言隻語並無視其解釋而一味上綱
上線搞出一個「全盤西化論」是令人所不齒的；抓住「五四」時
期一個「打倒孔家店」的口號便把「五四」曲解為只是一個「全
盤反傳統」的運動以貶低「五四」的自由民主的核心精神，也是
相當令人所不齒的。其實，「全盤西化論」完全是一個望文生義
的、虛構的、沒有意義的偽命題。現實中沒有人能夠完全放棄自
己原有的文化來「全盤」即「百分之百」地以另一種文化來取而
代之。每個人自身就是在各自的傳統文化中生長起來的，總是必
不可免地與傳統文化有著千絲萬縷的聯繫，這是由自身與傳統文
化的血緣關係命定的（根據我的觀察和調查，已經取得西方國籍
在西方國家生活了幾十年的華裔移民並沒有幾個能「全盤西化」
的；而另一方面，不要說西方血統的人，就是自小在西方國家生
活在西方傳統文化薰陶下成長的華裔孩子，以後要他們「全盤中
化」也是一樣不可能）。所以，「與傳統徹底決裂論」也是一個
硬塞的偽命題。大而論之，《共產黨宣言》宣稱實行「兩個最徹
底的決裂」（「同傳統的所有制實行最徹底的決裂」；「同傳統
的觀念實行最徹底的決裂」），完全是空想主義的豪言壯語，或
者是為了製造革命的權宜之計。「文革」時期有關宣傳叫得滿天
響，而大力宣導「兩個最徹底的決裂」的人其實同時又是帝王
（領袖）崇拜這種中國傳統文化中最醜惡的東西的狂熱鼓吹者。
當然，他們大多是別有用心、不擇手段的政治流氓惡棍，自己並
不相信這個口號。但一般人中確有不少真誠的追隨者，受騙上
當像作了一場惡夢。同樣，提出「中國傳統文化——壞；西方文

化——好」或者反過來說「中國傳統文化——好；西方文化——壞」這樣的命題來討論也不是一個嚴肅學者所為。誰如果具有這種非黑即白或者非白即黑的簡單化絕對化的所謂「思維定勢」，毫無疑問使人嗤之以鼻，問題是在全球化的今天有多少人持此「思維定勢」而且在現實生活中身體力行因而值得作嚴肅的學術性的探討？就以陳教授來說吧，雖然你總是以「回歸」中國傳統文化作為行文立義的目標作為自己的志向，人們也不會認定你就是要絕對化地以一個「好」字來概括全部中國傳統文化，也不會認定你就是「中國傳統文化好」的化身。原因很簡單，不僅僅因為你口頭說過儒家思想的糟粕，還因為你行為舉止也可能帶著儒家思想的糟粕。老實說，傳統——不管是東方傳統或是西方傳統——也是個大染缸，先於人的主觀意志讓人不知不覺地染出五顏六色，而且有些顏色（可能美可能醜）會終生相陪，不易洗脫。

「文化全球化」的完整意思，並不否定全球文化多元化，或許也可以「全球文化多元一體化」來表達。筆者在〈評〉中談到，全球化在漫長的過程中，絕對不是最終走向「單一化」，絕對不能誤會為「單一化」。看來陳教授絕不相信。也不奇怪。持類似觀點即「文化趨同論」的大有人在——認為所有文化在全球化中都不可阻擋地被納入一個單一的「美國（西方）文化」的影響範圍之內。如果真的出現如此結局，的確是可怕的，無法接受的。但筆者認為，因為全球化，各民族國家的不同文化將在全球文化交流中各放異彩，更為出色。

在這個過程中，不可否認，會出現複雜的互動的現象。如杜維明所指出，族群、語言、性別、地域、年齡、階級和宗教這些根源性問題和全球的普世化問題經常是糾纏在一起的。這一種複雜的互動的現象，就是global（全球的）和local（地方的）之間的

關係，英文世界裡用一個特別的名詞來形容它，叫做「glocal」
（杜維明：《東亞價值與多元現代性》，中國社會科學出版社，
2001年，頁96-99）。會出現世界範圍的文化趨同現象，但有主
動與被動兩種情況。前者意思是，隨著世界範圍文化交流的日趨
頻繁，各國各民族主動學習、效仿、吸收具有普遍意義的優秀文
化，因而各國文化在一些方面呈現共同特徵。後者表現為，由於
當今美國（西方）政治、經濟、文化的強勢地位，世界文化交流
在一些時期一些部位呈現單向流動特徵。但是，即使如此，世界
文化的多元發展格局也不會根本逆轉。首先，一個國家一種文化
的強勢或弱勢地位從長遠來說並非恒久不變的，而且，從世界不
同民族文化的發展進程可以看出一條重要規律：不同民族文化之
間既存在著矛盾和衝突，又同時存在著融合和互補。1922年，羅
素訪問中國之後，在他一篇題為〈中西文明比較〉的文章就說：
「不同文明之間的交流過去已經多次證明是人類文明發展的里程
碑。」所以說，文化全球化的實質就是通過各國文化不斷的廣泛
的交流，相互滲透補充，相互碰撞交融，相互促進發展，形成一
種新的文化生存方式，超越民族文化固有的疆域，在保留各國各
民族豐富多彩的文化欣賞、生活習慣、風俗人情的基礎上，促進
各民族在文化、經濟、政治各方面的交往中更多地相互理解，相
互包容，遵守共同的國際規則，實現國際社會的和諧發展。「文
明的共存」，而不是「文明的衝突」，是人類社會的出路，是人
類社會必須爭取的目標；而文化全球化是其有力的保證。

行文至此，筆者想到陳教授在〈也談〉中曾責問：「何先
生現任澳大利亞中華民族文化促進會副會長，如果中國文化不優
越，何先生會心甘情願地去促進嗎？」（《華文文學》2007年第
1期，頁59）問得好！不過，筆者決非無言以對。還是這句話：

珍惜、弘揚優秀的中華文化絕對不是、也不能是鼓吹唯我獨尊的
「中國文化優越論」；不應對西方文化作想當然的妖魔化；不應
將儒家文化與西方文化的差別強硬地一味地激化為相互對立相互
對抗，以致呼應「文化衝突論」；不應幻想中華儒家文化成為當
今世界獨此一家的「救世良方」，而應該古今中外，取長補短。

在這個全球化時代，中國，和各國各民族一樣，應對全球化
應該有一種「文化的主體性」的戰略眼光，但這絕對不應是「零
和」意識，不能為了弘揚中國的文化就貶低外國的東西，引進外
來優秀文化與弘揚傳統優秀文化並非相悖，而是相得益彰。

一切有價值的文化，既是民族的也是世界的。以全球化為
背景的中國先進文化是民族性與開放性的和諧統一──民族性是
文化的靈魂，開放性是文化發展創新的必由之路。中國歷史上幾
次大的文化發展創新都是文化開放的結果；今天，也只有參與世
界，與世界一起前進，才能保證和保持中國文化生機勃勃的活
力，才能成為世界的先進文化，才能對人類文化做出貢獻。

八、心態、理念、價值取向及其他
──和陳教授辯論值得嗎？

為了辯駁陳賢茂教授的觀點用了這樣大的篇幅，討論這麼多
似乎遠離世界華文文學的問題，筆者坦白地說也有點煩厭，甚至
一邊寫一邊懷疑：這究竟值得不值得？

陳教授在〈也談〉小引中說他本來對筆者最初的質疑「懶
得理會」，「依然一笑置之」，因為其時他「興致勃勃」「正
致力於破譯人生命運密碼」（《華文文學》2007年第1期，頁
56）。筆者自然不懂「人生命運密碼」不敢侈言「破譯」什麼

東西甚至不敢自稱「正致力於」什麼東西，但是筆者也不是閑得無聊啊。

陳教授在小引中開宗明義宣佈他撰寫〈也談〉的重大意義：「為了找回作為中國人的自信，也為了使更多的像何先生這樣的人能夠迷途知返，我覺得我不能再沉默了」（同上）。筆者現在「也談」〈也談〉，並不敢自稱也有什麼重大意義。筆者雖然自信對中國文化的「自信」從來就沒有失去，不需要勞煩陳教授幫助「找回」，不過他也算用心良苦吧，即使聽來大言不慚，也是要感謝的。筆者還需向陳教授表示歉意，因為沒有如他所願「能夠迷途知返」，令他失望了。但筆者絕對不敢侈望陳教授也「迷途知返」。各有各的觀點看法，筆者不會誤認陳教授只是一時走上「迷途」更不會天真到期待他「知返」。

何況陳教授懂得辯證法。他在〈也談〉中慷慨地肯定筆者「對辯證法當不陌生」，原因呢？因為「何先生曾在中國大陸長期生活並上大學」（《華文文學》2007年第1期，頁59、60）。那他自己，不但在中國大陸長期生活並上大學而且當了教授，當然是自信運用自如了。他在〈也談〉中幾次大談辯證法，大談對立統一，大談否定之否定。筆者絕對相信他受過長期的薰陶和訓練，已有一套，不然怎麼當教授呢？而據說辯證法運用自如者，不啻鑲了一層無懈可擊的金衣。

那麼，為什麼要寫出這篇拙文猶如不自量力冒犯陳教授的「金衣」呢？

就從「辯證法」談起吧。筆者想到曾有論者指出，「辯證法」（dialectics）這一關鍵字，本來是一個像「範式」（paradigm）、「話語」（discourse）和「問題意識」（problematic）一樣的具有深厚內涵的外來詞匯，但卻被一些人

解釋爛了也用爛了，乾巴巴地剩下的只有幾項一勞永逸的「原則」，這些「原則」對深刻的現實困境於事無補，又對知識的增長無甚貢獻，更以嚴重脫離實際的意識形態話語霸權，替代了艱苦的文獻梳理和細膩的推導論證，從而與學術研究的基本規範南轅北轍。可以把這種「辯證法」戲稱為「變戲法」。

　　筆者進而想到文革前，有一次最後演變為政治迫害的哲學論爭。1963年11月，楊獻珍結合老子「合有無為之元」的思想和明朝方以智的著作《東西均》中的說法，在講課中提出了「合二而一」的哲學概念。他認為可以用「一分為二」來表達統一物的兩個部分，也可以用「合二而一」來表達「統一物是由兩個對立面組成的」。的確，既然可以用一分為二側重表示矛盾的對立性，那為什麼不可以用合二而一側重表示矛盾的統一性？但非常不幸，楊獻珍，以及當時中國大陸許多哲學家，都沒有想到，一場大風暴卻因此而臨。1964年6月8日，毛澤東在中央工作會議上說，「一分為二」是辯證法，「合二而一」恐怕是修正主義、階級調和的吧？同年8月15日，毛澤東在北戴河對哲學工作者的談話中說：「一個吃掉一個，大魚吃小魚，就是綜合。楊獻珍提出合二而一，說綜合就是兩種東西不可分割地聯繫在一起。世界上有什麼不可分割的聯繫？有聯繫，總要分割的。沒有不可分割的事物。」（吳江，《十年的路──和胡耀邦相處的日子》，香港，鏡報文化企業有限公司，1997年，頁164）毛澤東振振有詞，他心中只有「共產黨的哲學就是鬥爭的哲學」，結果就講出上述的很難說是正確的話。本來，任何矛盾都包含鬥爭性與同一性兩個方面：「鬥爭哲學」不能不講矛盾的同一性，「和諧哲學」也不能不講矛盾的鬥爭性，兩者不能缺一。但話說回來，在具體現實中，側重「鬥爭」抑或側重「和諧」，則是常有而且正常的事，

未必正確也未必錯誤——這要看你的出發點和目的，看你在什麼
情況下處理什麼問題。所謂「和諧哲學」，雖然也講鬥爭，但鬥
爭的目的是為了維持統一體的存在及其更好的發展；而所謂「鬥
爭哲學」，雖然也講統一，但鬥爭的目的是為了打破這個統一
體。二者在事物發展過程中所處的階段不同，出發點和目的也不
同。今天，有一點很值得中國人注意，正如李瑞環曾經感歎地
說：「令人遺憾的是，這種否定『和』的思想的鬥爭觀念和習慣
根深蒂固，很難被擯棄。」（李瑞環，《學哲學 用哲學》，北
京，中國人民大學出版社，2005年，頁578）

不過，令人無奈的是，很多時候，論爭未必富有什麼哲學高
度並因而碰撞出智慧的火花，卻和當事人的氣質以及所處的境況
大有關係。於是筆者又想到2002年中國大陸關於世界華文文學研
究的一場論爭。

2002年2月26日，《文藝報》發表一篇題為〈華文文學是一種
獨立自足的存在——我們對華文文學研究的一點思考〉的文章，
作者為吳奕錡、彭志恒、趙順宏和劉俊峰等幾位汕頭大學年青華
文文學研究者。他們有感世界華文文學研究這門中國大陸新興學
科在經過二十年的初創階段的熱情和勤奮之後，當前正面臨著
難以有所突破、難以深入發展的　尷境地，認為：之所以出現此
種尷尬，其根本原因在於基礎觀念（理論立場及批判視角）的偏
差。由此，他們提出了「文化的華文文學」的觀念，以挑戰他們
認為被灌入民族主義文化因素和時代情緒的「語種的華文文學」
觀念。他們達到這樣一個認識：各國華文文學是一種獨立自足的
存在，是各國華人生活的以生命之自由本性為最後依據的自我表
達方式。他們告誡大陸同行：「我們不必再為華文文學尋找家
園，它的家園就是它自己。讓我們的華文文學研究將自己的研究

對象還原到對居住或居留於世界各地的華人作家們的生命、生存和文化的原生狀態的關注上。」

此文發表後，在中國大陸引起廣泛的注意和爭論。只要大家平心靜氣追求真理，爭論是一件好事。例如，許多文章在讚許吳奕錡等人文章開闊人們思考空間、具有某種理論前瞻性的同時，懇切指出該文行文立意的缺點和問題。但是，不幸的是，其中也出現個別刺耳的聲音。其正好是來源於陳賢茂教授。他寫了一篇〈評《華文文學是一種獨立自足的存在》〉，心火極盛，企圖搞政治批判，很不足取。例如，陳文最後一段對辯論對方作了這樣明顯言過其實的攻擊（陳賢茂：〈評《華文文學是一種獨立自足的存在》〉，中國南京《世界華文文學論壇》2002年第2期；《華文文學》2002年第3期轉載，頁29）：

> 吳奕錡、彭志恒等人對中國文化深惡痛絕，一定要強行把華文文學與中國文化割裂開來進行研究，本來也無不可，各人可以從不同的角度進行研究，公平競爭，「你走你的陽光道，我過我的獨木橋」，只要其研究成果為讀者所認可，就能夠為共同構建華文文學的學術大廈添磚加瓦。但是，吳、彭等人無意於公平競爭，強迫別人跟他們一起「去中國化」，否則就給你加上各種各樣的罪名。人們不禁要問：為什麼華文文學研究只能按照吳、彭等人的指揮棒，去研究什麼「獨立自足的存在」，而不能研究華文文學與各種文化的聯繫呢？為什麼別人一進行這方面的研究，就是「陷阱」，就是「障礙」，就是「陰謀」，就是「極端殘酷」，而必須加以聲討呢？這不是典型的「只許州官放火，不准百姓點燈」嗎？不是完全違反了吳、彭等

人鍾愛的西方文化所奉行的「學術自由」、「學術民主」嗎？不也是一種學術專制嗎？而專制，恰恰就是中國傳統文化的一個組成部分，而且是非常糟糕的部分，應該革除的部分。《存在》一文所表現出來的專制，恰好證明了某些人只要一朝權在手，是十分專制，「極端殘酷」的。

知道內情的人，對陳教授拿「一朝權在手」說事，肯定會發出厭惡的嘲笑，也許也會對失落者給予幾分同情甚至諒解——處在這種心態的人往往心火太盛，方寸混亂。

或者心火太盛已是陳教授的常態。心火盛，便對許多事物看不慣。例如，陳教授在主編世界華文文學史這樣嚴肅的科學工作中便很不幸地帶著強烈的先入為主的個人偏見。一個證明是，他論述世界華文文學現狀的時候，用了一個帶有貶意的時間狀語——「正當中國某些標榜先鋒的作家和學者熱衷於在西方文化中淘金的時候」。他對國內某些作家和學者「在西方文化中淘金」持否定態度，而這一心態推動他極力「發現」一股回歸中國傳統文化的「潮流」而且還是「熱潮」在全世界華文文學中出現，以嘲笑國內那股「熱衷」的「歪風」。與此相應，他當然無視並否定華文文學多元文學中心的存在和發展。

心火盛，便會對許多事物隨意歪曲。例如，1997年11月，台灣作家柏楊在一次馬華文學國際研討會上作了一個主題演講，呼籲馬華作家應該與「母體『斷奶』」。陳教授竟然斷言：所謂「斷奶」，就是「主張馬華文學必須與中國文學、中華文化割斷聯繫」！（同上，頁28）筆者在〈評〉文中問道，「斷奶」是一種形象比喻。難道小孩斷奶後就意味著要與母親「割斷聯繫」嗎？！究竟哪一個提出或同意「斷奶」的人主張馬華文學

必須與中國文學、中華文化「割斷聯繫」？！（《華文文學》2006年第5期，頁100）陳教授在〈也談〉中引用陳雪風的話，以證明「割斷聯繫」並不只是他陳賢茂一家之言。（《華文文學》2007年第1期，頁65）但是，陳雪風恰恰是說「有人提出」而並非是他提出。真的，陳教授你就承認這是自己一家之言又何妨？！

更為離譜的是，陳教授在〈也談〉中居然離開「斷奶」比喻的原意，大談什麼（同上）：

> 其實不管是母奶，還是牛奶、羊奶、馬奶、驢奶、駱駝奶，只要有營養，沒有污染，都可以大喝而特喝。不論是中國文學、西方文學，還是其他國家的文學，都可以借鑒，從其中吸取養份，為什麼要拒絕呢？而且喝奶也不只是嬰幼兒的事，青年人、中年人、老年人都應該天天喝奶。年輕人喝奶可以長身體，老年人喝奶可以防治骨質疏鬆。把奶水比喻為知識，也就是活到老學到老的意思。我已年逾古稀，至今仍未斷奶，仍在惡補各種知識。老年人尚且如此，何況年輕人呢？……

陳教授這樣胡扯一通，這樣故意而且極其惡劣地歪曲「斷奶」的原意，連筆者現在重述一次也感到臉紅！幸虧柏楊先生已經仙逝，不然現在看到「年逾古稀」的堂堂大教授如此胡扯無聊，真不知他是否感到有所必要補修他的舊作？！

陳教授在〈也談〉中還指責說，為什麼提出「斷奶」者只針對中國大陸而不針對台灣？（同上）他振振有詞，卻無視一個《海外華文文學史》主編絕對不能無視的史實。或者我們可以問

一下：陳教授你是否認為馬華文學與中國大陸文學的關係可以和馬華文學與台灣文學的關係等量齊觀？

陳賢茂教授在談「斷奶」之爭時，還企圖把台獨分子「去中國化」的政治訴求強加到世界各國華文文壇上。他這樣表述（《華文文學》2002年第3期，頁28）：

> 近幾年，台灣的「去中國化」之風也曾吹襲海外華文文壇。例如，馬來西亞就曾出現「斷奶」之爭。

對此，筆者已經指出，不必說政治訴求和文學追求是兩種性質完全不同的事情；台灣和「海外」也是不能如此相提並論的。這是起碼的政治常識！不過筆者不想說堂堂的大教授缺乏起碼的政治常識。凡此種種，還是說心火太盛吧。心態一不正常便失學者風範，於人於己均無好處，絕對是不可取的。或者，說明白些吧，也是理念問題，價值取向問題。筆者非常贊同開放的、多元的理念和普世的價值取向，在撰寫〈評〉文時，在文章結尾曾引用中國世界華文文學學會會長饒芃子教授一句話（饒芃子：〈《比較文藝學叢書》總序〉，見錢超英：《澳大利亞新華人文學及文化研究資料選》，杭州中國美術學院出版社，2002年7月，頁3）：

> 全球化的二十一世紀是一個開放、多元的新世紀。在這一背景下，任何學科要發展，都必須是開放的、多元的。

進行世界華文文學研究當然更應該採取開放的態度，懷抱多元的理念和普世的價值取向，不然的話，成為絆腳石可能也不能

自省。這是筆者撰寫〈評〉文時的一點希望，當然也是今天撰寫此文的目的。

2008年9月初稿於悉尼，現有所增修，各節加了小標題。此文曾提交給於2010年3月9日在中國廣州暨南大學召開的「華文傳媒與海外華文文學」國際學術研討會；世界華文作家協會大洋洲分會也把它發表在新西蘭奧克蘭華文報紙《華頁》的「大洋洲華文作家協會專輯」上；也刊登在北京「天益」網（即現「愛思想」網）和悉尼「澳華文學網」等各地網站。

關於華文文學的幾個問題

華文文學──名稱與定義

　　顧名思義，凡用華文作為表達工具而創作的文學作品，都可稱之為華文文學。

　　華文文學稱為中文文學未嘗不可，不過現今大多數人習慣用「華文文學」這個術語。用「中文」這個詞時，似有國別含義；而用「華文」這個詞時，則強調種族文化背景。

　　「華文」的詞義演變相當複雜。根據歷史考證，黃炎族與夷、黎、苗諸族在遠古時漫長歲月中逐漸融合，到春秋時形成華族，到漢以後才稱為漢族。所謂華族文化，是以漢族為主體，各族各有貢獻的共同歷史業績。「華夏」連稱出現較遲，較早見於三國時魏國玄學家何晏的〈景福殿賦〉。賦中有此一句：「總神靈之既佑，集華夏之至歡。」「華夏」亦作「諸夏」，「夏」意為中國（即中原）之人。古人常以「夏」和「蠻夷」或「裔」對稱，以「華」和「裔」對稱，如《書‧堯典》有「蠻夷猾夏」之句；《左傳》也記有孔子言論：「裔不謀夏，夷不亂華。」「華」亦可以表示「榮」的意義。孔傳有「夏，華夏」一句，唐代經學家孔穎達疏曰：「夏訓大也，中國有文章光華禮義之大。」華文文學的「華文」兩字取義於「華夏」之「華」，如華文文學研究者潘亞暾所說，我們今天可取其含有民族融合而產生的「美大」

（充實之謂美，充實而有光輝之謂大）文化的背景意義，其中蘊涵著民族共同體公有的自豪感（潘亞暾，《海外華文文學現狀》，北京，人民文學出版社，1996年6月）。

華文文學與中國文學是兩個不同的概念。中國文學是指中國大陸文學、台灣文學，以及香港文學和澳門文學（包括不是用華文寫成的中國少數民族文學）。最近幾年，台獨意識濃厚者企圖把台灣文學從中國文學分離出去。當然，這種做法遭到許多人堅決反對；而且，我敢肯定，歷史也會證明這種企圖是不會得逞的。有些中國大陸學者提出「支流」說，如林承璜在他的《台灣香港文學評論集》（海峽文藝出版社，1994年2月）一書中，認為台灣文學是中國文學的「支流」。這顯然也是一種引起爭議甚至有害的觀點。且不管這些分歧，可以認定，華文文學的概念比中國文學的概念大得多，像英語文學、西班牙文學及法語文學一樣，是世界性的，它包括全世界各個國家用華文創作（不一定在該地出版）的文學作品。看來大多數學者均認為，世界華文文學也包括中國大陸和台灣文學，如張炯（中國作家協會副主席、原中國社會科學院文學研究所所長、世界華文文學研究中心主任）即持此種觀點（見他的〈走向世紀之交的世界華文文學（代序）〉，《世界華文文學概要》，公仲主編，北京，人民文學出版社，2000年6月）。亦有某些學者（如潘亞暾）使用「華文文學」這個詞時並不包括中國文學，而是專指域外的，按習慣統稱海外，即是「海外華文文學」。

華文文學與華人文學也是兩個不同的概念。海外（對中國大陸和台灣而言）華人用華文以外的文字創作的作品，當然不能稱作華文文學，而可以稱為華人文學。相反，非華裔作家用華文寫出的作品，則可以稱為華文文學（如他們在中國大陸或台灣定

居，甚至可稱為中國文學）。澳大利亞一個特出的例子就是人稱澳洲才子的白傑明博士。白傑明父親是德國猶太人，母親是蘇格蘭裔澳洲人，但他講漢語字正腔圓，並用中文寫了不少雜文，出過兩本集子，其風格介於魯迅雜文和英國隨筆，堪稱非華裔的華文作家的佼佼者，所以凡是研究澳華文學者都不會漏掉他。亞洲的例子更多。自稱「高麗棒子」的許世旭博士是純粹的韓國人，他以華文出版多本散文集、詩集和專著，現為高麗大學中文系教授、韓國中國現代文學會會長，可謂韓國華文文學的代表。

在中國大陸和台灣文學界中，「海外華文文學」是常用詞。他們使用「海外」一詞，主要是出於習慣，以有別於中國（國內）作家和文學。對某些人而言，此詞的使用可能多少還由於「中國中心」或「中國精英中心」心理作祟。許多已在世界各個國家世代生活的華裔或原來自中國但已取得各國公民權的移民都會多多少少感受到「海外華文文學」這個術語帶有的某種「中國（精英）中心」的暗示。對世界各國華文作家來說，如果確切一點，可能不應該把自己稱為「海外作家」，不應該把自己的作品稱為「海外文學」。

更確切的詞應該是「世界華文文學」。具體來說，分為「澳華文學」、「美華文學」、「新華文學」、「馬華文學」、「英華文學」、「日華文學」、「泰華文學」、「德華文學」、「法華文學」、「紐華文學」……等等，等等。某些學者喜歡使用「台灣旅外作家」、「大陸旅外作家」、「台灣旅瑞士作家」、「早期大陸旅美作家」這些詞。例如會把于梨華、白先勇、聶華苓、張系國、歐陽子、非馬、陳若曦、許達然等人看作台灣旅外作家，或甚至看作台灣作家。不過，美華文學史家則會把他們稱為美國華文作家。這種情況在全世界許多國家都可以看到。例如

女作家凱薩琳‧曼斯菲爾，在英國稱為英國作家，而在紐西蘭，人們則稱她為紐西蘭作家，並引以為榮。陳若曦也是一個有趣的例子。她在台灣出生，在美國留學，文化大革命時回中國大陸工作，1973年離開大陸到香港，次年到加拿大，取得加拿大國籍，又在美國定居，又常回台灣（現在常住台灣）。她在香港發表成名作〈尹縣長〉和其他關於文革題材的作品，被稱為中國大陸傷痕文學的先行者。她是美國華文作家，又和台灣、中國大陸以及香港文壇扯上關係。這些情況將來可能越來越多，並會增加人們研究華文文學的樂趣。

華文文學除了「海外華文文學」和「世界華文文學」的名稱外，還有其他一些叫法，但並不對等，而且另有含義，例如，「移民文學」、「流放文學」、「留學生文學」……等等。中國大陸學者考察了二十世紀八十、九十年代出現的所謂「留學生文學」，並為了區別這種文學和五十、六十年代台灣留學生所創作的「留學生文學」的不同，特別用了一個術語：「新移民文學」（陳賢茂主編，《海外華文文學史》，廈門，鷺江出版社，1999年8月）。此外，還有這樣的術語：「新海外文學」（趙毅衡，〈新海外文學〉，廣州，《羊城晚報》「花地」副刊，1998年11月20日，第14版）、「新華人文學」（錢超英，《「詩人」之「死」：一個時代的隱喻》，北京，中國社會科學出版社，2000年1月），和「天涯文學」（洛夫，〈天涯詩觀〉，《華夏詩報》，第135期）。

名不正則言不順。當指涉世界各國的華文文學時，「世界華文文學」應該是最正規、最恰當的名稱。但願「台港及海外華文文學研究中心」、「台港澳暨海外華文文學研究會」這一類的牌子有一天都能改變。

世界華文文學的版圖及其拓展

長期以來，談到世界華文文學，首先就想到東西兩大塊。

東面為東南亞各國華文文學，過去俗稱「南洋文學」，向來被視為世界華文文學的重鎮。東南亞華文白話文學直接是在五四文學革命的影響下誕生的。中國現、當代作家，如魯迅、郭沫若、郁達夫、老舍、茅盾、巴金、艾青、藏克家、田間、曹禺等，都對東南亞華文文學創作活動產生過巨大的影響。長期以來，東南亞華文文學呈現出深厚的現實主義的傳統，過去還拖著所謂「革命文學」的影子；當地華文文學甚至以關心中國、服務於中國政治鬥爭為宗旨；對當地華人作家來說，祖國就是中國。這種觀念到了二十世紀五十年代以後才有所改變。但是，直到今天，個別年紀較大的文化人，還是保持一些他們認為正統的觀點，包括對毛澤東的崇拜和對中國那場「無產階級文化大革命」的肯定。事實上，近百年中，中國社會、政治、經濟、文化、以及國際交往的變化，特別是國民黨共產黨兩黨的鬥爭，在當地文化界都會產生或大或小的感應。例如泰國，50年代泰華文學出現前所未有的全盛時期，後來便出現了變化，到80年代中期後又是另一番景象。印尼在蘇加諾領導時期和中國大陸友好，當時不少印尼華人作家喜歡跟著大陸文壇轉，他們的創作題材和創作方法都受大陸文風影響，並呈現出一派欣欣向榮的景象。不幸的是，1965年發生「930」事件，印尼華人文壇也連累受到慘重的打擊，至今未能復原。

在東南亞華文文學歷史上，人們可以看到文學和政治的互動，在某些國家，還有台灣和大陸的交替影響，呈現出相當複雜的局面。

　　西方一塊以美華文學為代表。而早年美華文學又以「留學生文學」為代表。美華文學與東南亞華文文學有許多不同。例如東南亞華文作家除土生土長外，老一輩的多來自中國大陸，不少亦文亦商（泰華作家同時經商者多達百分之八十）；而老一輩的美華作家多來自台灣，身份多由留學生成為教授學者。美華作家人數不能與東南亞華文作家相比，而且又缺本地園地和讀者，但他們不少作品（一些甚受西方新流派影響）被視為世界華文文學優秀之作。

　　談到文學成就，我不免為過去某些東南亞華文作家多少感到可惜。他們來自民眾各個階層，對艱難複雜的社會生活深有體會，文學修養也不能說不夠，但好像沒有寫出與此成比例的更多的傑出作品。究其原因，當然很多，其中可能包括受到過去流行大陸文壇的「文學為政治服務」的指導思想之害（借鏡於中國左翼文學——一種歷史的宿命）。在面對光怪陸離的當代大千世界時，他們不少作品採取守舊的、近乎不變應萬變的（而不是不斷發展與拓延的）現實主義創作手法，自然顯得捉襟見肘，力不從心，難以成功。另外，很明顯，在東南亞大部分國家，文學自由也有問題。

　　今天，上述的東西兩大塊之分還在，但是各自都發生了很大的變化。例如美華文學，這十多年增加了許多來自中國大陸的作家和有關學者，整個文壇呈現出一派新鮮景象。而東南亞某些國家華文文學近來也很有聲勢（參看後文的論述）。研究、比較世界華文文學東西兩大塊的不同及它們各自的發展變化，是這個領域的一個有意義的課題。

　　從整個世界華文文壇來說，和十幾二十年前相比，它更呈現出很大的不同。華文文學正在南美洲、非洲發芽成長。歐洲、大洋洲的華文文學創作開始令人矚目。一個令人喜悅的例子是高行健榮獲2000年諾貝爾文學獎。他的作品，作為法國華文文學

和世界華文文學的一部分，引起世界性的注意和讚賞（參看後面的論述）。至於澳大利亞華文文學的狀況，通過2001年8月悉尼國際研討會（研討會以「為了二十一世紀的華文文學」名之）的召開可見一斑。研討會提出許多論文，其中評論澳華文學的有：廣東文學研究所所長鐘曉毅教授撰寫的〈世界華文文學總格局中的澳華文學〉、雪梨華文作家協會會長黃雍廉撰寫的〈新詩在澳洲已成為華文文學的一季風景〉、原上海作家協會理事冰夫先生撰寫的〈澳洲華文詩歌的走向——讀雪陽、璿子詩集〉、原新西蘭奧克蘭大學何與懷博士撰寫的〈精神難民的掙扎與進取——試談澳華小說的認同關切〉、原江南大學教授辛憲錫撰寫的〈澳華散文漫筆〉、原廣東作協副秘書長張奧列撰寫的〈澳華文學十年觀〉，和原湖北文學研究所助理研究員、雪梨華文作家協會理事張勁帆撰寫的〈澳洲華人小說概觀〉。最近兩年，澳華作家、詩人出版了大量的作品；多卷本的叢書也多達三種：莊偉傑主編的《澳洲華文文學叢書》（海峽文藝出版社，2002年10月）、馮團斌主編的《大洋文叢》（中國文聯出版社，2003年5月），和俠外主編的《第三類文化系列叢書》（百花文藝出版社，2004年1月）。澳洲華文文壇，特別是悉尼和墨爾本華文文壇，也開始在海內外引人注目。

　　世界華文作家協會的不斷發展壯大也是一個證明。這個機構的前身為1981年成立的「亞洲華文作家協會」。1992年6月4日，「世華」成立，並於當年十二月在台北圓山飯店舉行第一次代表大會。至今，「世華」已有下屬亞洲十六個單位組織、歐洲十四個國家分會、北美十四個分會、南美九個國家分會、中美洲三個國家分會、大洋洲八個分會、非洲三個國家分會，以及加拿大三個分會。2000年11月，第四屆「世華」作家代表大會在美國洛杉

磯召開，二百多位代表來自全球六大洲七十五個地區、國家，真可謂濟濟一堂。去年三月，第五屆「世華」作家代表大會又在台北召開。二十多年來，符兆祥先生一直擔任「亞華」和「世華」秘書長，任勞任怨，勞苦功高。

中國大陸有組織地研究世界華文文學大概始於1985年。1986年深圳大學主辦第三屆台港文學討論會時，會議名稱更名為「台港暨海外華文文學學術討論會」。自第六屆（1993年）開始，再進一步把會議更名為「世界華文文學國際研討會」。今年九月，由山東大學、山東省僑辦主辦，《齊魯晚報》和暨南大學協辦的第十三屆世界華文文學國際學術研討會（暨《齊魯晚報》世界華文作家齊魯國際筆會）在中國美麗的海濱城市威海召開，赴此盛會的有來自世界二十二個國家、地區的九十名學者、作家和來自中國國內的九十多名代表。著名華文作家虹影、嚴歌苓，著名文學理論家葉維廉、張錯等在會上作了有關演講。會上共發表論文八十多篇。大家就多元化語境中的華文文學、華語文學的現代轉型等當今海外華文文學中的前沿學術問題進行廣泛、深入的探討，在很多方面取得了新的成果。

在這近二十年中，「中國世界華文文學學會」經過八年多的籌備終於在2005年5月成立當然是其中一個重要事件。在暨南大學隆重召開的成立大會上，中國世界華文文學學會籌委會常務副主任饒芃子代表籌委會作了長篇報告，報告回顧了學會的籌備情況以及華文文學這一學科建設從無到有的發展歷程。代表們一致通過了《中國世界華文文學學會章程》，並選舉產生了首屆理事會和監事會。首屆理事會由四十五位理事組成，饒芃子當選為會長，楊匡漢、劉登翰、陳公仲、王列耀四人當選為副會長。監事會則由二十九位資深人士組成，陸士清當選為監事長，袁良駿

等六人當選為副監事長。香港作協會長曾敏之和中國作家協會副主席張炯被推舉為學會名譽會長。學會下設學術、教學、對外交流、出版策劃四個委員會和秘書處。

中國世界華文文學學會的成立標誌著世界華文文學界在中國大陸有了一個統一的團體，標誌著華文文學界逐步建立起一種世界性華文語種文學的學術觀念和共識：華文文學研究不再局限一地一國和華人圈，而將目光投向全球華文文學與英語文學、法語文學、西班牙語文學等其他強勢語種文學共存中的生存狀態、語言及演變趨勢等。華文文學研究者將努力在不同國家、地區人們的視野融合的基礎上，尋求新的起點，創造新的未來，為促進世界華文文學的共同發展與繁榮做出貢獻。

過去，大陸文學界曾有此一說：搞不了「古典」的搞「現代」，搞不了「現代」的搞「當代」，搞不了「當代」的搞「海外」。顯然，這是偏見，於事實並不相符。這些年來，經過許多研究者的努力，世界華文文學研究成績斐然，此門研究也逐漸成為顯學了。

不同時代的中國留學生文學

中國「留學生文學」是世界華文文學的重要組成部分，而且常起一種先鋒開拓的作用。

回顧歷史，在上世紀初期，魯迅、胡適、徐志摩、郭沫若、林語堂、冰心、郁達夫等都曾在留學期間寫過作品，其中不少堪稱傑作。例如郁達夫描寫中國早期留學生生活的小說〈沉淪〉（1921年），在二十世紀中國文學中佔有重要的位置。但那個時候似乎沒有正式出現具有今天含義的「留學生文學」或「華文文

學」這些詞，他們的作品並沒有歸進我們今天所指的「華文文
學」的範疇裡去。

　　二十世紀五十、六十年代台灣出現留學歐美的熱潮。在台
灣留學生中，後來出現不少傑出的小說家、詩人和文學理論家。
「留學生文學」這個詞也廣泛使用開了。根據白先勇的意見，台
灣留學生文學可分為三個時期。早期以於梨華為代表，主要以留
學生的困境為主題，寫出了無根一代的痛苦，表現他們在還沒有
一定的方向取捨之前所產生的彷徨和迷惑；中期是以叢甦為代表
的大學畢業生他們的作品，主要描寫現代人在資本主義社會生活
的失落、焦慮、惶恐；第三時期以張系國為代表，致力捕捉海外
華人和知識份子新的心態及其複雜變化，包括描寫七十年代留學
生在保釣運動中的愛國熱情（白先勇，〈新大陸流放者之歌〉，
《聯合報》，1981年3月15日）。

　　中國現代文學史上有一個廣為人知的魯迅棄醫從文的故事。
魯迅1902年到日本學醫，有一次在日本人拍的電影中，看到中國人
在看自己同胞被異族砍頭時完全麻木不仁，深為震動，痛感救中國
人的靈魂比救中國人的身體更為重要，於是決定日後從事文藝工
作，企圖有助於改變中國國民精神。白先勇也有一個觀看外國人攝
輯的中國歷史片的故事。他看到南京屠殺、重慶轟炸，不再是歷史
名詞，而是一具具中國人被蹂躪、被焚燒、殘缺不全的肉體，橫陳
在那片給苦難的血淚灌溉得發了黑的中國土地上。白先勇坐在電影
院內黑暗的一角，一陣陣毛骨聳然、不能自己。走出外面，紐約時
報廣場仍然車水馬龍，紅塵萬丈，霓虹燈刺得人的眼睛直發疼。他
蹭蹬這個大都會街頭，一時不知身在何方（白先勇，〈我的小說世
界〉，收入《我的文學因緣》，香港，當代文藝出版社，1987年5
月）。對國破家亡的彷徨，逐日加深的文化鄉愁，使他寫出結集為

《紐約客》和《台北人》等小說。白先勇1964年發表的小說〈芝加哥之死〉猶如新的〈沉淪〉。

二十世紀八十、九十年代中國大陸也出國成風。特別在1989年六四事件之後，大批留學生、文化人留在國外。文化人中不少在國內時就享有盛名，如報告文學作家劉賓雁、蘇曉康、祖慰、理由；文藝理論家劉再復、高爾泰、黃子平、蘇煒；小說家鄭義、王若望（已去世）、孔捷生、張欣辛、高行健（也是劇作家和文藝理論家）、古華、劉真、查建英、王兆軍、劉索拉、老鬼、盧新華；詩人北島、顧城（已去世）、江河、萬之（也是文學評論家）、多多、嚴力（也是小說家）、楊煉、貝嶺……等等。當然，堪稱當代中國一大奇景的是二十多萬留學生一起留在國外。他們中間後來也出現了好些作家。中國大陸所指的「留學生文學」便是指這個時期一批出國留學者（包括出國訪問學者和以出國留學之名在外居留或打工者）所寫的有關留學生題材的文學作品。上海文學雜誌《小說家》從1984年開始發表了一些留學生文學作品。幾年之後，上海、北京、廣州、天津、深圳等城市好幾個刊物相繼發表這方面的作品。1988年北京十月文藝出版社出版第一部留學生小說集《遠行人》（阿蒼著）。二十世紀八十年代中國大陸留學生文學大多敘述留學生在兩種社會文化衝突下的種種遭遇和艱難尷尬的生存狀態。

二十世紀九十年代初，中國大陸興起一陣留學生文學熱。這主要是由周勵的《曼哈頓的中國女人》（1992年）和曹桂林的《北京人在紐約》（1993年）等作品所引起。這些作品被認為是投合九十年代大眾消費性文化心理的、紀實性和自敘性色彩很強的流行文學（陳駿濤，〈漫說留學生文學的發展軌跡〉，《文藝報》，1999年10月12日）。有一些評論家（如趙毅衡，見他的〈新海外文學〉一文）甚至不把這類他稱為「經歷報導」的作品

列進所謂真正的文學中去。九十年代中期以後，嚴歌苓、嚴力、虹影、閻真、張翎、少君……等一些作者發表了引人注目的、比較有力度的作品，評論家始認為大陸留學生文學進入一個多方位的發展階段。上海文藝出版社出版的《旅外作家長篇小說系列》可以說是二十世紀九十年代中國大陸留學生文學的一次較大規模的展示，內中有嚴歌苓、嚴嘯建、虹影、張士敏、戴舫、薛海翔等人的作品。這些作家雖然仍然流露出孤獨感和疏離感，但是顯然更加自信、穩健。例如嚴歌苓甚至能夠這樣宣佈：「在離開鄉土之後，在漂泊的過程中變得更加優秀了。」

白先勇有句名言：「家，就是關於中國的所有記憶。」于梨華曾經這樣定義：「海外華文文學是中國文學的延伸。」這些觀念，過去曾經似乎成為不少人的共識；然而，今天只要稍為檢視一下世界華人文學的狀況，「延伸」這個詞顯然不能說明問題了；「家」更經常表現出非常複雜、深奧的含義。例如，作為證據，我們可以舉出：嚴歌苓的《少女小漁》、《扶桑》、《人寰》、《無出路咖啡館》等作品，閻真的《白雪紅塵》、劉索拉的《混沌加格里楞》、查建英的《叢林下的冰河》等作品，少君的《人生自白》、《少年偷渡犯》等作品，虹影的《饑餓的女兒》、《K》、《阿南》、《女子有行》等作品，張翎的《望月》、《交錯的彼岸》、《郵購新娘》等作品，北島的《午夜之門》等詩文作品……

今天一個新的共識是：這種新「留學生文學」，或者擴大一點說，「新移民文學」，絕對不是一種簡單的中國文學在異域他鄉的延伸。一方面，如果說所有留學生文學都不可避免要面對華裔移民在異域生存中的文化認同的挑戰，包括對中華文化的重新認識，對中外文化衝突與融和的體會、審視、與理解，以及移民生存的歸宿感，這些從中國大陸出來的新移民在他們的作品中還常常展現出

一種他們特有的、經歷自由民主精神洗禮的「中國意識」——當代
中國動亂與苦難的記憶可能永遠陪伴他們這一代人的靈魂；而中國
的改造與崛起又是他們難以抹去的、揪心的憧憬與期盼。他們參與
創造一個新的時代大背景又在這個時代大背景下進行新的創作。這
個所謂「時代大背景」，就是以自由獨立的主體意識為核心、以自
由獨立的媒介為手段、以參與推動建立自由民主多元的現代中國主
流文化為己任的「新海外華人文化」的逐步形成。許多作家帶著深
厚的文化意蘊，並自覺激發當代意識，自覺進入文學精神的覺醒與
升華。他們從各自的優勢積蓄出發，從社會的、心理的、歷史的、
文化的、風俗的方面做多層次多角度的拓展，創作視野已經擴大，
其藝術手法更加熟練。他們許多作品所表現的不再是落葉歸根的渴
望，而更多的是失落也生根的繁茂和生機，以及開花結果。他們許
多作品力圖超越鄉愁，力圖進入普世主義。一種向多元化演進的生
氣蓬勃局面正在出現。于梨華那種留學生時代已經成為遙遠的過
去；他們更不是白先勇式的「無根的一代」——他們更多思考的是
現代時空下人類「在路上」的命運，而不是簡單重複舊時遊子的悲
苦的「無根」狀態。

　　筆者確信，這種新「留學生文學」標誌著世界華文文學史
上的一個非常重要的發展階段，它的巨大意義可能尚未全部顯
示出來，值得世界華文文學研究者充分注意。

世界華文文學與中國傳統文化
——是單向回歸還是多元升華？

　　一些論者這樣描述當前華文文學世界的狀況：正當中國某些
標榜先鋒的作家和學者熱衷於在西方文化中淘金的時候，海外華

文文學卻正在悄悄地向中國傳統文化回歸，無論從內容到形式，從藝術構思到表現技巧，都體現了中國傳統文化的特點。還說：這種潮流還剛剛在興起，但很快會變成一股熱潮（見陳賢茂主編，《海外華文文學史》，第1卷，第49頁）。

筆者以為，這樣的歸納失之偏頗。

首先，從整體而論，從五四以後中國大陸以外出現白話華文文學一直到今天八十多年的歷史來看，華文文學世界並沒有出現全局性背叛和脫離中國傳統文化。從真正的意義上來說，傳統不可能完全背叛、脫離，也不可能徹底摧毀。政治暴力，如所謂「偉大的無產階級文化大革命」的「破四舊」，妄圖摧毀傳統，但在很大程度上只不過是以傳統的某些方面摧毀傳統的另一些方面。而這種以政治暴力的摧毀，只能得逞一時卻不能維持長久。歷史已經證明了這一點。的確，二十世紀是革命的世紀，許多知識份子都宣佈與傳統決裂，都要造反。我以為這種文化上的所謂「造反」不但可以接受而且還是應該的。事實上這並非是真正與傳統決裂（應該指出，這是不可能的），而是不受傳統所束縛，企圖創新。但所謂創新無非就是在傳統的基礎上創新。這種情況很多。

以高行健為例。1981年秋天，高行健出了一本叫做《現代小說技巧初探》的小冊子（廣州花城出版社），結果引起了一場關於「現代主義還是現實主義」的論爭，發生當時中國大陸文壇所謂的「五隻小風箏事件」。1981年夏天，高創作了中國大陸第一部先鋒戲劇《車站》，接著又寫出小劇場話劇《絕對信號》。1989年，他在法國完成長篇小說《靈山》（台北，聯經，1990年出版；英譯本2000年6月出版，為雪梨大學陳順妍博士所譯）。評論家趙毅衡說，這部小說從精神上創造賴以生存的文化環境，

為中國文學創造了一個全新的體例,無法以繩墨規矩論之,目的是構築起嶄新的「非主流」中國文化主體(趙毅衡,〈新海外文學〉)。但是,即使這樣一個高行健,在2000年7月雪梨《靈山》英譯出版發佈會後也明確表示他對傳統的態度不是毀,而是繼承。他說:「誰不在遺產中生活?包括我們的語言,沒有傳統文化哪來的你?問題在於怎樣做出新東西豐富它,這才有意思。」(葉舟,〈高行健追尋不羈的靈魂〉,《亞洲週刊》,2000年7月23日)。高行健宣言點睛之處是「怎樣做出新東西豐富傳統」。

世界各地華人作家之間,每個作家不同時期不同作品之間,在傳統的繼承與創新上面,都會千差萬別,還會翻來覆去,一時這種情況多些,一時那種情況多些。例如于梨華二十世紀五十、六十年代的創作,受到當時美國文壇盛行的現代派文學的一些影響;聶華苓小說的主體傾向甚至「呈現出現代派小說的基本色調」;白先勇也吸收了現代藝術的精髓。但是他們都深受中國傳統文化傳統文學的影響。在他們的小說中,可以看到傳統與現代的藝術手法相當完美地融合在一起。白先勇本人有一句話其實已講得很清楚。在處理中國美學中國文學與西方美學西方文學的關係時,應該是「將傳統溶入現代,以現代檢視傳統」(袁良駿,《白先勇論》,台北爾雅出版社,1994年,第352頁)。

東南亞華文文學從整體來說好像也不是背叛和回歸中國文化傳統的問題。即使新加坡詩人侃儷王潤華和淡瑩的例子也不能說明所謂的背叛和回歸(在2000年11月第四屆世界華文作家代表大會會上,筆者當面和王潤華談到這個問題,他同意筆者的意見。當然,文學批評絕對不以被評論者的觀點為准,這只是一個參考)。他們許多作品非常優秀,如評論所說,富有禪理神韻。但是,如果因此說他們的詩是傳統的,還不如說是現代的,或者說

既古典又現代（如淡瑩的詩），是傳統與現代的融匯（如王潤華的詩）。他們的詩並不存在回歸不回歸傳統的問題。優秀的東西一般都有某種超越性。

生活在另一種文化環境中的華人作家其實是最強烈地感受到中國優秀傳統文化的可貴（當然也同時比較容易發覺中國傳統文化缺陷的一面），因而對祖籍國在二十世紀七十年代文革期間出現以政治暴力破壞、摧毀中國傳統文化的現象倍為痛心。正是基於這種情懷，他們之中不少人可謂盡力弘揚儒家思想，弘揚儒、道、佛文化，甚至對中國神秘文化如風水、命理、占卜、星相也深有感情。這正是為什麼在那期間，正當中國優秀傳統文化被摧毀得奄奄一息的時候，世界各地華文文學中出現不少弘揚中國傳統文化的作品。趙淑俠的短篇小說〈塞納河之王〉正是其中一篇。小說主人公孜孜追求、終生不悔的最高理想是：把中國藝術精神介紹給世界，讓中國畫的美，糅進西方藝術裡，為全世界人接受，不光局限在中國一個地方。這亦是作者趙淑俠的理想。

一句話，如果華文文學世界過去沒有出現全局性背叛和脫離中國傳統文化，就不好說它現在正在整體性地向中國傳統文化回歸，說什麼這個回歸已形成一種潮流而且這種潮流還會很快變成一股熱潮。事實上並沒有這樣一股「潮流」或「熱潮」。這種以所謂回歸傳統與否作為著眼點的論述肯定會歪曲整個華文文學世界豐富多彩的面貌，特別是當審視的範圍也包括這幾年很引起注意的所謂「新海外文學」的時候（如高行健、嚴歌苓、楊煉、虹影……等人的作品）。

關於華文文學與中國傳統文化的關係，周策縱教授於1988年8月在新加坡召開的第二屆華文文學大同世界國際會議上提出「雙重傳統」的觀念。所謂雙重傳統是指「中國文學傳統」和「本土

文學傳統」。他認為，各地華文文學一定是溶合這兩個傳統而發展，即使在個別實例上可能有不同的偏重，但不能有偏廢（周策縱：〈總評辭〉，《東南亞華文文學》，新加坡作家協會與哥德學院，1989年，頁359）。

2002年5月，台灣中山大學文學院院長鍾玲教授在非洲華文作協文學年會的專題演講（題目為〈落地生根與承繼傳統──華文作家的抉擇與實踐〉）中指出：一個好的作家作品中會吸收多元的文化傳統，融鑄多元的文化傳統，因為在現實中沒有一種文化是完全單一的，因為任何人所處的社會不時都在進行多元文化的整合，有的是受外來的文化衝擊，有的是社會中本土文化之各支脈產生相互影響而有消長。作家的作品必定反映這些多元文化之變化。另一方面，有思想的作家必然會對他當時社會的各文化傳統作選擇、作整合、作融合。

這些觀點都很有見地。事實上，所有的傳統，都是當代的傳統；所有的傳統，都不是單純的傳統。傳統本身是一條和時間一起推進、不斷壯大的河流。在這個意義上，傳統也在更新，包括傳統本身的內涵和人們對傳統的認識和利用。

總之，在傳統這個問題上，使用「回歸」這種字眼要非常小心，特別當論述對象不是個別時期個別作家個別作品的時候。應該說，無論從創作實際或是理論取向來看，整個世界華文文學與中國傳統文化的關係都不是單向回歸而是多元升華。

行文至此，還可以進一步討論（或者是猜測）一下「回歸」論的指導思想。

今天，「全球化」是談論最多的一個話題。某些人，一方面對全球化、特別是對經濟全球化可能帶來文化全球化以及其他種種全球化（雖然這是一個非常非常漫長的過程；而且全球化絕

對不是「單一化」，絕對不能誤會為「單一化」）憂心忡忡；另一方面，又幻想中華儒家文化成為當今世界獨此一家的「救世良方」，具有「普遍意義」。這種複雜矛盾的心態多少說明為什麼有些人熱衷於上述的「回歸」論，對他心目中的所謂「傳統」具有強烈的執著感。這種論調的理論基礎可能就是當今流行一時的以「中國文化優越論」為基本特徵的新文化保守主義。有一個說法：「三十年河東，三十年河西」。據說西方文明已經沒落，世界需要東方文明即是儒家思想拯救。《海外華文文學史》中，有一篇據說「最有代表性」的作品是題為〈丁伯的喜訊〉的小說（泰華作家倪長游所作）。小說作者通過兩個家庭的不同境遇，有意將儒家文化與西方文化作一對比：一家受儒家文化薰陶，父慈子孝，家庭幸福；另一家「全盤西化」，結果親情淡薄，倫理蕩然（《海外華文文學史》，第1卷，頁36-37）。作為小說，作者這樣寫一寫是完全可以的，也有事實根據，也可能有某種意義。問題是表達這種思想的文學是否已成為潮流，是否能夠論證論者所謂的「回歸」，而且論者所贊賞的這種「回歸」是否應該作為全世界各國華文文學創作的大方向。

筆者的答案是「否」。我們怎麼能夠將儒家文化與西方文化相互對立，特別在今天全球化已成不可逆轉的世界潮流？充份現代化之後的現代社會確實存在許多難題。如果我們在充份吸收西方人文主義文明精髓的基礎上，帶著現實的態度來建構以重視人倫情感、重視家庭和社會和睦、重視人與自然的和諧、重視人的精神境界與內心的安寧等價值為中心的「後儒學」文化，以此參與解決現代社會的難題，那麼，這一文化在未來世界文化的多元格局中肯定佔有重要的一席之地。但是，決不能虛妄地幻想重建儒家文化的一統天下！二十世紀九十年代中期以來，亨廷頓

的「文明衝突論」（見亨廷頓（Samuel P. Huntington）：〈The Clash of Civilizations?〉 Foreign Affairs, Summer, 993; *The Clash of Civilizations and the Remaking of World Order*, New York, Simon & Schuster, 1996）引起華人世界的強烈駁斥，但某些言必斥亨廷頓的「東方救世論」者卻是與亨氏形異實同。這些人還不如一百年前的康有為——他的大同理想既發揮今文經的公羊學說和《禮記·禮運》大同思想，又糅合許多西方民主自由平等思想。

世界華文文學多元文學中心
——應該肯定促進還是否認促退？

關於華文文學多元文學中心問題非常有趣，也引起許多爭議。有些學者，例如《海外華文文學史》主編陳賢茂教授認為：對華文文學世界中是否可以存在多個文學中心的問題，回答可以是肯定的；而對目前是否已經形成多個文學中心，答案則是否定的。例如，在他看來，新加坡在華文文學發展「普遍不被看好」的情況下，要成為華文文學中心，談何容易；馬來西亞將來極有可能，但目前還不具備成為文學中心的條件。至於美國和歐洲華文作家，據陳賢茂教授攷察，他們雖然多已加入了外國國籍，卻仍然自認是中國人，以其作品能進入中國文學為榮。這些作家主觀上既沒有另立中心的意圖，客觀上也不存在形成中心的條件。他們為中國人而寫，以中國人為讀者對象，「與中國文學就沒有太大的差異了」（《海外華文文學史》，第1卷，頁21-22）。

在多元文學中心問題上，當然應該尊重歷史和現狀。以馬來西亞華文文學為例。不少論者提到馬來亞一些青年作家早在1947年1月提出「馬華文藝獨特性」的口號，認為此舉具有重大的歷

史意義。在當年一次馬來亞星華文藝協會舉辦的文藝問題座談會上，他們強調馬華作家應該關心馬來亞的現實，不要一味從報紙找題材，去虛構中國的故事。1947年11月，星華文藝協會又專門舉行了一次關於「馬華文藝獨特性」問題座談會。之後，爆發一場「馬華文藝獨特性」與「僑民文藝」的論戰，這場論戰廣泛宣傳「馬華文藝獨特性」的方向。1956年1月，馬來亞當局宣佈將在翌年8月31日獨立。在此形勢下，全星文化協會籌備委員會於1956年3月18日發表「當前文化工作者的任務」的宣言，提出「愛國主義文化」的概念。此概念後來又具體化為「愛國主義的大眾文學」的口號。顯然，這是「馬華文藝獨特性」的新發展。從此之後，馬華文學終於脫離了中國文學的軌道，從「僑民文學」走上多元性的獨立發展的道路。

進入二十世紀九十年代，馬華文學的傾向可以這一口號概括之：「立足本土、放眼世界」。近幾年，馬來西亞華文文壇出現的「斷奶」之爭令人矚目，也很說明問題。在1997年底馬華文學國際研討會（馬來西亞留台校友會聯合總會主辦）上，柏楊呼籲，馬華文學創作者「必須淡忘、早一點脫離悲情世界，與母體『斷奶』，才能強大、具有本身的獨立性和特別性」（柏楊：〈馬華文學的獨立性〉，馬華文學國際研討會主題演講，1997年）。留台馬華作家黃錦樹等人也認為，馬華文學一定要「斷奶」，要獨立，擺脫中國文學的陰影（參看黃錦樹：《馬華文學與中國性》，台灣元尊文化公司，1998年）。2001年9月新加坡作家節期間，紮根於馬來西亞怡保的黎紫書深有感觸地說，馬華文壇的「幸運」，是產生了應否脫離中國文化母體的大辯論，像烈火燒芭一樣，引出了馬華文學應走出老一輩的情意結、應「割斷臍帶」的呼聲。馬國年輕作家發現「斷奶」痛苦的同時，也發

現打開視野吸取新的養分卻一點都不困難。「被遺棄族群」的悲哀，「孤兒」的心態，都逐漸淡化了，作為獨立完整個體的馬華文學正在形成（見莊永康：〈離而不散的華文文學〉，新加坡《聯合早報》，2001年9月10日）。作為新一代馬華作家中的佼佼者，黎紫書所言不但是自身經驗之談，也具有重大的代表性。

今天，已經走過八十個年頭、擁有相當文學業績、作為「獨立完整個體」的馬華文學顯然充滿自信心（馬華文學創作、出版、獲獎情況有目共睹）。1999年12月，為慶祝第五屆「花蹤文學獎」的頒獎典禮，吉隆坡《星洲日報》發表社論，希望在進入二十一世紀之後，馬華文學作品有更好的發展，足以與中國大陸、台灣以及其他地區的優秀華文作品「平分秋色」，在國際華文文壇上大放異彩（見《星洲日報》社論：〈邁向二十一世紀的馬華文學〉，1999年12月20日）。在「中國世界華文文學學會」成立（2002年5月28日在廣州暨南大學成立）之際，馬來西亞華人文化協會總會長、馬來西亞華文作家協會副會長戴小華在一次採訪中表示，她對馬華文學的未來持十分樂觀的態度。她說，現在的馬來西亞的華文創作，總是結合了東西方文化，有自己對於生活的獨特感受，形成了自己的獨特性，「不再是中國大陸或台灣文學的影子」（見戴小華採訪記〈世界華文文學的今天與明天〉，廣州《羊城晚報》，2002年6月13日）。在中國文學母體的營養中誕生，承傳了華夏文化的優良傳統，同時也吸納了包括馬來文化和西洋文化在內的精華，經過「北望神州」的延續時期，經過掙紮，逐漸告別僑民意識，紮根本土，形成了具有本土意識與風格的馬華文學，最終分離母體而自立——這就是馬華文學誕生、發展、壯大的過程，這也是華文文學世界又一文學中心成型的過程。對此歷史和現狀，為什麼視而不見、不予承認呢？

　　至於「多元文學中心」這一明確的提法，也是周策縱教授於1988年8月在新加坡國際會議上提出的。在他的〈總評辭〉中，周策縱教授說，華文文學，本來只有一個中心，那就是中國。可是自從華人移居海外，在他們聚居的地區建立起自己的文化與文學，自然會形成另外一些華文文學中心。這是既成事實（周策縱：〈總評辭〉，《東南亞華文文學》，頁360）。

　　1991年，周策縱教授的學生王潤華博士把這些觀念帶進中國大陸。當年7月在廣東省中山市舉行的第五屆台港澳暨海外華文文學國際學術研討會上，王潤華論證的主題是「從中國文學傳統到海外本土文學傳統」。他說，我們今天需要從多元文學中心的觀念來看世界華文文學，需要承認世界上有不少的華文文學中心，而不能再把新加坡華文文學、馬來西亞華文文學，以及其他國家華文文學看作「邊緣文學」或中國文學的「支流文學」（王潤華：〈從中國傳統文學到海外本土文學傳統：論世界華文文學之形成〉，《文訊》第89期，1993年3月）。

　　2000年11月，在第四屆世界華文作家代表大會上，已任新加坡大學中文系主任和新加坡作家協會會長的王潤華再一次強調「多元文學中心」說。按照他的觀點，每年最佳的華文小說、詩歌、或戲劇不見得一定出自中國大陸和台灣，很可能是馬來西亞或住在歐美的華文作家。他把高行健榮獲諾貝爾文學獎看作「華文文學的大突破」。對高行健文學創作的肯定，表明華文作家在全球化與本土性的衝激中，在多元文化的思考中，逐漸被世界認識到其所謂「邊緣性」實際上是創意動力的泉源（王潤華：〈邊緣／離散族群華文作家的思考——當地文學與中國文學的關係〉，提交大會論文；重寫擴大本見台北《文訊》2001年7月號，標題改為〈後殖民離散族群的華文文學〉）。

　　類似周策縱、王潤華的意見並非是個別的。在台灣，多元文學中心的觀點為許多學者、作家所讚同。例如，1993年，鄭明娳教授提出類似的「多岸文化」的觀點。她在《當代台灣文學評論大系》的〈總序〉中說，當代華語世界所面臨的新情境是「多岸文化」的並陳，不限於台海以東單純的台灣文化，也不限於雙邊兩岸文化的互動。全世界，只要有華人的地區，任何採用華文寫作而形成華文文壇的地方，都構成華文文學的一環。華語世界已超越兩岸文學的對峙情況，形成多岸文化的整合流程（鄭明娳：〈總序〉，《當代台灣文學評論大系》，鄭明娳總編輯，台北正中書局，1993年6月）。她進一步指出，「多岸文化」本身包含許多次文化區域，因人文環境不同，出現各地獨特的文壇情況。「多岸文化」的整合，並不是歸於一，乃是各岸爭取主動權、解釋權的競逐關係。在特定的時空條件中，誰的主動權強，解釋權獲得共識，產生了全面性甚至國際性的影響，誰就居「多岸文化」的領導地位（同上）。

　　前幾年，李歐梵教授在總結四十年來的世界華文文學時，曾這樣說：「我們試觀這一百多年來的中國近代史，其改革的動力往往產生於沿海邊緣，而以新的思想向內陸挑戰，逐步迫使內陸的中心承認變革的事實……所以，我認為，在二十世紀末的中國，所謂海外已經不是邊緣，或者可以說，邊緣文化已經逐漸在瓦解政治上的中心。」（李歐梵：〈四十年來的海外文學〉，收入《四十年來中國文學》，張寶琴、邵玉銘、瘂弦編，聯合文學出版社，1995年6月）當然，李歐梵對「邊緣」和「中心」的考察已超越單純文學問題，但筆者關注的是：他的考察是否確實符合歷史的真相？

　　正如上述的馬華文學的例子所顯示，由於世界各國華文文學
的存在和發展，出現華文文學多元文學中心應是自然不過的。

　　的確，在華文文學世界中形成多元文學中心並非易事。正如
論者指出，拿華文文學與英語文學相比，就可看出，它們是在非
常不同的歷史背景下形成和發展起來的。今天，英語已經成為英
國之外好幾個國家人民群眾通用的語言，在美國、加拿大、澳大
利亞等等好些國家形成新的作為國家文學的英語文學，而華語、
華文在中國（或者加上新加坡）以外的任何國家似乎尚未享受這
種地位。不過，筆者認為，假如不把「中心」這個詞看得過於
嚴重（文學中心不是政治中心，不是權力中心。文革時各派「以
我為中心」；對此，毛澤東曾說，多中心等於無中心），應該承
認，在華文文學世界中已經形成多元文學中心。有新加坡華文文
學中心，有馬來西亞華文文學中心，有法國華文文學中心，有美
國華文文學中心……等等。多元文學中心的「中心」可以是大中
心也可以是小中心；可以具有巨大影響，也可能影響不大。每個
中心各不相同，各有特色，並不抵觸相消，而是競相發展。

　　文學中心不是有「意圖」就可以「另立」的——它不是自
封的；另一方面，雖然沒有「意圖」它也可能不經意就出現了
——它是文學業績自然推動的結果。當然，對於世界各地華文作
家來說，中心不中心，或者主流支流之分別，不必成為關注的問
題。瘂弦說得好：海外華文文學無需在擁抱與出走之間徘徊，無
需墮入中心與邊陲的迷思，誰寫得好誰就是中心，搞得好，支流
可以成為巨流，搞不好，主流也會變成細流，甚至不流。還必須
指出，中國大陸作為華文文學的發源地，有數千年歷史，誕生許
多偉大作家和不朽作品，它的文學思潮、文學流派、文學運動影
響深廣，自然是最大的中心。不管出現多少個中心，中國大陸這

個中心也是絕對不可能被替代的。或許還可以這樣指出，在中國大陸這個大中心內也會出現多個小中心，各自呈現出強烈的、甚具價值的地方色彩，如嶺南文學、京華文學、西部文學、海派文學……等等。

筆者認為，多元文學中心的觀點是積極而有意義的。但是某些學者卻另有想法，陳賢茂教授就是其中一位。除了他在《海外華文文學史》已經表述的觀點之外，他在前兩年一篇文章中談到馬華文壇「斷奶」之爭時，竟然斷言：所謂「斷奶」，就是「主張馬華文學必須與中國文學、中華文化割斷聯係，獨立發展」（陳賢茂：〈評《華文文學是一種獨立自足的存在》〉，中國南京《世界華文文學論壇》2002年第2期；廣東汕頭《華文文學》2002年第3期轉載，頁29）！眾所周知，「斷奶」是一種形象比喻。雖然所有的比喻，正因為只是比喻，都不是百分之百準確的，筆者還是要問，難道小孩斷奶後就意味著要與母親「割斷聯係」嗎？！究竟哪一個提出或同意「斷奶」的人主張馬華文學必須與中國文學、中華文化「割斷聯係」？！陳賢茂教授還企圖把台獨分子「去中國化」的政治訴求強加到世界各國華文文壇上。他這樣表述：「近幾年，台灣的『去中國化』之風也曾吹襲海外華文文壇。例如，馬來西亞就曾出現『斷奶』之爭。」（同上）不必說政治訴求和文學追求是兩種性質完全不同的事情，台灣和「海外」也是不能如此相提並論的（這是起碼的政治常識）。這種心火太盛、企圖搞政治批判的態度已有失學者風範，於人於己均無好處，絕對是不可取的。

在筆者看來，有志弘揚中華文化、推動華文文學在世界發展者都應該拋棄「中國（精英）中心」的過時觀念，都應該支持並推動華文文學世界多元文學中心的出現和發展，對「多岸文化」競逐領

導地位的百花爭艷、萬紫千紅的景象，都應該感到由衷的高興。由邊緣走向另一個中心，正是世界華文文學興旺發達的標誌。

從世界華文文學到華人世界文學

1983年，美華作家木令耆在編完《海外華人作家散文選》（香港，三聯書店，1983年10月）以後，曾發過感歎。她說，很可能現今的歐美華人作家是歷史上畸形發展現象。在中國歷史上從未有過海外華人作家的傳統，現今的海外華人作家很可能是「前不見古人，後不見來者」時代的孤兒，也就只有去「念天地之悠悠，獨愴然而涕下」了。在1993年召開的一次有關座談會上，香港嶺南學院梁錫華教授也曾作了一個「海外華文文學必死無疑」的預言。

他們當年是有感而發。但現在，十年二十年過去，世界華文文學不但沒有死亡，而且更為生動蓬勃。前文所舉的許多例子，都是很好的證明。我們身在悉尼，也感受到華文文學的蓬勃發展。

世界華文文學的遠大前程及其重要作用不可低估。不容置疑，中國文學對中國大陸以外的華文文學的影響十分巨大深遠。但發展到某階段時，影響會成為雙向的。例如，美國華文文學在過去幾十年對台灣文學就產生了巨大的影響，甚至許多研究者把它看成台灣文學的一部分（把台灣文學分為戰鬥文藝、現代文學、鄉土文學、海外文學、後現代文學這些階段和派別），把許多台灣出身（在台出生或在台讀過書）的美國華文作家看成台灣作家。至於世界各地華文文學對中國大陸文學走向的影響，由於種種原因（主要是政治原因），直到目前為止好像還未曾有過十分明顯的證據。但正如許多研究者所言，由於世界各國華文作家

所處的特殊地位和所具有的獨特優勢，華文文學作為中外文化、東西方文化的交匯點，有可能因中國傳統文化與異質文化嫁接而孕育出有別於中國文學的文學精品，世界華文文學的確可以獲得有時甚至出乎意外的成就。高行健榮獲2000年諾貝爾文學獎是廣為人知的例子。他的作品，作為法國華文文學和世界華文文學的一部份，引起世界性的注意和贊賞，這是不爭的事實。而尚未引起世界性廣泛注意其實還有不少華文作家、詩人。例如，上文提到的嚴歌苓、嚴力、虹影、閻真、張翎、少君、楊煉、北島等人近幾年也寫出一些不錯的作品。馬來西亞女作家黎紫書也是一個例子。正如美國學者王德威指出，馬華文學已發展出自己的「一脈文學傳統」，值得「離散文化」研究者注意。他甚至說，馬華文學的某些精品，如黎紫書的作品，「每每凌駕自命正統的大陸及台灣文學」（王德威：〈黑暗之心的探索者：試論黎紫書〉，《自由電子新聞網》，2000年4月10日）。這些優秀作家的具有獨特風格的文學精品是華文文學世界的共同財富，遲早會反哺於中國大陸文學。他們的豐富性和多樣性，肯定有助於中國大陸文學的表現力，起碼為文本背後民族精神的探索形式提供了難得的參照。他們對於中國大陸文學邁向世界，一定將起到很好的促進作用。

這種發展勢頭使筆者禁不住對「世界華文文學」補充一個解釋：這個詞除了指全世界各個國家用華文創作的文學作品以外，應該還有另一個含義，就是用華文創作的世界文學，即是指那些得到全世界各國公認的、成為全人類精神文明寶貴財產的傑出的華文文學作品。這種作品肯定越來越多。還必然會有從世界華文文學到華人世界文學的發展方向，即是將來華人創作的一些堪稱世界文學的作品，必然會有不少不是使用華文而是使用其他文

字。對於此一動向，我們應以欣喜的心情關注之。不過這已經不是本文要討論的範圍了。

本文原為提交給2001年悉尼國際華文文學研討會的論文，曾發表於澳洲悉尼《東華時報》和中國《海南師範學院學報》2001年第5期；並被北京《新華文摘》2002年第4期轉載。現有個別修改。

追尋「新大陸」崛起軌跡
——為深入研究澳華文學提供一些線索

一、澳華文學的崛起
——世界華文文學研究者的共識

2006年12月，筆者主編的澳華新文苑叢書第一卷《依舊聽風聽雨眠》在台北出版，其封底特意加了這麼一段文字：

> 澳華文壇真正成型至今不過十幾年，但在世界華文文學的版圖上，澳華文學的崛起有目共睹，亦開始為文史家所重視。作為澳洲華人媒體的優秀文學副刊，《澳華新文苑》有幸參與這個前景輝煌的歷程，見證這個歷程的實踐者、參與者和宣導者；而這套叢書，則是《澳華新文苑》的精華。它將一卷一卷編輯出版下去，為編寫澳華文學史提供既翔實又比較現成的資料。
>
> 薪傳和弘揚中華文化永遠是世界各地華夏子孫義不容辭——或者說，自然而然——的職責，也是一種宿命。這套叢書又一次充分顯示了這個事實。

關於澳華文學的崛起，這個論點絕非筆者個人之見，它其實已經獲得不少世界華文文學研究者的共識。例如，2006年7月，美

國評論家陳瑞琳在成都第二屆國際新移民華文文學筆會發言中，這樣認為：

> 海外華文作家常常被學術界分為四大塊。台灣、香港、澳門等地為第一大塊，東南亞諸國的華文文學為第二大板塊，澳洲華文文學為第三大塊，北美華文文學為第四大塊。

更早些時候，在2003年12月，台灣佛光大學文學系專任教授、世界華文文學研究中心創辦人楊松年在他的〈評析世界華文文學作品的意義──《跨國界詩想：世華新詩評析》序〉中則這樣描述：

> 全球的華文文學，可以分成好幾大塊：中國大陸是一塊，港、台、澳是一塊，美、加是一塊，歐洲是一塊，東南亞又是另一塊，近年來由於中國大陸、香港移民的增加，澳、紐華文文學又形成新的一塊。

最新的也許也是最權威的認同可以從中國世界華文文學學會會長、暨南大學教授饒芃子和中國世界華文文學學會副會長、中國社科院教授楊匡漢兩人共同主編的《海外華文文學教程》一書中看到。這本去年（2009年）7月由暨南大學出版社出版、作為中國大陸大學教材的新書目錄如下：

第一章　海外華文文學概論；

第二章　東南亞和東北亞華文文學；

第三章　北美華文文學；

第四章　歐洲華文文學；

第五章　澳大利亞華文文學。

研究者當然要把全書仔細閱讀，但這個目錄，多少也可以讓人不言而喻了。

各種觀點或有差別，但都把澳華文學視為新崛起的一個板塊，這一點應該說是沒有疑問的。澳華文學新崛起當然有跡可尋，但要全面追尋澳華文學這一板塊二十年來的崛起軌跡並不是一件輕而易舉的事。

二、從媒體上追尋澳華文學崛起的軌跡

眼下最時興的是上網。電腦虛擬世界今天無所不在，可謂覆蓋整個地球。澳華文壇許多作者也紛紛開始設置私人博客網站，悉心耕耘自己的文學花園。其中有：振鐸的《南極星下》、趙大鈍的《聽雨樓詩草》、冰夫的《悉尼秋歌》、徐家禎的《六樹堂文集》、心水的《尋聲詩社》、張曉燕的《小燕子文學天地》、胡仄佳的《佳佳澳》、崖青的《台燈下》、田地的《悉尼田地的博客》、田沈生的《寰宇萍蹤》、王文麗的《弦外知音》、張勁帆的《作家勁帆》、張奧列的《悉尼奧列》、靜華的《澳華之聲》，以及楊恒均在各個門戶網上開的博客……等等，等等。在一座座雖小但卻精緻的花園裡，繁花怒放，競相爭豔，不時還會出現奇花異草，別具一格，別開生面，讓人眼前一亮。

一些組織和報刊也開設或曾經開設網站，如「南瀛詩薈」、《酒井園詩刊》、「澳洲新快網」、「PC181海外華人資訊網」、「澳洲長風」、「澳洲中文網」、「網上唐人街」、「你好」、「悉尼時報」、「海外華人網」、「海韻」、「好亞網」、「真話」、「真話文論週刊」、「澳大利亞時報」網、

「1688奧尺網」、「澳華網」、「咿呀網」、「博通網」、「佳來網」、「昆華網」、「悉尼筆會」、「澳紐網」、「澳中交流網」、「澳中網」……等等。最新開張而且純文學的是「澳洲華文文學網」（簡稱「澳華文學網」，英文名稱：Australian Chinese Literature Network，網站名稱：www.aucnln.com）。它的主旨在於以網站為基地，以澳華文學為主體，以各類華文創作形式為運轉基調，以海內外進行華文文學交流為拓展模式，以累積、承啟和弘揚華文文化為脈象的網路平台，共同推進澳洲華文文學創作的繁榮和發展。「澳華文學網」希望成為「知名華人作家會館，精品華文文學文庫」，但畢竟開辦不到一年，遠遠不足以體現澳華文學的全貌。其他網站長則也不過幾年，也只是零零碎碎有些文學作品。

細心的研究者如要尋求第一手資料便要翻閱二十多年來澳州各地出版的華文報紙和雜誌。目前或曾經為澳華作者開闢文學副刊或間或發表文學作品的日報和週報有：《澳洲新報》（前身為《新報》）、《澳洲新快報》、《星島日報》（悉尼版和墨爾本版）、《澳洲日報》（前身為《華聲報》、《華聲日報》）、《墨爾本日報》、《華人日報》、《自立快報》、《華聯時報》、《澳華時報》、《東方郵報》、《東華時報》、《大洋時報》、《昆士蘭時報》、《悉尼時報》、《海潮報》、《新海潮報》、《華僑時報》、《雪梨導報》、《大洋報》、《亞洲星期天》、《澳洲僑報》、《時代週報》、《百家資訊》、《大華時代》、《大華週末》、《時代報》、《新時代報》、《華廈週報》、《唐人商報》、《首都資訊報》、《澳洲導報》、《聯合時報》、《大紀元時報》、《澳華導報》、《新市場報》、《華廈商報》、《看中國》、《澳中週末報》、《老子》、《世界週

報》、《綜合週刊》、《澳週刊》、《南澳時報》、《澳大利亞時報》、《多元文化報》、《壹週報》、《首都華文報》、《東岸中文報》、《華商週報》、《廣告天下》（雙週報）、《東方郵報》（雙週報）、《青年週刊》（雙週報）、《澳洲訊報》（雙週報）……等等。

在雜誌方面，主要和並不主要發表文學作品的有：《滿江紅》、《大世界》、《原鄉》、《澳洲彩虹鸚》、《漢聲》、《中國文摘》、《潮流》、《動態》、《朋友》、《女友》、《好雜誌》、《焦點》、《新金山》、《新移民》、《新人類》、《海外風》（季刊）、《聯合月報》、《同路人》、《生活》、《首都雜誌》、《新天地》、《澳華作協》、《堪京文苑》、《中國製造》……等等。

這些日報、週報和雜誌有些今天已不復存在（更不用說十九世紀末二十世紀初的《唐人新文紙》、《廣益華報》、《警東新報》、《東華報》、《民國報》、《平報》和《民報》等，以及1951年關閉的另一家同名《澳華時報》）。目前在澳大利亞華文報紙中堅持出版文學副刊時間最長的大報（日報）是《澳洲新報》，其文學副刊《澳華新文苑》由筆者主編，它自2002年3月9日創刊以來，毫不間斷地至今（至2010年8月7日）已出版了439期。悉尼另一家報紙《澳洲新快報》去年也創辦了文學副刊《新快文薈》，並一度以高稿酬引人注目。在墨爾本，《大洋時報》一直比較活躍，話題多種多樣，雜文隨筆期期有，不時互相論爭。

至於在今天已不復存的日報、週報和雜誌中，有幾家很值得一提。上世紀九十年代初期那幾年，四、五萬中國大陸留學生滯留澳洲，他們在困苦的生活中極度需要精神文化的支撐。應運而生的便是1992年開張的《華聯時報》。這家留學生自己創辦經

營的週報開闢了一個「雜文廣場」，掀起了留學生的雜文寫作狂潮，對留學生寫作有較大影響。1994年創刊2002停刊的《自立快報》辦「大地」文學副刊，也曾以高稿酬、大版面、有獎徵文吸引各方作者。上世紀九十年代中、後期，獨領風騷的可以說就是《東華時報》了，悉尼、墨爾本以及其他地方的寫手都在這裡大顯身手。《自立快報》和《東華時報》這兩家報紙雖然不是由留學生經營，但編輯大都是留學生，甚至擔任總編或主編。在雜誌方面，留學生自己辦的在墨爾本有《焦點》、《新金山》和《新移民》，在悉尼有《大世界》和《滿江紅》。這些雜誌刊登了不少小說、散文、詩歌和生活紀實。曾經風靡一時的《滿江紅》這份從月刊走向雙週刊的雜誌，在生存五年多時間中始終宣導文學性。現在這幾家報刊雖然先後關閉了，但對澳華文學發展功不可沒。

三、從幾套叢書選集追尋澳華文學崛起的軌跡

　　探究澳華文學崛起的軌跡更可以從迄今已經出版的幾套叢書選集著手。

　　首先一定要提到莊偉傑主編、福建海峽文藝出版社2002年10月出版的《澳洲華文文學叢書》。

　　該叢書五卷本共一百四十多萬字，分為小說卷《與袋鼠搏擊》、散文卷《渴望綠色》、詩歌卷《大洋洲鷗緣》、報告文學卷《男兒遠行》、雜文隨筆卷《人生廊橋夢幾多》，彙集了全澳各地不同背景的一百零三位老中青作家，不同類型的四百二十多篇作品。五卷各有引言，由各卷主編分別撰寫；叢書主編則撰寫了全書前言及附錄〈澳大利亞華文文學如是觀〉。

　　可以說，這套叢書展示了澳華文學的陣容和作家風格，讓讀者對澳華文學狀況及成果有一個比較全面的瞭解。它不僅是世界華文出版界第一套較為完整地介紹澳華文學風貌的大型叢書，而且為中澳文化交流史和澳洲華人歷史寫下珍貴的一頁。筆者曾經把這套叢書譽為「澳華文學史上的一塊豐碑」（何與懷，〈澳華文學史上的一塊豐碑──祝賀《澳洲華文文學叢書》隆重出版發行〉，《澳華新文苑》，第52期，2003年3月1／2日）。

　　莊偉傑還主編《澳洲華文文學方陣》，不斷推出澳華作家個人專著，分別由悉尼國際華文出版社和北京中國文聯出版社出版，已出版的有：張勁帆：《初夜》（中短篇小說集）；徐家禎《東城隨筆・人物篇》；張典姊（雨遲）：《寫在風中的歌》（散文集）；林達（魏抗凝）《女人天空》（中短篇小說集）；吳景亮：《圓夢澳洲》（散文集）；蘇珊娜《幽幽藍山情》（散文集）；海曙紅《水流花落》（長篇紀實小說）；冰夫（王沄）《信筆雌黃》（評論集）；錢靜華《獨悟南天》（政論雜文選）。

　　另一個澳華文學方陣是2003年馮團彬主編的《大洋文叢》（中國文聯出版社於2003年5月出版）。這套《文叢》由十一位作家各自獨立的作品集組成。他們是：老大衛《哈羅，澳大利亞》（散文集）；田地《田地短篇小說集》；王曉雨（王平）《人在澳洲》（小說、散文、報告文學集）；張奧列《家在悉尼》（散文集）；蔡子軒（子軒）《墨爾本，世紀的錯覺》（散文小說集）；真真：《一個女人一本書》（散文小品集）；黑秋：《解讀澳洲》（報告文學編譯）；蘇珊娜《闖蕩澳洲的歲月》（散文集）；洪丕柱《文化的認同與歸宿》（隨筆集）；陶洛誦《留在世界的盡頭》（小說、傳記合集）；李明晏《澳大利亞：賭場情場商場》（散文、報告文學集）。

幾乎在同時，馮團斌還主編了上下兩卷《澳華文萃》（中國文聯出版社2003年11月出版）。《澳華文萃》共收集了八十二位作者的二百零四篇作品、以散文隨筆為主的近四十七萬文字。馮團彬是墨爾本《大洋時報》總編，他也希望通過這套《大洋文叢》和《澳華文萃》，構成一個由點到面的澳華文學方陣。

2004年1月，天津百花文藝出版社推出由俠外主編的三卷本《第三類文化系列叢書‧澳洲專輯》。這套叢書共七十多萬字，有六十二位作者的一百五十二篇作品。小說卷書名《人‧欲‧望》、散文卷《事‧情‧理》、紀實卷《國‧家‧業》，分別從移民生活的角色轉換中去感受不同層面的文化衝擊，探觸文化雜交特性。這三卷本為閱讀澳華文學提供了一個有趣的角度。

2008年，張奧列也編選出版了《澳華文學精選》第一卷，收入悉尼、墨爾本、布里斯本、阿得雷德十五位作家。目前第二卷也在編選中，同樣收錄十五位作家。他希望能藉此精選澳華文學各個時期較有代表性的作家作品，提供一個可供賞讀研究和收藏的精華文本。

北京華齡出版社2006年5月出版《釀造的季節》。這是澳洲酒井園詩社五周年詩選，由其創社社長冰夫和社長雪陽主編。第一輯創作篇中包括現代詩選、中英雙語詩選和古體詩詞選；第二輯理論篇，為詩論和詩評。全書收入詩人和詩評家近百人的詩作、詩評、詩論共三百餘篇。酒井園詩社計畫以後還會繼續編輯出版類似選集，例如，今年（2010年）將出版《把酒臨風》，所以不妨把《釀造的季節》可看作澳華詩作叢書的第一套。

如果要重點研究澳華文學中的古典詩詞創作，則需參考悉尼詩詞協會定期編輯出版的《南瀛詩薈》季刊。該協會今年將出版

會員作品的大型選集，以展示協會自2004年2月成立以來的成果，其中一本定名為《南瀛新聲》。

這幾年，澳大利亞維州華文作家協會編輯出版了會員作品選集四卷：《文學的春天》、《楓林道上》、《旅途之歌》和《故鄉‧異鄉‧夢鄉》；昆州華文作家協會編輯出版了《新世紀澳華選集》。南澳華文作家協會也編印了會刊，新州華文作家協會和悉尼華文作家協會的會刊則採用電子版的形式。

筆者主編的《依舊聽風聽雨眠》（台北秀威出版社，2006年12月），是有計劃地作為《澳華新文苑叢書》第一卷而編輯出版的。全書共五百頁，內涵九輯，收錄了十位作者（其中兩位作者合為一輯）的作品。不同於其他叢書，此書不循老路以作品體裁分類編集，而是以每位作者具有代表性的、文體可能不同的作品組成小輯，並在每位作者小輯前後配相關引言和評論，避免一般叢書平面、零散的缺點，力圖給每個作家提供比較立體比較眉目清楚鮮明的空間。按照這個思路，筆者今年將出版《澳華新文苑叢書》第二卷《最後一課》。

還有兩部選集——俗稱「九女八怪」——雖然份量不大卻很能反映早期澳華留學生文學風貌。「九女」指悉尼九位女性作家把她們二十三篇中短篇小說合集出版的《她們沒有愛情——悉尼華文女作家小說選》（悉尼墨盈創作室，1998年2月）；「八怪」指雜文合集《悉尼八怪》（悉尼墨盈創作室，1995年12月），全書選錄八位作者（其實只有七位是悉尼人，外加一個墨爾本的高寧）的七十二篇雜文。

四、叢書選集之外的一些值得注意的作品

　　上述各類叢書選集各有千秋。但是這些叢書選集都有一個共同的缺陷，就是難以收編長篇小說和其他各種長篇著作；而且，上述叢書中只有《大洋文叢》和《澳洲華文文學方陣》推出個人專集單獨出版，加起來不過是二十部左右，但這二十年來，澳華作家詩人還有評論家各自獨立出版的大大小小的專集或合集也有五百來部了，其中有不少值得注意的作品。筆者為此編制了〈澳華文壇作者作品一覽表〉。至今一覽表已有一萬六千多字，收編了六百多位澳華作者及他們的作品，雖然收集範圍比較寬——也收集了部分作者未移民澳洲前的部分作品，但即使略去這部分，篇幅還是相當大。以下只能略提一二。

　　在長篇小說方面，迄今澳華作家已經出版或將要出版五六十部。早期的包括黃惠元（黎樹）的《苦海情鴛》（香港新亞洲公司印刷，1985年5月）；黃玉液（心水）的《沉城驚夢》（香港大地出版社，1988年）和《怒海驚魂》（美國新大陸叢書出版，1994年）；劉觀德（劉白）的《我的財富在澳洲》（《小說界》1991年3月號；上海文藝出版社，1991年）；李瑋的《遺失的人性》（北京出版社，1994年）；劉澳（劉熙讓）的《雲斷澳洲路》（《四海》雜誌1994年第6期；北京群眾出版社，1995年）；麥琪的《魂斷激流島》（四川人民出版社，1995年）……等等。二十世紀九十年代中期以後的包括：畢熙燕的《綠卡夢》（華夏出版社，1996年）和《天生作妾》（上海文藝出版社，2003年2月）；英歌的《出國為什麼》（中國作家出版社，1998年1月）和《紅塵劫》（2001年）；歐陽昱的《憤怒的吳自立》（墨爾本原鄉出版社，1999年）；閻立宏的《兩面人》（台北皇冠出版

社，1999年）；劉澳的《蹦極澳洲》（群眾出版社，1999年）和
《澳洲黃金夢》（群眾出版社，2004年3月）；顏鐵生《蕭瑟悉
尼》（人民文學出版社，2000年）；齊家貞的《自由神的眼淚》
（香港明報出版社，2000年5月）和《紅狗》（香港五七學社出
版公司，2010年3月）；麥琪的《愛情伊妹兒》（長江文藝出版
社，2002年1月）和《北京胡同女孩》（北京光明日報出版社，
2003年1月）；汪紅的《極樂鸚鵡》（廣州花城出版社，2002年9
月）；陸揚烈的《墨爾本沒有眼淚》（香港語絲出版社，2003年
10月）；曾凡的《一切隨風》（北京知識出版社，2003年7月，署
名「榛子）和《在悉尼的四個夏天》（大連知識出版社，2005年7
月）；杜金淡的《游龍記》（澳洲鴻運海華出版有限公司，2004
年7月）；海曙紅的《在天堂門外──澳洲老人院護理日記》（澳
洲鴻運海華出版有限公司，2005年12月）和《水流花落》（悉尼
國際華文出版社，2006年11月）；楊恒鈞的《致命弱點》（香港
開益出版社，2004年）、《致命武器》（香港開益出版社，2005
年）和《致命追殺》（香港開益出版社，2006年）；唐予奇《世
紀末的漂泊》（天津百花文藝出版社，2006年1月）；袁紅冰的
《文殤》（博大出版社，2004年11月）、《自由在落日中》（博
大出版社，2004年11月）、《金色的聖山》（博大出版社，2005
年3月）和《回歸荒涼》（自由文化出版社，2007年11月）；沈志
敏的《動感寶藏》（上海人民出版社，2006年6月）和《身份》；
大陸的《悉尼的中國男人》（湖北人民出版，2006年7月）；儲
小雷的《無可歸依》（羊城晚報出版社，2007年2月）；鐘亞章
的《活在悉尼》（珠海出版社，2008年）；陳振鐸的《流淌的歲
月》（中國科學文化音像出版社，2008年）；夏兒的《望鶴蘭》

（上海文藝出版社，2008年3月）；伊零零零的《虎年虎月》（雲南人民出版社，2010年3月）……等等。

此外，在古典文學方面，包括：蘆荻（陳蘆荻）的《荻花集》（包括新詩文集，廣州花城出版社，1993年9月）；趙大鈍的《聽雨樓詩草》（台北永望文化出版社，1997年;澳洲鴻運海華出版有限公司，2008年10月，增編）；梁羽生的《名聯觀止》（香港天地圖書有限公司，2001年，上下兩卷，1278頁）和《梁羽生閑說金瓶梅》（香港天地圖書有限公司，2009年6月）；陳耀南的《唐詩欣賞》（香港三聯書店，2006年7月）；彭永滔的《疊翠山堂詩集》（澳洲多元文化出版社，2009年）；岑東明、岑子遙的《千葉樓遙岑集詩詞稿合編》（2010年7月）；喬尚明的《霜葉詩稿》（常州建農印刷包裝有限公司，2010年8月）……等等。

在新詩方面，包括：蘆荻的（陳蘆荻）的《鷗緣》（香港，1989年）；心水的《溫柔》（美國新大陸詩社，1992年）；莊偉傑的《神聖的悲歌》（中國國際廣播出版社，1997）、《從家園來到家園去》（國際華文出版社，2001）、《精神放逐》（中國廣播電視出版社，2004）；西彤的《昨夜風雨》（香港文學報社，2000年2月）；李富琪的《澳洲的碧海藍天》（廣州花城出版社，2001年4月）、《玫瑰與人生》（廣州繽紛文學出版社，2002年5月）、《悉尼情緣》（廣州國際文學出版社，2009年5月）；雪陽（楊善林）、璿子（寇璿，筱培）的《另一種生活》（悉尼白象出版社，2001年12月）、《觀彼世界》（悉尼白象出版社，2002年10月）；陳積民的《異鄉的月色》（黑龍江人民出版社，2004年3月）；冰夫的《消失的海岸》（中國科學文化音像出版社，2008年）；許耀林的《許耀林詩選》（作家出版社，2009年6

月）方浪舟的《飛鷹的衝刺》（香港銀河出版社，2009年12月，中英對照）……等等。

在文學文化理論批評方面，包括：馮崇義的《羅素與中國——西方思想在中國的一次經歷》（北京三聯書店，1994年2月）；錢超英的《「詩人」之「死」：一個時代的隱喻》（中國社會科學出版社，2000年1月）和《流散文學：本土與海外》（深圳海天出版社，2007年7月）；歐陽昱的《表現他者，澳大利亞小說中的中國人：1888-1988》（北京新華出版社，2000年6月）；莊偉傑的《繆斯的別墅》（國際華文出版社，2002年5月）和《智性的舞蹈——華文文學、當代詩歌、文化現象探究》（百花洲文藝出版社，2005年5月）；馬白的《中國美學縱橫論》（汕頭大學出版社，2003年8月）；《陳耀南的《中國文化對談錄》（廣西師範大學出版社，2004年5月）；何與懷的《精神難民的掙扎與進取》（香港當代作家出版社，2004年5月）；郜元寶的《王蒙郜元寶對話錄》（蘇州大學出版社，2003年8月）、《在失敗中自覺》（中國人民大學出版社，2004年5月）和《不夠破碎》（吉林出版集團，2009年10月）；冰夫的《信筆雌黃》（中國文聯出版社，2006年6月）；朱大可的《流氓的盛宴：當代中國的流氓敘事》（新星出版社，2006年11月）；聖童（孫永俐）的《〈狼圖騰〉批判》（學林出版社，2007年4月）和《解讀神的密碼：本體論詩學》（悉尼澳華書局，2009年6月），以及譚達先多部關於中國民間文學的專著……等等。

在電視劇、電視專題片方面，包括：陳靜的《陳靜日記——澳洲華裔新移民的故事》（2006年）；儲小雷《澳大利亞天空下的華人》（2003年）；田地的《窮爸爸富爸爸》（2008年）……等等。

　　在紀實文學（紀傳文學、報導文學、新散文）方面，澳華文學創作甚豐，可以提到：黃潮平的《難忘的回憶》（台北僑聯出版社，1987年9月）；劉渭平的《小黎光閣隨筆》（個人出版，台北三民書局經銷，1991年8月）、《大洋洲華人史事叢稿》（香港天地圖書有限公司，2000年）；李承基的《澳洲聯邦總理列傳》（基業印刷，1994年3月，編譯）、《第二故鄉》（香港薈珍文化事業公司印刷，1997年1月）和《幾番風雨憶前塵》（香港天地圖書有限公司，2002年）；徐家禎的《南澳散記》（中國華僑出版公司，1991年）和、《山居雜憶》（南海出版公司，1999年5月，合作）；武力的《娶個外國女人做太太》（天津人民出版社，1993年）；黃苗子、郁風的《陌上花》（江蘇文藝出版社，1995年6月）；黃惟群的《不同的世界》（香港明窗出版社，1995年）和《黃惟群自選集》（中國文聯出版社，2004年10月）；心水的《我用寫作驅魔》（美國新大陸詩社，1995年）；千波的《旅澳隨筆》（成都出版社，1995年9月）；張奧列的《悉尼寫真》（海峽文藝出版社，1995年）和《澳華名士風采》（香港天地圖書有限公司，2003年）；江靜枝的《隨愛而飛》（廣東旅遊出版社，1996年8月）；洪丕柱的《南十字星空下》（復旦大學出版社，1997年）；婉冰的《回流歲月》（墨爾本豐彩出版社，1998年）；沙予的《醉醺醺的澳洲》（中國友誼出版公司，1999年1月）；莊偉傑的《夢裡夢外》（文化藝術出版社，1999年8月）和《別致的世界》（成都時代出版社，2004年12月）；梁羽生的《筆花六照》（上海古籍出版社，1999年12月）；劉維群的《名士風流：梁羽生全傳》（長江文藝出版社，1999年10月；香港天地圖書有限公司，2000年3月）；劉海鷗、畢熙燕的《橋上的世界》（東方出版中心，2000年1月）；施國英的《午後陽光》（香港大世界出版公司，2000年9月）；趙川的《海外‧人》（上海書店出

版社，2000年）和《不棄家園》（百花文藝出版社，2004年1月）；
蘇珊娜的《悉尼情思》（國際華文出版社，2000年10月）；黎志剛
的《李承基先生訪問錄》（台北中央研究院近代史研究所發行，
2000年12月）；蕭蔚的《澳洲的樹熊、澳洲的人》（中國工人出版
社，2001年6月）和《雨中悉尼》（澳大利亞南極星出版社，2005
年12月）；陳耀南的《鴻爪雪泥袋鼠邦》（香港天地圖書有限公
司，2001年10月）和《晨光清景》（香港天地圖書有限公司，2004
年6月）；陸揚烈的《陸揚烈小說散文選》（香港雨絲出版社，2001
年）、《芳草天涯路》（中國福利會出版社，2006年9月）、《親情
托起的世界狀元——陽光女孩汪曉宇》（山東文藝出版社，2008年6
月）和《告別憂傷》（香港文匯出版社，2009年6月）；張威的《走
過澳洲》（鷺江出版社，2002年）；冰夫的《海‧陽光與夢》（作
家出版社，2000年7月）、《冰夫散文隨筆》（悉尼白象出版社，
2002年5月）和《黃昏絮語》（中國福利會出版社，2006年9月）；
胡仄佳的《風箏飛過倫敦城》（花城出版社，2000年1月）和《暈
船人的海》（百花文藝出版社，2003年1月初版，4月再版）；夏祖
麗的《從城南走來——林海音傳》（台北天下文化出版社，2000年
10月；生活‧讀書‧新知三聯書店，2003年1月）；李洋的《我的澳
洲》（北京人民日報出版社，2003年）；夏祖麗、應鳳凰、張至璋
的《蒼茫暮色裡的趕路人——何凡傳》（台北天下遠見有限公
司，2003年11月）；郭存孝的《歷史的碎片》（百花文藝出版社，
2004年9月）；陳振鐸的《吟唱在悉尼海灣》（廣州花城出版社，
2004年10月）；劉海鷗的《海鷗南飛——一個中國中年女人在澳
洲》（中國文聯出版社，2004年12月）；王亞發的《張大千演義》
（上海學林出版社，2005年7月）和《張大千演義海外篇》（上海
學林出版社，2008年11月）；吳中傑的《復旦往事》（廣西師範大

學出版社，2005年10月）和《魯迅傳》（復旦大學出版社，2008年8月）；王曉雨的《舞遍全球》（上海文匯出版社，2007年1月，翻譯）；翁維民的《縱貫非洲四萬里》（上海大學出版社，2007年10月）和《環球旅行印記》（台灣德威文化出版社，2010年5月）；田地、李洋的《陸克文：總理是位中國通》（新華出版社，2008年3月）；劉放的《人生話長短》澳洲鴻運海華出版有限公司，2008年10月）；何與懷的《北望長天》（台北秀威出版社，2008年11月）；李潤輝的《步出雷池：一個移民的旅程》（中英文，Xlibris Corporation，2010年5月）；崖青的《無背景狀態》（悉尼宇宙法則出版社，2010年5月）；進生的《域外的歌》（悉尼宇宙法則出版社，2010年5月）……等等。

五、「崛起的新大陸」
　　——二十年間澳華文學的巨大變化

　　試回憶一下，二十多年前出版的一部世界華文文學史上，在談到大洋洲華文文學的時候，只有一位作家的兩部雜文小品集——《西洋鏡下》和《自行車文集》（香港天地圖書1981年和1984年出版）。以一位作家兩部著作來填補大洋洲華文文學的「空白」，雖是聊勝於無，卻可憐地顯示出當時澳華文學荒蕪的景象。而且，這位被提到的作者中文名雖叫「白傑明」，但白先生的原名卻是Geremie Barme，是一位先在坎培拉國立大學攻讀語言和中國歷史後在中國進修過中國現、當代文學的德裔澳洲人。白先生能以流利中文書寫，無疑是一位文化上語言上的奇才，但以他的文學作品作為當時澳華文學代表，多少是有些諷刺吧？即使拿在1999年8月出版的陳賢茂教授主編的《海外華文文學史》來

看，雖然在這部兩百萬字的四卷本巨著中也辟有若干章節給澳華文學，但當時的描述和今天澳華文壇的風貌也相去甚遠了。

就在這二十年間，澳華文學幾乎從無到有發生了巨大變化。今天，澳洲各地各種作家協會、詩社、筆會以及大大小小的文學網站活動頻繁，華文文學作品一批一批出現。比照之下，把這種文學現象以「崛起的新大陸」形容之，就世界華文文學而言，或就作為世界華文文學一部分的澳華文學而言，應該是十分恰當的比喻。

【後記】（寫於悉尼，2010年8月7日）

此文曾提交給於2010年3月9日在中國廣州暨南大學召開的「華文傳媒與海外華文文學」國際學術研討會；世界華文作家協會大洋洲分會也把它印發給於2010年2月28日在新西蘭奧克蘭召開的第三屆會員代表大會暨中華文化和當代華文文學研討會。

最初此文為拙作《崛起的新大陸——澳華文學的粗線條述評》開頭第一節改寫而成，但仍然粗糙，錯漏一定不少。2007年12月1日，《澳華新文苑》聯同澳大利亞新州華文作家協會舉辦了一次學術研討會，名稱為「澳華文學：現狀及未來走勢」，《崛起的新大陸——澳華文學的粗線條述評》初稿為事前發給與會者作為參考和評論的背景資料。那個被譽為「為澳華文學把脈」的研討會由本文作者主持，會上氣氛熱烈認真，甚至出現激烈的爭辯，可謂效益良多。除了會上口頭發言外，提交給研討會的文章包括：〈「浮萍」與「尋根」——從何與懷《崛起的新大陸》說起〉（作者：何孔周）、〈在失敗中看清自己——評張勁帆小說集《初夜》〉（作者：郜元寶）、〈歷史不應忘記：澳華文學繁榮與發展中的缺

憾〉（作者：田沈生）、〈「曾經滄海」的「回歸」〉（作者：蕭
虹）、〈文學理念與文學創作〉（作者：勁帆）、〈澳華文學的守
望者──略說《崛起的新大陸──澳華文學的粗線條述評》〉（作
者：史雙元）、〈讓我們高揚澳華文學之大旗──讀何與懷《崛起
的新大陸》有感〉（作者：李景麟）、〈為繁榮澳華文學鼓與呼〉
（作者：振鐸）、〈澳華新文苑的春華秋實──喜讀《依舊聽風
聽雨眠》〉（作者：吳文鑣）、〈風雨人生路　筆下湧真情──讀
《依舊聽風聽雨眠》〉（作者：李普），以上文章均已在本文作者
主編的《澳華新文苑》上刊登。

跋

打造多元文化中一線新風景
——澳華作家何與懷及其文化生活素描

莊偉傑

　　歲月荏苒，韶華易去。不知不覺間，從赴澳留學直到定居至今，屈指盤數，已有十數年的光陰。伴隨著二十世紀八十、九十年代出國留學潮水般的湧動，我們這群「洋插隊」逕直抵達南半球都市的心臟，澎湃最初的衝動開始了尋夢的里程，在陌生而新質的土地上把汗水連同我們攜帶的文化種子撒播在異域，不甘寂寞的觸鬚漸次四處蔓延。文學像陽光，成為我們引領生命的最佳精神方式，沿著刻骨銘心的鄉愁情結四處浪跡，背負沉重的行囊艱辛地收穫守望，攬住漂泊天涯的幽夢捕撈希望，從母體的臍帶一直伸向未知的終極。於是，用各種不同的形式在非母語的國度用母語來表達自身的生存處境和心靈圖景，就成為我們實現自我價值和展示生命尊嚴的一方文化空間（本人稱之為「第三文化空間」），也永恆地成了一個時代的隱喻或縮影。

　　當凌亂的往事伴著跋涉的足跡，依稀呈現成一片蔚藍的夢想，縫補著滄桑的年輪刻下的傷痕，多少悲歡離合的無奈在醒夢中張開為五彩的圖騰。對於我們這些漂泊異域的浪子，唯有邁出沉重的步履，切割著命運最初的走向，並且堅信那句古老的話語：四海為家。或許，有夢的地方就會有幸福的家園……

　　提起家園、流浪，談論文學、人生，多麼有意思。記憶驅使我想起一位致力於海內外華人文化交流的使者，他名叫何與懷。確切地說，這位年屆耳順之年的學者，是澳華文壇上叱吒風雲的人物。看上去溫文而沉靜，笑起來雙眼會說話，講一口廣東普通話的何先生，鶴髮童顏，精力旺盛，異常活躍。上世紀六十年代中期就畢業於南開大學外文系的他，之後遠赴紐西蘭奧克蘭大學攻讀博士學位。因為所學專業的緣故，他早年翻譯詩文，繼而寫散文隨筆，再而從事文學評論的寫作，後又編報刊，可謂樣樣開花，處處結果；同時人也好玩樂交，呼朋引友，飲茶美食；近數年來，則往返海內海外，不是研討會，就是筆會，雖無杜康，卻也笙歌，瀟灑而浪漫，如此激情與動靜，連吾輩也常自歎不如，真叫人好生欣羨。如今，南半球發行量最大的華文日報《澳洲新報》開闢的文學副刊「澳華新文苑」由他掌舵主編，一晃竟已出版300期，此舉堪稱功德無量。擁有這個陣地，就等於為澳洲華文文學爭得一方風水寶地。儘管這是該報東主劉美玲女士的辦報策略，但卻是富有眼光的何博士在一手操持，也因此，在澳洲華人文化界，他有著不低的「江湖」地位。不久前，何博士把經常於副刊上發表作品的詩人作家，以個人小輯的形式合集，策劃主編了「澳華新文苑叢書」，第一卷《聽風聽雨聽雨眠》終於如期問世了。面對親手主編的厚厚一冊書籍，他笑得似乎很謙虛，但又很自豪。

　　翻開案頭上堆滿的一大疊何先生為筆者留下的報樣，連同他的個人專著及主編的著作，我有點情不自禁地激動起來了。因為他是筆者交往已久、過從甚密的同道朋友，儘管有年歲的差異，但懷著同一顆熱愛文學、致力於在海外推廣中華文化的火熱之心，彼此心氣相通。況且，人在異域，要做此等「傻事」，是需要勇氣、膽量

和信心的。何先生卻始終擁有一顆不老不變之心，渾身似乎有使不完用不盡的勁兒。更何況如今的他已是一位名副其實的文學博士，堪稱是學通中西、好學深思且有所成就的學者。

記得上世紀九十年代中期，何博士從紐西蘭輾轉赴澳定居，我們首次謀面，交談甚歡，但筆者以為他已棄文從商，曾一度疏遠，之後才發覺自己的判斷出現偏差。而今，走在共同的路上，本來可以置身於同一片藍天下，想不到命運之神又將筆者推往「回歸」的驛站。即便如此，我們依然交往頻繁，相互砥礪，尋求愉快合作。

近朱者赤，近墨者黑。記憶深刻的是，2003年8月筆者有幸與何博士及張奧列，作為海外七個國家十一位知名華文作家，應中國國務院僑辦誠邀出席「海外華文作家訪華團」一路攜手聯歡共渡的難忘日子。那時我們一心想策劃編選有關澳華作家叢書，卻苦於目前的文學市場出現疲軟，一切並非想像的那麼美好。但我們還是信心百倍。由筆者主編、何博士參與的《澳洲華文文學叢書》（五部）終於在2003年10月由海峽文藝出版社隆重推出，為此，何博士比誰都高興，接連在其主編的副刊極力推廣，並撰文認為這是「澳華文學史上的一塊豐碑」。而他為方便海內外讀者及有關人士研究參考，也為編寫澳華文學史提供既翔實又現成的資料，則薈萃「澳華新文苑」之精華，真正做起「嫁衣裳」的美事來。單就《聽風聽雨聽雨眠》一書，無論從內容策劃到封面裝幀到版式設計，皆做得相當別致，十分典雅，既有品位和格調，又有研究和珍藏價值（只可惜樣書甚少，內地又買不到，極為無奈）。

的確，作為澳洲華人媒體的優秀文學副刊，「澳華新文苑」所扮演的角色已越來越顯示出其重要性，它提供了行進中的澳華

文學不斷持續展示的現場，見證了澳華作家的在場，無不具有文化上的建設意義。類似這樣吃力不討好的編修、整理和彙集之事務，他做的是別人不屑做（也是做不了）的事，卻自個兒津津樂道，如癡如醉。竊以為，這恰恰是他作為一個人文學者的情懷。其實，這種勞作是極有價值的，是個體對一方文化的特殊貢獻。令人欣喜的是，自稱為「靜居析霓」（「析霓」諧音「悉尼」）的他，心境已隨著文化生活的豐富而變得平靜而淡泊，其文化視野和眼光也變得益加練達且獨到。譬如，他對入選書中的九位詩人作家，分別撰寫的「引言」，就極具評家、編者之眼力，敘議結合、畫龍點睛式的描述，簡潔有力，甚為到位。時而議論風生、時而激越飛揚、時而點到為止，這些都是其學問修養和精神氣質的良好呈現。在他的筆下，川妹子女作家胡仄佳的「視界廣泛，用心且敏銳」，文字生動有趣，既有深度也富詩意；老前輩詩人趙大鈍既「思維敏捷，心明眼亮」，又「氣定神閑，剛直持躬」；老作家振鐸「任憑神思飛揚，捕捉散漫的遊思，編織洶湧的思緒，讓自己在這異國他鄉的寂寞生活中有幾分寄託」；女詩人孟芳竹把詩視為生命和靈魂，「她的詩是唯美的，於是一下子便震動我那顆也崇尚唯美主義的心靈」；詩人兼教授的莊偉傑生命空間有多種元素……，他整體是個詩人氣質。其詩「真實地呈現在世人面前──一個閩南才子，既狂放，又多情」；女作家蕭蔚的散文小說，可以讓人「感受到一種人生觀實感和歷史感的存在，一種堅韌生命力的湧動，一種生活理想的貫徹與流淌」，順著她的心河從「此岸」走向「彼岸」；女詩人劉虹「有太多的與世俗格格不入的思想。在痛苦的矛盾中，她從來不缺的更是率真的天性。她從不關注主流社會的拉抬。」她的「詩寫不屈不撓地閃爍著意義的光芒」；女作家林達的「人生解悟透出了對宿命的

無奈，更蘊藏著生命不屈於荒誕的悲壯」；老詩人作家冰夫「老當益壯，勤奮嘗試各種風格，不斷超越自我，依然才思敏捷，詩歌、散文、評論，華章一篇篇湧出，寶刀絕對未老，」「就個人性格而論，冰夫熱情豪放，一點也不『冰』……」何博士如此從容自如、精心巧妙地娓娓道來，令人讀之受益良多，頗受啟迪。這不正是在為我們編織著南十字星空一樣的閃爍繽紛多彩的文化鍛錦嗎？以後舉凡有研究澳洲華人歷史文化的、尤其是研究澳華作家的，依愚淺見，是繞不過何博士主編的副刊和這套叢書的。

何博士是從何時開始變得這樣沉靜而莊嚴，從文化生活中重新確立起自己生命的出發點，並爆發了他的學問興味、寫作能量和編書意向的呢？這份令人「陌生」的刮目相看，的確是耐人尋味也挺「有意思」的。

其實，上世紀八十、九十年代，何兄在紐西蘭攻讀博士學位時，就開拓性地研究有關中國文化，早在2001年他就在美國紐約出版英文辭書《中華人民共和國政治文化用語大典》，厚達774頁的這部堪稱大部頭的英文書名是*Dictionary of the Political Thought of the People's Republic of China*，一經問世便在澳洲及其他國家學術界產生反響。這部旨在向西方人介紹當代中國社會政治文化的大型工具書，不同於一般學術論文闡明自己的觀察、分析和判斷，更側重於梳理、整理和蒐集分類；它採用中國自身的術語連串成篇，以便更鮮明地體現出中國的政治文化歷史和現狀。這本身要求著者作一番嚴謹的科學解釋和考證。誠然，這是一樁中西人士饒有興致的研究話題，要真正做成做好談何容易。難怪乎一些有識之士、學者教授對這本工具書的出版無不深表讚賞。

如果說作為一名學英美文學專業的學者，何博士在中國時主要從事英語專業教學，到國外反而研究和教授起中國文學來是

頗有意味和引人深思的話，那麼作為一名海外華文日報副刊的主編，他的聚焦點又轉移到澳洲華文文學風景上，應是熱忱與愛心的奉獻。有趣的是，他又是一個具有多重文化身份的文化人。何博士現為澳大利亞中華民族文化促進會副會長、澳大利亞雪梨（悉尼）華文作家協會副會長、澳大利亞廣東外語外貿大學校友聯誼會名譽會長、澳洲中國和平統一促進會常務理事、世界華人和平建設協會雪梨總會常務理事、澳洲多元文化藝術教育聯會顧問、澳洲《酒井園》詩社顧問，以及澳洲《澳洲新報‧澳華新文苑》主編。他自言「除一般寫作外，主要研究興趣是當代中國問題和華文文學」。

作為作家兼評論家，他一不做二不休，近年來突發性地撰寫了大量的文學評論和隨筆散文，在澳洲本地、台港和中國大陸等地媒體經常露面和獲獎。其文藝評論、隨筆選集《精神難民的掙扎與進取》（香港當代作家出版社2004年5月版）問世後，深得同行方家的認可。他對中外文苑詩壇的名家佳構、對海外華文文學尤其是針對澳華文學的評論等篇章皆能切中肯綮，抓住要害，或宏觀或微觀、或現象或個案、或主體或客體，厚積薄發，感而生慨，引起思考，具有學術的眼光與現實的深透。從其文章觀照，評論中有散文隨筆的成份，隨筆散文裡有評論的身影；而豐富的寫作題材，則緊扣自我人生的履痕和生命律動；其涉獵範圍之多視野之廣，體現了某種兼有從事編輯工作和學術研究的味道。 譬如，不久前他撰寫的洋洋灑灑達數萬字的長篇論文〈崛起的新大陸──澳華文學的粗線條述評〉，可謂資料翔實，內容豐富，分析精當。就廣度而言，這是對澳華文學風貌進行一番較為完整的勾勒描述，儘管在深度批評和理論色彩方面尚有乏善可陳之處，但其熱忱、真誠和付出的心血足以叫人感動。我們從其即將出版

的散文隨筆和評論集《北望長天》和《他還活著》中同樣可以窺斑見豹。

作為文化活動家，其參與海內外各種文化活動頻繁之程度，在澳華文壇或許無人能出其右，忙得他不亦樂乎。最近，他又策劃並主持了一次「澳華文學：現狀及未來走勢」的研討會，如此殫思竭慮，並且始終堅守著文學的精神，除了令人敬佩外，唯有向他深表鞠躬。至此，我發現，他身上的文學文化生活是亦靜亦動的兩種狀態。當他進入寫作狀態，他充滿對自由、博愛和藝術的不懈探尋，帶來的是一種寧靜的幸福感和豐饒的收穫感；當他進行文學活動和社團活動時，更多的是具有一種自我犧牲的精神與和善的仁慈。這是一種人格魅力，因而贏得了文朋詩友們的普遍尊重。

文學大師莎士比亞曾在其話劇《羅密歐與茱麗葉》中借茱麗葉之口說：「我的慷慨像海水一樣浩淼，我的愛情也像海一樣深沉，我給你的越多，我自己也越是富有，因為這兩者都是沒有窮盡的。」文學與文化生活也是這樣，你付出的越多，收穫就越多；你奉獻的越多，就越能獲得人們的尊重和感激。何博士最能打動人的，應是他既有一種追尋式的對於自我人生的執著，還有一份給予性的熱情和仁慈。正如他的真誠表白：「薪傳和弘揚中華文化永遠是世界各地華夏子孫義不容辭、或者說自然而然的職責，也是一種宿命。」這種理想姿態、倫理精神所凝聚的情懷，讓我們更加深切地理解到在海外、在異國他邦總會有那麼多的華人依然在承傳自身文化的薪火，以及自覺地尋找文學、人生與世界的樸素的真理。

於是，為了更理想地在多元文化背景的澳洲大地上打造一線新的亮麗文化風景，何博士心甘情願熱衷於他所喜歡的文化生

活，並把編輯、寫作和文學活動當成自己的生活方式和生命自由，自然顯得樂在其中了。也許唯有如此，才具備資格走向更高的人生境界，也才能真正享受到屬於人生與文學的盛宴。

2007年初冬匆就於復旦校園。曾發表於《澳洲導報》。
作者為澳洲國際華文出版社社長、中國華僑大學華文學院教授。

一見之緣與長久之誼

蔣登科

我與何與懷博士只見過一次面。

2004年9月，由西南師範大學中國詩學研究中心、中國新詩研究所主辦的首屆「華文詩學名家國際論壇」在重慶舉行，何與懷博士作為澳大利亞的華文詩學研究專家應邀出席。他為大會提交了一篇近二萬字的長文，題目是〈星漢燦爛，若出其裡——南十字星座下詩海遊覽〉，以他所主持的《澳洲新報》副刊《澳華新文苑》所發表的作品為主要參考資料，全面介紹了澳大利亞華文詩人的創作和詩歌發展情況，文章包括〈大洋洲鷗緣〉、〈故土家園：一個永恆不變的主題〉、〈進入普世主義的「天地境界」〉、〈星漢燦爛，若出其裡，各具風格，各領風騷〉、〈繼承與創新：同樣激發南十字星座下華裔詩人的話題〉等五個方面，全面介紹了澳大利亞華文詩人的構成、他們的藝術主題、風格特徵、與中國傳統的關係等問題，涉及面寬，材料豐富，論述有深度。文章情理交融，有一段文字是這樣的：

中國江南民諺說：「人是天邊鳥，鳥是當地人。」這些詩人，就像這裡一群鷗鳥，終日廝守著詩歌，眷戀著海洋，樂乎也者，別無所求。

會議的論文都是我利用暑假的時間編輯印刷的，有些文章讀過多遍，其中就包括何先生的論文。我讀後受益匪淺，為身居海外的

華文作家、詩人的執著而感動，為何先生長期以來對這些作家、詩人的關注而感動。與會專家也對這篇文章給予了很好的評價。

我當時是中國新詩研究所的所長，負責論壇的會務工作，頭緒很多，幾乎沒有時間與參加會議的詩人、專家進行深入的個別交流。與何與懷博士，我也只是在會後的閒暇一起閒談一下而已。但我感覺他是一個很有紳士風度的學者，言語不多，很嚴謹，但不失幽默機智。有天晚上考察重慶市區後回到會議駐地，許多與會詩人、學者聚集到賓館大廳，熱議著黃曼君教授借用李清照的意象為陳玉蘭女士寫的一首詩，何先生也在，他說黃先生的創作體現了文人的本性和本色，當場表示要把作品刊發在《澳華新文苑》，後來我真的在報紙上讀到了這首詩和其中的有趣的故事。我記得，呂進教授後來還私下和我說過：「何與懷是一個真正的學者，是一個有修養的人。」我估計，他也是從何先生的言談舉止上獲得這樣的判斷的。

在當時，我讀到的何先生的著作不是很多。後來，我上網搜索了一下，才知道他是廣州人，畢業於南開大學外文系，又獲得新西蘭奧克蘭大學博士學位，並定居澳大利亞悉尼。他的興趣愛好非常廣泛，主要研究興趣是當代中國問題和華文文學，著作甚豐，編著有《英美名詩欣賞》、《中華人民共和國政治文化用語大典》、《緊縮與放鬆的迴圈：1976至1989年間中國大陸文學與政治的互動》、《精神難民的掙扎與進取》、《北望長天》以及《依舊聽風聽雨眠》（「澳華新文苑叢書」第一卷）、《丹心一片付詩聲》（「黃雍廉會長紀念集」）和《最後一課》（「澳華新文苑叢書」第二卷）等等。同時，他還擔任澳大利亞悉尼華文作家協會榮譽會長、澳大利亞中華文化促進會副會長、澳大利亞南溟出版基金評審、澳大利亞廣東外語外貿大學校友聯誼會名譽

會長、澳大利亞新州華文作家協會顧問、澳洲多元文化藝術教育
聯會顧問、澳洲「酒井園」詩社顧問、悉尼詩詞協會顧問、《澳
洲新報‧澳華新文苑》主編、《澳華文學網》榮譽總編輯，以及
澳大利亞華人文化團體聯合會召集人，從這些身份，我們就可以
看出何先生在澳洲華文文學界是有地位、有影響、受敬重的。

　　那次見面之後，我和何先生就沒有見過面，但是，我們的聯
繫一直沒有中斷。他或者我，只要寫出了一篇自認為還可以的文
章，或者有什麼新的文壇資訊，就會通過電子郵件發給對方，相
互交流、學習，過年過節也相互發郵件問候。不知不覺中，這種
虛擬但又實在的交流就延續了接近六年。網路實在是個好東西，
他可以將分佈在天涯海角的人聯繫在一起。我非常珍惜這些年來
與何先生的交往，從他身上學習到勤奮工作、獨立思考、敢於質
疑的品格。

　　最近，我收到何先生通過電子郵件發來的新著《他還活著
──澳華文壇掠影》（第一集）的書稿。這是一部接近二十萬字
的著作，正文分三個部分，另有序言、附錄和後記，介紹的都是
何先生與澳大利亞的華文作家、詩人、評論家的交往，他們的創
作、研究成就以及在澳洲華文文壇的地位和影響，等等。我利用
一個週末，在重慶的酷暑中閱讀了這部書稿，感觸甚多，收穫頗
大，雖然汗如雨下，但心裡卻好似涼風吹拂般清涼。它為我們提
供了關於海外華文文學（尤其是澳大利亞華文文學）的細緻而全
面的資訊。

　　我們經常使用「華文文學」這個概念，也對一些在海外寫
作的華人、華文作家及其作品比較關注，但是，由於資料、資訊
等多方面的原因，我們所瞭解的海外華文文學其實非常不夠，最
多是個輪廓，主要關注的是在大陸介紹較多的作家和作品，而對

海外華文文學的整體情況（以及一些重要的細部資訊）實在是知
之有限。因此，對於海外的華文作家、華文文學，我是很少發言
的，即使發言，也只是談個別，談自己瞭解較多的個別人和個別
作品，而且這樣談的時候也非常謹慎，因為難以把這些個別人、
個別作品在其所處的整體創作格局、社會文化環境之中進行定位
和評價。

　　何先生的著作大多不是我們經常見到的那種學究式的研究
成果。他身兼作家、評論家、編輯等多種身份，他的文章中既有
對某些作家的作品進行全面、系統研究的論文，也有記述他與一
些作家的交往和友誼的隨筆，還有和一些學者進行學術爭鳴的、
很嚴謹的著述。這些文章讀起來都比較輕鬆，在寫法上類似於中
國傳統文學理論中的「知人論世」的那種方式，常常把作家的創
作與他的經歷、生活結合起來進行考察，或者通過作者與他們的
交往來感悟他們對人生、文學的思考和探索歷程。全書涉及多位
在澳大利亞生活、工作、創作的作家，有些是我知道的，有些卻
瞭解甚少。因此可以說，這部著作為我打開了一扇窗戶，不但知
道了他們的創作和成就，而且在一定程度上也感受了他們的生
活。他們對於文化、文學的執著令人敬佩，他們對於文學藝術的
探索令人感動。我也由此知道，許多在海外生活的華文作家其實
並不輕鬆，他們面對的壓力有時是很大的，許多人只有借助文學
來抒寫自己的人生感歎、人生思索，因此他們的作品顯得真實和
真誠，很少出現那種「玩文學」的現象。書中談到的梁羽生、黃
雍廉、莊偉傑、郁風等，我有所瞭解，讀過他們的一些作品，有
些還比較熟悉，比如莊偉傑，我和他見過面，進行過較多的交
流，也讀到過他的多部著作。但是，對於其他一些作家，我只是
聽說過名字，零星讀過他們的一些作品，有些甚至連名字都很少

聽過。通過何先生的研究和介紹，我才瞭解到，他們其實各有成就，地位甚至還相當高（除了瞭解到他們的大量作品之外，我還相信，能夠進入嚴謹的何先生的視野的作家都不是等閒之輩）。

在閱讀過程中，我深深感受到何先生的文字間流淌著的溫暖的人文情懷。他善於從瞭解、理解等多層面去感受作家的內心世界，他對於有成就的作家、文化人，似乎都懷有一種敬重之情，不因為自己是知名作家、學者而高高在上，以教訓、指點的視角打量別人的作品，而是以欣賞的眼光進行細緻的品讀。這不只是針對長輩作家，對於小他許多的年輕作家也是如此。他在研究作家的作品時，總是把他們的生活、經歷作為背景加以介紹，使我們既從中獲得了關於文學、關於學術的思考，也像閱讀散文一般的輕鬆，由此對書中涉及的人有了更多瞭解，對於文學與現實的關係也多了一些真切的感悟。

對於何先生的學術研究，我有一個很深的感覺，他總是以大量的事實來證明自己的觀點，幾乎不存在先入為主的情況。這種文風是我喜歡的。在他的書中，我們不但可以欣賞到他的觀點，而且在文章中還可以瞭解很多文學、文化方面的資料、資訊。本書附錄的幾篇文章，針對「華文文學」的概念、傳統與現代的關係、中國與世界的關係等話題進行了深度思考，有理有據，思路開闊，具有思辨性和說服力，是值得特別關注的。其中〈追尋「新大陸」崛起軌跡──為深入研究澳華文學提供一些線索〉一文所提供的關於澳大利亞華文文學的發展和成就方面的詳細資料，是在其他地方無法見到的，也是其他局外人難以完成的工作。

讀完這部著作，使我又記起了何先生在西南師範大學（2005年7月起已經和原西南農業大學合併，組建為西南大學）出席國際會議時的一些情景，他的風度、他的謙遜、他的細緻的風格，給

很多人都留下了很深的印象。據說，這部著作是何先生研究、介紹澳大利亞華文作家、華文文學的一個開始，接下來，他還將撰寫出版多部類似的著作，將澳大利亞的華文文學作家、創作成就介紹到中國，也介紹到全世界。我期待著這些著作的陸續出版，更期待在將來的某一天，何先生再次來到重慶，和我們一起分享他的研究成果。

2010年7月5日，重慶之北。
蔣登科博士是中國重慶市西南大學中國新詩研究所教授、中國詩學研究中心副主任，西南大學學報編輯部副主任、副主編。

後記

　　編好書稿後才想到，為拙著寫序作跋的全是任教於大學的學者。這並非預先計劃，但讓我分外高興，萬分感謝。吳中傑教授原來只是久聞大名而不識其人，他到悉尼定居後才有些來往。承他作序，提出「走出大洋洲」的意見，這既是對敝人也是對整個澳華文壇的熱切的期望。吳教授文風平實低調，其見解卻不容忽視。莊偉傑倒是在悉尼認識多年，可以說是忘年交，但近年來他在廈門工作，很少見面，只是友情長存。他對敝人「文化生活」顯然過譽的「素描」，洋溢著一番深情厚意，每每讀起，便不得不以「老當益壯」自勵，增加一點信心與毅力。蔣登科博士是六年前到重慶他們學校開會時認識的，此後便不曾再見。當時雖然只是相處了幾天卻印象深刻，幾乎一眼就覺得他正是我在中國國內不多見的那種既年輕又有學養又能誠懇待人的學術帶頭人。感謝他在火熱的重慶揮汗如雨地為拙著作跋。他還記得當時相處的一些細節，讓我深為感動。艾斯這位年輕人是今年二月剛剛認識的，在新西蘭的奧克蘭，也是因為開會。當時只交談了幾分鐘，過後幾次電郵通訊，發現他是有理想有追求之人。他讀了這部書稿，立時熱情滿懷地寫出評論，而且把評論寫得相當優美猶如散文詩一樣，老實說，我真有點意外。至於王潤華教授，則是認識最久的了。上世紀九十年代中有兩年我在新加坡工作，他是新加坡大學中文系教授和新加坡作家協會副主席，不時邀請我參加當地的一些文學活動，至今記憶猶新。但是，十五六年來，除了2000年在洛杉磯開「世華」會議時碰上一

次外，沒有再見面，甚至幾乎也沒有通信。真是君子之交淡如水！王序高屋建瓴，言簡意賅，富有理論深度，只是其中涉及鄙人的詞句，也是過譽，實在很不敢當。

近年來，在文友的鼓勵下，我對華文文學特別澳華文學產生興趣，寫了一些文章。正如蔣登科博士所說，這些東西大多不是學者們經常見到的那種學究式的研究成果。我描述澳華作家、詩人的文章當然是我對他們的評論，內中滲透我的文學觀點、理念，但我刻意遠離學究姿態，盡量散文化，或許也有一些隨意性。我的確企圖寫成散文、抒情小品、報告文學之類。這樣也許會降低其學術價值（如果有的話），也只好認了。

本書有一輯是悼念澳華文壇的逝去者，寫時不免傷感，但絕非失望。我基本上是個樂觀主義者。以此對待被稱之為「第三文化空間」的澳華文壇，我確信後繼有人，且會發揚光大。幾年前，我就把澳華文學比喻為「崛起的新大陸」。這並非是先知預見──整個文壇的創作實績已經明擺著。有人稱此為「偽命題」，意即世界上沒有這麼一塊談得上正在「崛起」的「新大陸」，可能是因為所定的標準不同。無論如何，在我看來，澳華文壇不應被描畫為內中一群可笑又可憐的自稱為作家的無聊之徒爭著往上冒氣的「一鍋粥」；澳華文學不應輕薄地降低為貶義的「唐人街文化」，更不是多餘的「盲腸」，可以隨便割除棄之。「澳華文壇」，應該是一個美好甚至神聖的字眼，不容隨便褻瀆。對於有成就的作家、文化人，無論長輩後輩，我始終懷有一種敬重之情。其實本書以及以後的續集，還有我主編的「澳華新文苑叢書」，都是獻給他們的小小的心意。

本書只是澳華文壇的「掠影」。我希望透過一集又一集的「掠影」，讀者能夠看出個「全貌」，能夠感到澳華文學的深度和廣

度;眼下,只能通過書末附錄的資料——〈追尋「新大陸」崛起軌跡〉,做些鳥瞰性的瞭解。就本書來說,這是一種點面結合的做法,而作此文的初衷,則是為有心人深入研究澳華文學提供一些線索。王潤華教授說,我們的世界華人文化/文學應該更受到應有的重視與承認。但這需要許多人熱情積極地參與其事才能奏效。

　　本書附錄還有兩篇論述——〈關於華文文學的幾個問題〉與〈看來不僅僅是辯論世界華文文學的問題——也談陳賢茂教授的「也談」〉。我贊成這個觀念:「抵達遠比回歸更有意義」。關於世界華文文學與中國傳統文化的關係問題,我反對單向回歸論而提倡「多元升華」。事實上,無論從創作實際或是理論取向來看,今天整個世界華文文學呈現的是多元昇華的勢態,這裡面甚至還會出現一個從母文化過渡到異質文化的過程——東西方兩類文化在不斷碰撞、交融和互補中產生變異,顯示出「第三類文化」的鮮活生命力。我也同意拋棄「一個中心」或「中國(精英)中心」的過時觀念。我覺得,有志弘揚中華文化推動華文文學在世界發展者,都應該支持並推動華文文學世界多元文學中心的出現和發展,對「多岸文化」競逐領導地位的百花爭艷,萬紫千紅的景象,都應該感到由衷的高興。由邊緣走向另一個中心,正是世界華文文學興旺發達的標誌。這是我和陳賢茂教授辯論的兩個基本觀點,但看來我不僅僅是和他辯論世界華文文學的問題,而更涉及若干目前中國大陸思想界學術界面對的社會政治文化問題。我也許在捅「馬蜂窩」,單槍匹馬,人微言輕,自不量力。誠懇希望更多的人參與討論。我個人採取開放的態度,懷抱多元的理念和普世的價值取向。

2010年8月7日於悉尼。

語言文學類　PG0429

他還活著：
澳華文壇掠影‧第一集

作　　　者／何與懷
責任編輯／林泰宏
圖文排版／鄭佳雯
封面設計／陳佩蓉

發 行 人／宋政坤
法律顧問／毛國樑　律師
印製出版／秀威資訊科技股份有限公司
　　　　　114台北市內湖區瑞光路76巷65號1樓
　　　　　電話：+886-2-2657-9211　傳真：+886-2-2657-9106
　　　　　http://www.showwe.com.tw
劃撥帳號／19563868　戶名：秀威資訊科技股份有限公司
　　　　　讀者服務信箱：service@showwe.com.tw
展售門市／國家書店（松江門市）
　　　　　104台北市中山區松江路209號1樓
　　　　　電話：+886-2-2518-0207　傳真：+886-2-2518-0778
網路訂購／秀威網路書店：http://www.bodbooks.tw
　　　　　國家網路書店：http://www.govbooks.com.tw
圖書經銷／紅螞蟻圖書有限公司
　　　　　114台北市內湖區舊宗路二段121巷28、32號4樓
　　　　　電話：+886-2-2795-3656　傳真：+886-2-2795-4100

2010年09月　BOD一版
定價：450元
版權所有　翻印必究
本書如有缺頁、破損或裝訂錯誤，請寄回更換

國家圖書館出版品預行編目

他還活著：澳華文壇掠影‧第一集 / 何與懷著.
  一版 . -- 臺北市：秀威資訊科技, 2010.09
    面； 公分 . --(語言文學類；PG0429)

BOD版
ISBN 978-986-221-584-5(平裝)

1. 海外華文文學 2. 文學評論
850.9   99016256